포겔장의 서류들

인문 서가에
꽂힌 작가들
01

포겔장의 서류들

Wilhelm Raabe
Die Akten des Vogelsangs

빌헬름 라베 장편소설
권선형 옮김

문학동네

차례

포겔장의 서류들 009

주 249

해설 261

빌헬름 라베 연보 271

일러두기

1. 이 책은 브라운슈바이크 판版 '라베 전집' 제19권(Wilhelm Raabe: Die Akten des Vogelsangs, in: Ders.: Sämtliche Werke. Braunschweiger Ausgabe. Bd. 19. Bearbeitet von Hans Finck und Hans Jürgen Meinerts. Fortgeführt von Karl Hoppe und Rosemarie Schillemeit, Göttingen, 2. durchges. Aufl. 1970, S. 211-408)을 저본으로 삼았다.
2. 독자의 가독성을 고려하여 장 구분은 독일 구텐베르크 프로젝트Projekt Gutenberg-DE의 판본을 따랐다.
3. 주는 브라운슈바이크 판과 레클람 문고판Reclam Ausgabe을 토대로 역자가 선별하고 추가·보완하였다.

예전에 우리는 가상에 실체를 빌려주었는데,
이제는 실체가 가상이 되어 사라지는 걸 보네.
페터 슐레밀[1]

1

어느 11월 저녁, 행정국장이자 법학박사인 나 K. 크룸하르트(독일 군대의 징집 서류에는 예비역 소위의 의무를 이미 오래전에 마친 것으로 기록되어 있다)는 여러 우편물과 함께 다음과 같은 편지를 받았다. 필체가 훌륭하고 반듯해서 여자가 쓴 것이라고 보기 힘들 정도였다.

친애하는 칼에게!
펠텐이 네게 한 번 더 안부를 전하라더군. 그는 지금 죽었어. 우리는 둘 다 뜻을 이루었지. 죽는 순간까지 그는 혼자였어. 오로지 자기 자신만의 혼자. 하지만 내가 상속자로 나서는 것을 그는 막지 못할 테지. 이 편지를 써서 그의 죽음과 장례식에 관해 알리는 건 내 뜻과 의지야. 이 편지는 그와 관련된 용무들(이 단어가 여기서 얼마나 가소롭게 들리는지!) 가운데 꼭 필요한 전갈에 속해. 편지의 어투를 용서해줘. 지금 이 공간에서는 소리가 공허하게 울려. 그는 자신의 주위를 텅 비워두었고, 칼, 나는 어린아이처럼 너를 한 번 더 네 세례명으로 부르고 있지. 이게 어떤 식으로든 미래에 영향을 미쳐서는 안 될 거야. 이건 그저 아름답고 쾌활하고 기쁨이 넘치고 희망에 부풀었던 오래전 그때에 한순간 기대어보는 것에 불과하니까. 네 부인도 편지의 어투를 이해하리라 생각해. 이런 텅 빈 공간에서 여자들이 느끼는 두려움을 전혀 모른다면 다행이겠지만, 그래도 어둠 속에서 생겨나는 두려움은 그녀도 살면서 느껴봤을 테지.

겁쟁이 꼬맹이 헬레네 트로첸도르프라고 놀릴 셈이라면 그만둬. 거칠고 어리석은 여자의 편지 한 통으로 너희 평온한 영혼이 누리는 시민 가정의 평화가 깨질까 조심스러운 것뿐이니까. 친애하는 칼, 지금부터는 내가 너의 친구와 함께 망자의 세상으로 갔다고 생각해주길. 평화 속으로 갔다고. 그래, 그렇다고 말할 수 있어.

너희 친구 레온은 아주 세심했어. 그리고 펜싱 사범의 사모님 포이히트 여사는 내게 장례식을 주관하라고 하셨지. 상공업국장 레온 드 보는 부득이한 일만 처리해주고 있고. 이제 나는 첼텐과 단둘이고 그를 회상해보는 기쁨을 누리고 있어. 우리 유년 시절에 앵초 화단 울타리 사이 말오줌나무 덤불 아래에 있을 때처럼, 함께 뛰놀던 산과 숲속 초원에서 그랬던 것처럼, 그의 머리채를 다시 움켜쥐기도 하고 그를 말썽꾸러기니 불한당이니 하며 부르기도 하겠지. 그러면 그는 또 예전처럼 그럴 만한 행동을 했을 거야. 평온히 잠든 그의 입과 코 주위가 옛 모습 그대로야. 그 옛날 내가 짜증과 분노로 울음보를 터트리고 유년 시절의 좋은 친구였던 네가 독일어나 라틴어 고전을 읊던 그때처럼.

펜싱 사범의 사모님은 이 위대하고 영특한 아이를 죽는 순간까지 보살펴주셨어. 보잘것없고 어리석고 가여운 어린아이 돌보듯. 아흔에 가까운 그 노파는 이렇게 말했지. '그 일을 해야 해서 지난 반년 동안 쉬지 않고 움직일 수 있었지. 그가 던진 농담이 현실이 될 수도 있다는 걸 전혀 안 믿었던 게야. 그래서 죽을 때까지 내가 보살펴주겠노라고 약속했던 게지.' 그가 늘 진담을 농담같이 한다는 걸 모르셨던 거야!

우리가 지금 서로 마주하고 있다면 훨씬 더 많은 이야기를 할 수 있을 텐데. 무슨 말을 더 써야 할지 모르겠구나. 나는 너무 지쳤어.

너와 네 가정의 평안을 빌며.
헬레네 트로첸도르프, 미망인 뭉고.

*

"왜 그렇게 머리를 쥐어뜯어요?"

아이들이 안녕히 주무시라는 인사를 하고 간 지 한참이 지난 늦은 저녁에 아내가 물었다. "오늘도 우리와 함께할 시간이 없는 거군요. 가엾은 양반. 세상에, 이 산더미 같은 서류 좀 봐! 우리가 뭘 더 기대할 수 있겠어요?"

그녀는 내 의자 등받이에 몸을 기댔다. 그리고 차가운 손을 내 이마에 갖다댔다.

"이번에는 짜증나는 서류들 탓이 아니야, 여보. 그보다 훨씬 더 괴로운 일 때문이지. 왜 그렇게 놀라? 당신이나 아이들하고는 별로 상관없는 일인데."

나는 우리 부부의 거실 잡담을 평소보다 늦어지게 만든 미망인 뭉고의 편지를 그녀에게 건넸다. 아나는 화들짝 놀라진 않았지만 어리둥절하면서도 긴장한 듯 편지를 받아 쥐었다. 그녀는 먼저 편지의 서명을 훑어보았다.
　"헬레네 트로첸도르프가?"
　"응, 미망인 뭉고."
　담배파이프의 불은 한참 전에 꺼져 있었다. 나는 상념에 사로잡혀 파이프에 불을 붙이려고 무심코 일어섰다. 그러고서 서재 안을 서성거렸다. 내 책상의자에 앉은 아나는 그녀를 화나게 하는 산더미 같은 서류더미에 둘러싸인 채 베를린에서 온 기이한 편지 위로 사랑스러운 얼굴을 숙였다. 하지만 금세 고개를 들고 휘둥그레진 눈으로 날 쳐다보았다.
　"펠텐이 죽었다고요? 우리, 아니 당신의 친구 펠텐 안드레스가? 그리고 그, 헬레네, 미망인 뭉고가 펠텐 곁에 홀로 있다는 건가요?"
　다시 편지를 읽는 내내 편지지를 쥔 그녀의 손이 떨렸다. 그러나 다 읽을 때까지 아무 말도 하지 않았다. 그녀는 편지를 내려놓고 평평하게 펴려는 듯 손으로 문질렀다.
　"정말 놀라게 만드는 편지네요! 하지만 내용이 그리 이해하기 힘든 건 아니에요. 당신과 당신 친구들의 이야기를 듣고 그런 생각을 했거든요. 나 같은 여자는 깜짝 놀라거나 동정은 해도 무슨 말을 해야 할지는 모를 거라고. 펠텐 안드레스가 죽고 그 억만장자 미국여자가 텅 빈 다락방에서 홀로 시신을 돌보고 있는 듯한데. 대체 거기서 뭘 하겠다는 거죠? 멍하기도 하고 혼란스럽기도 해요. 맙소사, 왜 근심에만 사로잡혀 삶을 그렇게 고달프게 하고 죽음을 연극처럼 만드는지! 아니, 왜 그렇게 봐요? 그런 슬픈 진지함만 아니었다면 정말 그 둘 다 제몫을 할 수 있었을 텐데. 착한 레온은 또 당연하다는 듯이 거기에 있잖아요. 무대 뒤쪽에 늘 있게 마련인 착한 사람처럼. 연극에선 파국이 벌어지면 적어도 한 사람은 무대 위에 있으니까. 이성적인 참관자가 되어 고개를 젓기 위해서라도요. 아 참, 그럼 당신도 가까운 친구이자 지인으로 그녀를 만나러 베를린에 가야겠네요? 그러고 싶은 거죠?"

"내일…… 그게 가능하다면."

"그게 왜 불가능해? 이런 경우엔 누구나 휴가를 내도 돼요. 난 이 무서운 편지를 내일 밝은 대낮에 읽을래요. 편지를 읽으니 돌로 머리를 맞은 것처럼 머리가 띵해요. 애들한테 가야겠어요. 우리 딸들이 방금 극장에서 돌아왔어요. 애들한테 가는 게 지금 내가 살 유일한 길이네요. 아이들이 너무 많은 상상에 사로잡히지 않도록 하나님이 지켜주시길! 맑은 머리와 평온한 마음을 주시길!"

"내 생각도 그렇소, 사랑하는 아나." 나는 탄식하듯 말했다. 헬레네의 편지를 서류더미 사이에 놓고 영리하고 현명하고 침착한 아내를 팔로 둘렀다. 우리는 함께 애들에게 갔다. 애들은 아직 어리긴 하지만 나름의 인생 경험과 관심 영역이 있는 꽤 성숙한 젊은이들이다. 하지만 펠텐 안드레스와 헬레네 트로첸도르프에 관해선 전혀 모르거나 아주 조금만 안다. 아는 것이 있다 해도 그저 낭만적인 관심사에 불과하다. 아이들은 개인적으로 포겔장의 서류들과 아무 관계도 없다. 하지만 먼 훗날 이 서류들이 아이들에게 어떤 이익을 가져다줄지 누가 알겠는가.

*

내 선친께서는 지역 훈장추서 제도에 새로 추가된 일등급 공로훈장과 국장 칭호를 하염없이 기다리기만 하는 분이셨다. 이는 내 유년 시절 우리 가족이 독일에서 차지하던 사회적 입지가 어떠했는지를 말해준다. 아버지가 어느 특정 법률 분야에서 공무를 수행했는지는 아무래도 상관없다. 하지만 그가 매우 유능한 공무원이라는 건 윗사람 모두가 인정했다. 그들은 업무에 정통한 아버지의 능력을 자기 윗사람에게 보고한 것보다 훨씬 더 자주 이용했다. 대부분 숫자와 관련된 업무였다. 아버지는 탁월한 수리 감각을 지니고 있었고, 그것은 대체로 그에 상응하는 질서 감각과 연관돼 있었다. 아버지는 이 두 감각으로 우리 고장의 관료사회에서 한 자리 차지할 수 있었다. 하지만 그런 감각이 우리 집안을 평온하게 하는 데 언제나 최상의 영향력을 발휘한 건 아니었다. 대학공부를 하지 않았다는, 그래서 좀더 나은 것을 이루지 못했다는 생각 탓에 아버지뿐 아니라 우리도, 그러니까 어머니와 내 삶도 유쾌하지 못했던 적이 종종 있었기 때문이다.

그런데 나는 지금 국장이라는 자리에 앉아 있다. 다행히도 당시의 국장들처럼 아버지 같은 건실한 사람들을 밑에 두고 내 공직 업무를 위한 설명과 조언을 심심치 않게 구하고 있다. 나는 지역 훈장 추서 제도에 추가된 일등급 공로훈장을 가슴에 단 아버지의 사진을 실물 크기로 만들어(그분께서 돌아가신 뒤 가장 잘 나온 사진으로) 책상 위쪽 벽에 걸어놓았다. 나는 여전히 사진 속의 아버지께 일뿐 아니라 인생의 해답과 조언도 구하고 있다.

내 어머니는 '국장 사모님'이라는 칭호 하나로 일생일대의 소원과 요구가 완전히 충족될 그런 여인이었다. 어머니는 좋은 분이셨고, 남편의 견해와 생각, 말, 일에 완전히 동화되는 것을 척도로 삼는다는 점에서는 최고의 아내였다. 어머니는 아버지가 자신과 가정을 이끌어가는 방식을 순순히 받아들이셨다. 아버지 뜻에 어긋나는 어떤 의지를 가져봤을 것 같지도 않다.

내게는 형제가 없었다. 적어도 내 삶에 영향을 줄 만큼 오래 같이 살았던 그런 형제는 없었다. 그 빈자리는 이웃사촌이 넘칠 정도로 충분히 메워주었다. 여기서 미리 말하자면, 지금 내가 작성하고 있는 이 서류들은 그 이웃과 관련된 것이다. 누구를 위해 이 서류들을 작성하느냐고? 누구를 위해서라고 누가 감히 말할 수 있으랴. 스스로의 영혼을 달래기 위해, 그리고 모든 것이 드러나기 전에 말을 자르지 않고 조용히 경청하며 끝까지 말하도록 기다리는 어떤 존재, 어떤 사람에 대한 깊은 욕구에서라고 할 수 있다. 나는 이 서류들이 서류 양식에 부합하지 않는다고 해서 그 가치가 손상되는 건 절대 아니라고 생각한다.[2]

2

 이웃지간의 정! 안타깝게도 이 말은 이제 기분 좋은 독서 후 사색과 숙고의 과정을 거쳐야 비로소 친숙해지는 개념이 되었다. 이웃사촌의 정을 알고 있었던 우리는 독일의 어떤 도시가 또 인구 십만명을 넘겼다는, 그래서 대도시의 반열에 들어섰다는, 이웃지간의 정을 포기하는 대가로 대도시의 온갖 명예와 장점을 누리게 됐다는 소식을 듣거나 읽을 때면 온몸에 소름이 돋곤 한다.
 우리가 어렸을 적에는 이웃사촌으로 더불어 살며 서로에게 관심을 갖는 정이 있었다. 우리는 '포겔장'에서 서로 잘 알고 지냈다. 서로에게 화를 내는 일도 잦았지만, 이웃의 기쁨과 슬픔에 좋은 의미에서 깊은 관심을 보였다. 그때는 서로의 정원이 맞닿아 있었다. 유실수 가지들이 서로서로 넘나들고, 산울타리 위의 자두와 버찌, 살구, 사과, 배를 이웃끼리 사이좋게 나누어 먹던 정원이 그 시절에는 있었다. 그때는 시 인구가 십만을 넘지 않았다. 그리고 우리, 그러니까 헬레네 트로첸도르프와 펠텐 안드레스, 나 칼 크룸하르트는 동산자락에 있는 포겔장에서 꼬마 이웃사촌으로 살고 있었다. 헐린 집의 잔재나 공장에서 나온 재가 버려진 도로, 하수도 시설 같은 것들은 우리가 '포겔장'이라 불린 외곽도시에서 살던 시절에는 전혀 없었다. 새들은 지상의 송가를 부를 수 있는 자신들의 권리를 아직 잃지 않았다.[3] 새들은 저희들의 둥지 건축계획을 시 건축과에 제출하지 않아도 됐다. 울타리와 수풀, 나무는 새둥지로 가득했고 그게 우리의 기쁨이었다. 하지만 그렇다고 '고양이세(稅)'를 제안하지는 않았다. 자연이라는 인자한 어머니가 만든 생명질서에 기대어 제 권리를 주장하며 매일 쥐만 잡아먹긴 싫다고 새를 쫓아 이리저리 날뛰던 고양이들을 때려잡거나 총으로 쏴 죽이지도 않았다. 풍뎅이와 파리, 유충, 나비, 벌레들은 고양이를 은인이자 원수로 여겼다.

이 회상이 나를 어디로 잡아끄는 걸까? '조심해! 행정국장, 법학박사 K. 크룸하르트! 문제의 핵심에서 비켜나지 마! 꽉 물고 늘어지라고!' 그 시절의 내 친구 펠텐이라면 그렇게 말했을 거다.

나의 아버지 행정차장 크룸하르트는 포겔장에 있는 자기 소유의 집을 아버지에게 물려받았고, 할아버지는 또 그 아버지에게 물려받았다. 그 윗대의 소유 관계에 대해선 어려운 시절을 지나면서 기억이 희미해졌다. 어쨌든 그 집은 세 차례의 슐레지엔 전쟁[4]뿐 아니라 스페인 계승전쟁[5]까지도 버텨낸 오래된 집이었다. 외관상 조금 덜 오래돼 보이는 이웃집은 의학박사 안드레스 씨가 우리 시와 외곽도시 포겔장에 처음 정착하면서 구입한 것이다. 그의 미망인과 아들은 그 집을 근거로 거주권과 생존권까지 주장했다. 그 집이 토지대장에 '등록'된 건 그리 오래되지 않았지만 스스로 자기 것이 확실하다고 여겼다. 처음부터 그들은 옛날 방식대로의 진짜 이웃사촌이었다. 이웃집 의학박사 아저씨가 돌아가시자 우리 아버지는 후견인 제도에 따라 아주 자연스럽게 미망인의 '가족의 친구'로 지정되었다.

뉴욕 출신의 트로첸도르프 부인은 '초록빛 골목' 건너편에 있는 임대주택에 이사 오면서 이웃사촌이 됐다. 그 부인의 아이가 어떻게 동산자락의 포겔장에서 시민권을 획득했고 또 포기했는지에 관해서는 이 서류에서 해당 자료와 함께 차차 상세히 밝힐 것이다. 나는 그저 이 사건의 기록자로서 최선을 다할 것이다. 내가 더러 개인적인 감정, 기분, 생각 같은 것에 휘둘러 펜 끝이 늘어진다 할지라도 트로첸도르프 대 안드레스, 혹은 펠텐 안드레스 대 미망인 뭉고 사건을 맡아 오늘 재판석에 앉은 친애하는 여러분께선 개의치 마시길 바란다. 아내는 예전에 이렇게 말한 적 있다.

"맙소사, 당신이 그 두 친구와 다르다는 게 얼마나 다행인지 몰라요. 그 덕에 우리는 적어도 안정된 삶과 아이들을 갖게 됐잖아요. 우리 애들이 이성적이고 성실한 사람으로 자라도록 단단히 신경을 쓸 거예요. 한 아이라도 당신 친구들처럼 그렇게 막 자란다면 난 정말 못 견딜 거예요!"

우리 친구 펠텐 안드레스의 아버지인 의학박사 발렌틴 안드레스 씨는 도시 변두리의 의사로선 정말 안성맞춤이었다. 그는 인심 좋은 사람이자 훌륭한 의사였다. 곤충학에 취미가 있어 산과 들로, 아름다운 자연으로 쏘다니는 통에 의사의 명예를 종종 깎아먹곤 했다는 점만 빼면 말이다. 자리를 비우는 일이 잦았던 그는 누가 아프다거나 사고가 나서 의사를 절실히 필요로 할 때 보이지 않았다. 그렇지만 그가 쓴 오배자五倍子 말벌에 관한 논문은 당시 관계자들 사이에서 주목을 받았고 오늘날에도 전문가들 사이에서 인정을 받고 있다. 물론 위생국장으로선 그만한 성공을 거두지 못했다. 임종 당시 아내와 아들에게 물려준 포겔장의 정원 딸린 작은 집과 보잘것없는 재산은 그가 불린 게 아니라 선친과 조부께 받은 것이었다. 그분의 조부는 포겔장 수준에서는 아주 부자였다고 한다. 하지만 아, 대代를 이어오며 그 유복함과 부는 쇠퇴해버렸다!

안드레스 박사 아저씨에 관한 내 개인적인 기억은 아주 흐릿하다. 내 이웃은 그의 아들과 '박사 부인'일 뿐이다. 하지만 벽에 걸린 유리상자들 속 풍뎅이 표본과 나비 표본은 내게 지대한 영향을 끼쳤고 지금까지도 그 힘을 잃지 않았다. 그 어른의 다정한 모습이 지금 우리의 '대도시' 외곽 숲길에서 종종 내게로 다가온다.

가끔씩 머리를 흔들거나 웃으면서 당신 아들의 인생행로에도 그렇게 참견하셨을까? 당신의 인생살이에서 무엇을 우리의 벗 펠텐 안드레스에게 유산으로 물려주었을까?

안드레스 박사 부인으로 말하자면, 그 다정한 모습이 내 영혼에 맑고 뚜렷이 아로새겨져 결코 지워지지 않는다. 그녀는 내 어머니의 해산을 도왔고 이웃사촌의 정으로 내 요람을 지켜주었다. 나는 그녀의 임종을 지켜보았고 그녀가 관 속에 누워 있는 것도 보았다. 나 역시 이웃사촌(이 서류들에서 우리의 이웃사촌들에 관해 차차 많은 것을 말하겠지만 그래도 그냥 이웃사촌이라 쓰련다)의 정으로 그렇게 했다. 나의 요람과 그녀의 관 사이에는 집안끼리 서로 왕래하며 함께한 아름답고도 사랑스러운 긴 세월이 가로놓여 있다. 우리는 그렇게 서로에게 속한 사람들이었다. 박사 부인네 친구였던 내 아버지가 어쩌다 가끔씩만 그녀를 "이해했을지라도" 말이다. 정말이지 아버지는 그녀 때문에 너무 자주 근심에 빠졌고 때론 크게 화를 내기도 하셨다. 모든 면에서 아버지와 생각을 같이했던 어머니도 마찬가지였다. 박사 부인은 아버지보다 어머니 '아말리엔'을 더 "이해하기 어려워했지만" 그래도 우리가 서로에게 속한다는 사실은 변하지 않는다.

내 친구 펠텐에 관한 오해는 열에 아홉이 세상 책임이다. 시민사회의 질서의식에 기초한 이 세상 말이다. 그런데 후견감독기관은 왜 의학박사 아저씨가 돌아가신 뒤 어린 펠텐의 어머니를 위한 가족의 조언자로 행정차장 크롬하르트를 붙여주었던 것일까? 물론 그건 적어도 어느 한쪽에서 아무 문제도 되지 않을 일을 첨예하게 부각시켰기 때문이다. 지금은 포겔장에서 정원들과 함께 새들도 사라져버렸다. 하지만 동산 저편 숲에서 어쩌면 오늘도 몇몇 새들이 살아남아 펠텐 안드레스가 얼마나 깨끗한 새였는지, 그의 어머니가 얼마나 무책임한 후견인이었는지를 조잘거리고 있을지 모른다. 어릴 적에 펠텐은 새알 모으기를 좋아했다. 어머니가 그를 바르게 키우려고 그 "끔찍하고도 무익한 놀이"를 금할 때까지 새알을 모았었다. 펠텐의 어머니는 "돌아가신 아버지는 한 번도 새집에서 알이나 새끼 새를 꺼낸 적이 없다"고 지적했지만, 물론 그건 전혀 근거 없는 얘기였다.

"하지만 저것들 좀 보세요. 아빠가 모은 저 풍뎅이와 나비 표본 말이에요. 아빠가 바늘로 찌를 때 저것들은 아프지 않았을까요?" 그 아버지의 아들로서 어머니에게 충분히 따져 물을 만한 말이었다. 그러나 펠텐은 울타리 너머로 새알들을 건네주면서 내겐 이렇게 말했다.

"자, 이걸로 계란케이크나 해먹어. 우리 엄마가 내 이 어리석은 짓 때문에 더는 바지 꿰매는 일을 못하겠다고 하는 것도 당연해. 엄마가 투덜대. 이제부터 우표나 모아야겠어."

우리가 언제 포겔장에서 이웃집 안드레스 부인이 "투덜대는" 것을 볼 수 있었던가? 그분이 울 줄 안다는 건 우리도 알고 있었다. 하지만 투덜댄다고? 그 사랑스럽고 다정한 얼굴에 대고 이런 모욕적인 언사를 할 수 있었던 이는 오직 우리뿐이었다. 그것도 친아들이 가장 빈번하게, 사내아이의 짓궂은 장난기에서 나온 말투로 그러곤 했다. 그분은 천성적으로 웃음을 타고났다. 더 자세히 표현하자면, 평안하고 조용한 햇살 같은 웃음을 타고난 분이었다. 아무 이유 없이 마음에서 우러나오는 웃음, 선택된 한 가엾은 인간이 세상을 아름답게 보기에 생겨난 웃음이었다.

헬레네 트로첸도르프의 편지를 앞에 두고, 내가 왜 오늘 펠텐 안드레스의 어머니가 세상을 아름답게 바라보았다는 사실을 생각해야 하는 것일까?

*

"엄마는 무책임하고 아들자식은 망나닌데. 그 따위 집안의 후견인 노릇을 하면서 이성 타령을 해야 하니, 이거 원, 정말 사람 엿 같게 하는 임무야!" 아버지는 이웃집에 들렀다 들어오면서 고함을 쳤다. 짜증을 내면서도 조심스럽게 모자를 벗어 책상 위 내 코르넬리우스 네포스[6] 옆에 내려놓았다. "칼, 넌 또 뭐냐? 이번엔 그 어리석은 짓에서 대체 무슨 역할을 한 거야? 여보, 글쎄 이놈들이 하르트레벤 씨 창고를 홀딱 태울 뻔했다는구려."

그렇다. 난 코르넬리우스 네포스가 쓴 『클리니아스의 아들 알키비아데스의 삶』[7]이라는 전기를 책상 위에 펼쳐놓고 있었다. 아버지가 두려워 가슴은 두근두근 뛰고 눈은 이미 벌겋게 충혈돼 있고, 시커멓게 그을린 뜨거운 손도 떨리고 있었다. 난 다음과 같은 라틴어 문장을 읽으려던 참이었다.

"At mulier, quae cum eo vivere consuerat, muliebri sua veste contectum aedificii incendio mortuum cremavit." (그러나 그와 함께 사는 데에 익숙했던 그 여인은 그의 주검을 치마로 둘러싸더

니 불타는 집 안에서 같이 타게 했다.)

"너 이놈, 바른대로 말해! 옆집에선 황당한 거짓말만 늘어놓더구나." 아버지는 내 어깨를 움켜쥐며 고함을 치셨다. 아마도 '옆집'에선 펠텐의 어깨를, '맞은편 집'에서는 어린 헬레네 트로첸도르프의 어깨를 움켜쥐고 흔들어댔으리라. 어쨌든 난 아버지께 모든 걸 털어놓았다.

"우리는 그냥 하르트레벤 씨 창고에서 연극놀이를 했어요. 펠텐이 하자고 해서. 왜냐하면…… 지금…… 학교에서 알키비아데스를 배우고 있거든요." 나는 울먹이면서 말했다.

"화재로 끝나는 멋진 연극? 여보, 당신은 어떻게 생각하오?"

아버지는 당황한 나머지 말없이 손만 비비는 어머니에게 일의 자초지종을 설명했다.

"여보, 애들이 학교에서 그리스인과 로마인의 전기를 보면서 나쁜 예를 배우는 게, 유감스럽지만 사실이오." 아버지는 투덜거리며 말했다. "거기엔 알키비아데스라는 그리스 장군 이야기도 나오지. 글쎄 얘네들이 하르트레벤 씨 뜰에서 그걸 따라한 게야. 성냥, 화약, 콜로포늄인지 뭔지 하는 것들을 이용해서. 헬레네가 알키비아데스를, 그러니까 말썽꾸러기 펠텐을 불붙은 앞치마로 둘러싸고 하르트레벤 창고 건초더미를 빠져나왔다니, 기적이지. 맙소사, 이건 미친 애들이나 할 짓이지."

"아이고! 세상에! 너 또 그렇게 어울렸니, 칼?" 어머니가 한탄하며 물으셨다.

"펠텐이 곧장 손으로 불을 껐어요. 모자에다 우물물을 떠오기도 했고요!" 나는 울먹이며 말했다.

"그래서 그놈, 지금 팔에 솜과 아마(亞麻)기름을 친친 두르고 있더라." 아버지는 짜증 섞인 말투로 말했다. "아플 텐데 신음소리 한번

없이 징징대지도 않고. 그 건달 녀석, 고집불통이라 이를 악물었더군. 그러면서도 겁먹은 얼굴로 자기 엄마를 계속 처다보면서, 뭐라 하나 눈치만 보고. 그래, 그 엄마! 상식적으로 울음보를 터뜨려야 할 사람은 아말리에 아닌가. 바보 같은 아들놈 통증이 엄청날 테니까. 그런데 그녀가 울었을까? 천만에! 입바른 소리를 해주는 이웃 사람에게 동감을 표시하며 책임감을 덜어주느니 차라리 죽고 말 인간이지. 두말할 것도 없이 박사 부인도 이만 악물고 있더군. 그러면서 이따금씩 '펠텐, 너무 어리석었어!'라고만 하니, 내 충고는 늘 그렇듯 소 귀에 경 읽기야."

"불쌍한 아말리에!" 어머니는 한숨짓듯 말했다.

"아직도 그 여자를 동정하는 거요?" 아버지는 어머니를 나무라듯 거친 목소리로 말했다. "동정심은 그만 다른 사람들, 더 나은 데 쓰게 아껴두는 게 좋을 거요."

그러고 나를 잠시 처다보더니 말을 이었다. "자, 이 얘긴 그만합시다. 하여튼 이번 말썽(아들아, 어쩌면 이 일로 경찰서에 가게 될지도 모르겠다)의 자초지종을 알아보려고 맞은편에 사는 당신의 유년 시절 세 단짝 중 하나에게도 갔었소, 아돌피네. 유명한(이 단어를 꼭 써야겠어), 그 유명한 아가테 부인, 우리의 소중한 트로첸도르프 여사 말이오. 그래, 내가 거기서 무슨 말을 들을지 뻔히 알고 있었지만 찾아갔지. 그 여자는 또 금방 높은 말에 올라탄 행세를 하더군. 마치 북아메리카 연방공화국 전체가 자기에게 안장을 채워주고 고삐를 잡아준 양 말이야! ……여기 우리보다 훨씬 넓은 바다 건너 저편에서 인생을 배웠다면서. 그래서 세상을(그 정신 나간 여인은 정말 '세상!'이라 했어), 이곳 우리네 속물들 눈으로(이건 물론 내 표현이오), 이 속물들 눈으로 세상을 보지는 않는다며. 애들 장난은 다행히 무사히 끝났으니 하르트레벤과 이성적으로 얘기하면 그도 만족할 거라고 하더군. 아이 앞치마가 불에 탄 건 아무 문제도 아니고 저 뉴욕에 있는 애 아빠가 보상할 거라나. 그러더니 그 건방진 아이를 내게서 낚아챘어. 마치 우리 애 책에 나오는 니오베[8]가 마지막 남은 아이를 품에 감싸듯 그렇게 말이오. 그 극악무도한 사기꾼 트로첸도르프, 그 남편 이름을 들먹거리는 통에 아주 기분 잡쳤어. 모자를 집어들면서 이런 말이 저절로 터져나오더군. '이성 따윈 씨알도 안 먹히는군!' 제기랄, 이게 무슨 이웃사촌이야! 아들아, 충고하건대 넌 이 부모의 근본원칙과 네 책에서 벗어나지 말고 정신 똑바로 차려라. 만약에 한 번 더 그런 바보짓에 가담해서 곡예를 부리거나 하면 각오해. 시민적이고 건전하고 분별 있는 오감五感을 똑바로 간직하지 않으면 아주 녹초가 되게 흠씬 두들겨 패줄 테니까!"

"그래, 제발, 착한 칼아, 아버지 말씀 들으럼. 네가 부모와 선생님에게 기쁨이 되면 얼마나 좋으냐." 어머니가 말했다. "아, 여보, 하지만 아말리에와 아가테 모두 불쌍한 부인네들인데 어쩌겠어요. 한 사람은 의사 남편을 일찍 여의고 다른 한 사람은 남편이……."

어머니가 말을 멈추자 아버지는 짜증 섞인 목소리로 말했다. "그래, 당신 친구는 반半과부 미국인으로 지금 여기 포셸상에서 다시 모험을 하고 있지. 그렇게 된 데에 여자 책임이 얼마나 되는지 알기에는 아직 서류상 자료들이 다 구비되지 않았지. 아돌피네, 박사 부인을 위해 당신이 사죄한다면 사태가 완화될지도 모르겠구려."

3

 이런 이웃사촌이 어디 있단 말인가! 그래, 이웃지간의 정, 바로 이 마법이 동산자락의 포겔장에 날 붙잡아두고 있는 거다. 돌아가신 건실한 아버지의 온갖 경고와 협박, 흥분과 역정, 이 마법을 조심하라는 그 경고가 전적으로 옳았음에도 말이다. 오늘날까지 건전한 오감을 한 치의 흐트러짐도 없이 간직했을 뿐 아니라, 이 어수선한 현실에서 (아주 정당한!) 시민 개념에 따라 자신을 확고한 존재로 만든 건 우리 셋 중 오직 나 하나뿐이지 않은가. 그런데도 이웃사촌의 정이라는 이 오래된 마법이 오늘은 예전보다 더욱 나를 사로잡고 있지 않은가. 나와 다른 길을 간 펠텐 안드레스와 헬레네 트로첸도르프는 우리의 시민적 사고방식에서 보면 세상살이에 실패했고 세상을 이기지 못했는데도 말이다. 적어도 불쌍한 펠텐은 인생에 실패했고 세상을 이기지 못했다. 억만장자 미망인 뭉고로 불리는 트로첸도르프는 그래도 아주 미친놈 같은 안드레스, 안쓰럽고 기괴

한 그놈처럼 사람을 당혹스럽게 하진 않는다. 펠텐 안드레스를 생각하면 마음이 아프다. 만약 그가 자기 재능과 그 많던 기회를 살려냈더라면 뭔가를 이루고 출세도 할 수 있었을 텐데!

하지만 실무적으로, 실무적으로 하라고, 칼 크룸하르트! 그러니까 가능하면 사무적으로 너 자신에게 보고하라고, 행정국장이자 법학박사 크룸하르트! 적어도 안드레스 대 트로첸도르프 건이나 트로첸도르프 대 안드레스 건에 대한 자기 입장을 분명히 하기 위해서라도. 어떤 참관자들을 의식해서 그러는 건 아니지만, 네 아이들 때문에라도 그럴 만한 가치가 있을 테니까.

우리, 그러니까 펠텐과 내가 놀거나 숙제를 하거나 개구쟁이 짓을 하다가 트로첸도르프라는 이름에 점점 더 귀를 기울이기 시작했을 무렵, 우리는 열 살에서 열두 살쯤이었다. 부모님은 그 이름을 말할 때마다 근심에 싸여 머리를 설레설레 흔들었고, 펠텐의 어머니는 안됐다는 의미로 머리를 가로저었다. 우리 집에서는 "예상했던 대로군!"이라 했고, 옆집에서는 "불쌍한 아가테!"라고 했다. 우리 집에서는 "그 사기꾼은 결국 끝을 보고, 이제 여편네, 그 경박한 여자를 우리에게 떠넘기는군!"이라고 했고, 옆집에서는 "불쌍해라, 그 어린 것을 데리고 그렇게 멀리서 바다를 건너오다니! 혼자서 어린 계집애를 데리고 대양을 건너오다니!"라고 했다.

그 광활한 바다! 로빈슨 크루소가 이상한 섬나라를 발견했던 곳. 우리, 그러니까 펠텐과 나도 한번 가서 그런 섬나라를 찾았으면 했던 곳…… 뱃사람 신드바드가 항해했고 세 번이나 런던 시장을 지냈던 위팅턴이 자기 고양이를 판 대가로 흑인 왕에게 금이 가득 든 자루를 세 개나 받았던 그 어마어마한 바다. 그것은 무엇보다 우리의 소년다운 상상력을 자극하고도 남는 것이었다.

"칼, 어떤 아줌마가 미국에서 어린 여자애를 데리고 여기 포겔장으로 돌아온대. 우리 엄마는 그 애의 엄마를 아는데, 너희 엄마도 알고 있대." 펠텐이 말했다.

"나도 들었어. 우리 엄마 아빠는 그 애 아빠도 아는데, 그 사람 건달이래."

"우리 엄마는 그런 얘긴 안 했어. 하지만 엄마도 그 사람 안대. 그런 건 상관없어. 그런데 그 계집애 말이야. 너 지도 좀 가져와봐. 멍청한 계집애, 그 새침데기가 대서양을 건너오고 있다고? 만약 우리가 대서양을 지리시간에만 배운 거라면, 클레브마이어 박사한테 바보 같은 소리만 주워들은 거라면, 대서양이 얼마나 넓은지 모르고 있는 거라면! 그래, 여기 나한테 한번 와보라지! 하르트레벤 씨네 세들 거라던데. 우리 엄마가 도와주셨다고 하더라."

"우리 엄마 아빠도 도와줬대. 그 집 형편이 아주 나빠서 그 사람들을 떠맡아야 한다더라. 우리 부모님들이랑 다 친한 친구였다고, 그래서 우리가 돌봐줘야 한대!"

"그러라지, 뭐. 나도 할 수 있는 건 할 거야. 그런데 여기 포겔장에는 안 그래도 계집애가 너무 많아. 하나 더 생겨서 나한테 불리해지면 안 되는데. 가는 데마다 계집애들이 나타난단 말이야. 울타리에 올라서기만 해도 오 분도 안 돼 몰려들어 꽥꽥 소리를 질러. '너 우리 정원에서 안 나가면 네 아빠한테 이를 거야' 하고 엄포를 놓지. 그건 그렇고 칼, 네『가죽 스타킹 이야기』[9] 다시 빌려줄래? 그 계집애가 여기로 들이닥치기 전에 미국 이야기를 한 번 더 읽어봐야겠어."

쿠퍼의 이『가죽 스타킹 이야기』가 '청소년을 위한 개정판'으로 출간되어 얼마나 많은 독일 소년들을 긴 화승총과 큰 구렁이, 교활한 여우의 나라로 유혹했던가! 포겔장 출신의 찰스 트로첸도르프 씨의 청소년기 역시 그랬는지 어땠는지는 이 서류에선 증명할 길이 없다. 이후 서류에서 그가 그런 부류가 아니었음을 보게 되겠지만. 그를 그곳으로 유혹한 건 고귀한 운카스나 용감한 소령 헤이워드가 아니었다. 당당한 흑발의 코라나 사랑스런 금발의 앨리스도 아니었다.[10] 그건 전혀 다른 것, 신기하고 거짓말 같으면서도 진짜인 아이들의 원시림 세계와 아무 상관도 없는 것, 말하자면 번창하는 미국에서 벌일 한탕 사업이었다. 독일적 심성의 소유자도 고귀한 조국 독일과 푸른 라인 강, 포겔장에서 능수능란한 솜씨를 익혀 바다를 건너갈 수 있었다. '화승총, 구렁이, 여우의 회사'와 대등하게 견줄 수 있을 뿐 아니라, 이들로 하여금 독일의 경쟁자에게서는 두 번 다시 아무것도 수입하지 않겠노라고 생각하게 할 만큼 기회를 노려 철저하게 속일 수도 있었다. 하지만 그건 지난 시절의 옛이야기일 뿐. 내 서류들엔 찰스 트로첸도르프 씨 자료가 별로 없다. 우리 고향에서 그는 해외 이민 알선업자였다. 그러다 피치 못할 이유로 이민을 택했다. 우리 엄마와 이웃집 안드레스 부인의 친구이자 동기동창이던 자기 아내를 데리고. 그녀는 한창 때 아주 예뻤다고 한다. 하긴 당분간 머물 거라며 우리 집에 왔을 적에도 그렇게 못생기진 않았다. 아버지 말대로 그녀는 "더 나은 행복에 대비해 보호받기 위해" 우리에게 보내졌다. 훗날 그 의도는 모두 실현되었다.

　미국에 있을 때 '유부녀' 아가테 트로첸도르프는 종종 펠텐의 어머니에게 편지를 보냈다. 펠텐은 '대청소' 때 해외 우편 직인이 찍힌 편지를 대여섯 통 난로에 넣어 태웠다. 내 기억으로 불에 탄 편지들은 문체가 수려하다거나 도덕적으로 탁월하지 않았다. 그 편지에서 드러난 것은 찰스 트로첸도르프 씨가 일을 맘대로 주무르는 사기꾼이라는 사실이었다. 언제든 행운을 다시 잡을 수 있고, 어떤 불행이 와도 빠져나갈 수 있는 뛰어난 사기꾼 말이다. 마지막 편지에는 그에 대한 보고가 들어 있었다. "나쁜 사람들에게 엄청난 사기를 당해서" 집안 살림을 정리해야 한다는 거였다. 나중에 나와 펠텐이 알게 된 바에 따르면 당시 그는 싱싱 교도소[11]에 장기 투옥될 뻔한 위기를 가까스로 모면했다고 한다. 어쨌든 그는 어느 정도는 정당하다 싶게 "머나먼" 서부로 도피했고 아내와 아이는 포겔장으로 보냈다. 그때 포겔장에 살던 우리가 피스크와 이리 철도[12]니, 트위드와 태머니 일파[13]니, 싱싱이니 하는 걸 어찌 알았겠는가.

그렇게 그들이 왔다. 독일계 미국인 여자와 그녀의 어린 딸 미국 소녀 엘렌. 그들은 우리가 얻어준 하르트레벤 씨네 별채로 이사했다. 두 모녀는 펠텐과 내가 학교에 있는 동안 마을로 옮겨왔다. 학교에서 돌아왔을 때 우리는 나란히 앉은 어머니들이 흥분한 채 어쩔 줄 몰라 사시나무 떨듯 떨고 있는 모습을 봤다. 우리는 그분들 말에 귀가 쫑긋해졌다. 어머니들은 하늘이 무너지기라도 하듯 아우성치며 손을 머리 위로 올리기도 하고 말없이 무릎에 올려놓고 쥐어짜기도 했다. 이럴 때 사내아이들은 엄마 말에 귀를 기울이기 마련이다.

"그년이 완전히 멍청이가 되어 돌아왔어!" 어머니가 신음하듯 말했다.

"맙소사, 어쩌니!" 이웃집 안드레스 부인은 탄식하듯 말했다.

"아말리에, 내가 지금 어떤 심정으로 여기에 앉아 있는지 아니?" 펠텐의 어머니는 고개를 가로저었다.

"마치 우리가, 여기 포겔장에 있는 우리 둘이 책임져야 할 것 같은 느낌이야. 하르트레벤 씨 별채가 베를린의 운터덴린덴로路[14]나 바다 건너 더 웅장한 뉴욕 같은 곳에 있지 않은 것에 대해서. 그리고 그 건달 트로첸도르프가 내 남편에게 살림살이를 사라고 보낸 백 달러로 우리의 여왕마마께 저 하르트레벤 씨 집에 있는 가구들을 조달해줬어야 했나봐. 이 유부녀……, 아니 우리의 여사……, 귀

부인이라 불러야 하나…… 아니 우리가 그 애를 어떻게 불러야 하지…….”

"불쌍한 아가테.”

"너, 그 애를 동정하는구나! 날 나쁘게 생각진 마. 그 문제라면 난 좀 다르게 생각해. 나중에 기회 봐서 우리가 그 애 형편에 맞추는 게 아니라 그 애가 우리 형편에 맞춰야 한다고 말해줄 거야.”

"맙소사, 그 애의 형편이라니!" 펠텐의 어머니가 한숨 쉬듯 말했다.

"내가 말하는 건 지금 그 애 형편이 아니라 거창했던 옛날 형편이야. 그래, 아말리에, 이것도 또 네가 옳을지 모르지. 나도 가능하면 그 애가 이곳을 편안히 느끼고 받아들이도록 애쓸 거야.”

*

나는 당연히— '당연히'라는 말이 잘못 사용된 예 중에 가장 좋은 의미에서—어머니들의 대화를 서류들에서 끄집어낸다. 우리 멍청한 사내아이들은 어머니들끼리 주고받은 대화를 정확하게 기억하지 못한다. 펠텐과 나, 우리 둘은 규칙에도 크게 어긋나고 조금도 유쾌하지 않은 무엇이 포겔장의 평온을 깨뜨리고 (아버지가 말씀하신 것처럼) 그 아늑함을 훼손하려고 위협하는 줄로만 알았다. 그런데 우리는 곧 그 이야기가 우리와 아무 상관도 없다고 확신하게 되었다. 우리는 뙤약볕이 내리쬐는 여름이나 눈 내리는 겨울에 등교길이나 정원, 골목길에서 마주치는 다른 멍청한 계집애들을 대하듯 "하르트레벤의 집으로 새로 이사온 계집애"를 대하겠다고 마음먹었다. 그래서 우리는 유럽 인디언처럼 굴면서 울타리에 턱을 괴고 하르트레벤의 인디언 오두막을 바라보았다.

"코라와 앨리스처럼 멍청한 영국 계집애같이 생겼으면 상종도 안 할 거야." 펠텐이 말했다. "하지만 새로 온 계집애가 소년단원 이야기에 나오는 유니타우[15]처럼 빨강 노랑 초록으로 색칠하고 오면 그땐 얘기가 달라지지. 그땐 누에고치같이 지겨운 이곳의 삶에 뭔가 다른 일이 생기겠지."

"펠텐! 저기 너희 엄마가 그 애를 데리고 온다! 응, 키가 작잖아! 저기 봐, 너희 엄마 손에 끌려가고 있어. 운 게 틀림없어. 계속 훌쩍거리네. 너희 엄마가 마치 거인 식인종이기라도 한 것처럼 말이야. 너희 집에서 애들을 잡아먹기라도 하는 양 억지로 끌려가잖아. 자, 펠텐, 너도 집에 들어가는 척해라. 분명 오늘 쟤랑 같이 밥 먹겠네. 저것 좀 봐. 너희 엄마가 다 큰 계집애를 안고 집에 들어가네! 자, 잘 가. 우리 집에서 날 부르는 소리가 들렸어. 너, 우리 아빠 잘 알잖아."

어느 토요일이었다. 오후 수업은 없었다. 우리는 동산에서 수풀에 누워 있었다. 나는 안드레스 가족과 트로첸도르프 가족이 수프 그릇을 사이에 두고 처음 대면한 이야기를 들었다.

"그래, 그 사람들이 우리 집에 식사하러 왔어." 펠텐이 말했다. "그 미국 부인도. 그 아줌마는 독일어를 할 줄 알아. 그런데 잊어버린 것처럼 행동하려 해. 그 어린애는 영어만 할 줄 알아. 미국말 있잖아. 정말 짐승 같은 애야! 둘 다 진절머리나게 고상하더라. 원래 그랬대. 하지만 우리 엄마가 더 고상해. 그래도 아버지한테 배워서 영어를 조금 할 줄 아니까 다행이었지. 아무튼 꽤 순조롭게 지나갔어. 물론 나야 엄마한테 잔소리 들었지. 이제 식탁에 팔꿈치 대는 것 좀 그만하고 예의에 어긋나지 않게 행동하라고. 그 아이 눈에 독기가 서려 있더라. 울더라고. 누런 완두콩이랑 잠두콩, 스웨덴 순무, 당근 같은 우리 음식이 아직 입에 잘 안 맞나 봐. 걔는 흑인 유모랑 하인도 있었대. 하지만 우리 엄마가 결국 그 애를 웃게 만들었어. 날 쳐다보고 웃게도 했어. 그 애 엄마만 끝까지 울상이었지. 식사를 마친 뒤엔 결국 우리 엄마 앞에서 우시더라. 그 계집애는 엘렌이야. 우리말로는 헬레네고. 엄마는 소파에서 그 애를 무릎에 앉히고 모녀를 위로했어. 난 슬그머니 도망쳤지. 오후 내내 그런 걸 참고 있을 순 없으니까. 그래, 우리 엄마 말대로 기꺼이 아량은 베풀 거야. 하지만 엄마가 새롭고 낯선 이웃을 핑계로 날 붙잡아두려 한다면, 그것도 영어 때문에 그러는 거라면 난 안 해. 학교에서 라틴어와 프랑스어 배우는 것만 해도 너무 지겨운데. 흥, 근데 아량이라니? 칼, 누가 우리한테 아량을 베푼 적 있었니?"

"전혀!" 나는 말했다.

"그런데 우리가 영어를 하나도 못하면 그 얄미운 애하고 어떻게 말을 주고받지? 분명 그 애를 우리한테 떠넘길 텐데. 게다가 나는 오후 내내 나가 놀지는 않을 거라고 약속했어. 저 아래 우리 정자에 다들 모여 있네. 아량을 베풀면서. 너희 엄마도 계신다, 크룸하르트."

4

 지금 내 기억은 우리가 하르트레벤의 창고에서 알키비아데스의 죽음을 상연했던 날 저녁에 가 있다. 트로첸도르프 부인이 포겔장에 돌아오고 몇 년이 지난 때였다. 엘렌 양은 펠텐과 내 도움으로 독일어를 점점 더 잘하게 됐고, (마음 내키면) 헬레네! 레네! 렌헨! 같은 호칭도 받아주었다.[16] 우리는 셋 다 지극히 전형적이고 정당한 반항의 시기를 겪고 있었다.

 우리 두 사내아이는 그 독일계 미국 아이가 어리석고 잘난 체하며 단순하고 멍청하다는 사실을 이미 오래전에 알아챘다. 하지만 그 아이에겐 어떤 장점이 있었다. 잘 다루기만 하면 함께 일을 꾸밀 수 있다는 점이었다. 우리 아버지는 그 불쌍한 아이에게 받은 첫인상을 고수했다. 정도가 좀 덜하긴 했지만 어머니도 아버지와 생각이 같았다. 이웃집 안드레스 부인만 여전히 그 아이에게 아량을 베풀어야 한다고 생각했다. 기회가 되면 그런 생각을 전하고 그렇게 행동하려 했다.

지금 돌이켜보면 그 모녀를 동정해야 할 일이 자주 생겼던 것 같다. 그런 일은 미국에 있는 남편, 아버지로부터 편지나 송금이 오는 횟수보다 훨씬 더 자주 일어났다. 그는 여전히 행운을 잡지 못하고 있었다. 나는 아버지가 하는 말을 엿들었다. "잘 들어봐, 아돌피네. 나중에 오늘 내가 한 말을 기억하게 될 거요. 앞으로 그 사람 소식을 전혀 듣지 못하게 될 거라고. 우리와 이 시市만 그 부인과 여자애한테 시달리게 될 거요. 고향에 거주할 권리와 관련해선 문제가 없겠지. 하지만 그 사기꾼이 가족에 대한 의무를 다했다고 믿거나, 저 미국 어디서 교수형이라도 당한다면, 내 생각엔 그럴 가능성이 꽤 있는 듯한데, 그런 일이 생기면 시가 그 부인과 애를 어디로 보내야 할지…… 그 사람은 여기서도 출세하려고 발버둥을 쳤잖아. 하지만 관청과 법원만 상대했지 사형제도와 상대하지는 않았단 말이오."

자기 아빠와 남편에 대해 이런 말들이 오가는 집에서 이국을 헤매는 죄인의 가족이 편안할 리 만무했다. 포겔장의 신실한 이웃사촌 관계가 어느 정도 보장하는 안전함도 느낄 수 없었다. 그럴 때면 이웃집 안드레스 부인의 작은 집이 좀더 편안한 피난처가 되었다. 거기서는 모든 죄인이 우리 집에서보다 훨씬 더 쉽게 용서받을 수 있었다. 이 원고가 후손들에게 유익하려면 나는 최대한 진실하게 써야 한다. 그래서 나는 부모님 편에 서서 정당한 사람이 되느니, 차라리 펠텐의 어머니 편에 서서 죄인이 되고자 했음을 밝힌다…….

그러던 어느 날 불행한 일이 또 터졌다. 기록해두지 않은 먼 과거, 우리의 유년 시절에 일어났던 그 일을 나는 다시 한번 이 서류 위로 가져온다. 포겔장에 화재 경보가 울렸다. 나는 아버지의 손이 내 목덜미를 움켜쥐는 것을 느꼈다. 어머니는 절망한 나머지 어쩔 줄 모르고 손을 맞잡고 있었다. 이웃집 하르트레벤 아저씨는 자기 집에 세든 '미국 여자'에게 다음 분기엔 애와 함께 거리로 내쫓겠다는 협박을 벌써 스무 번이나 했다. 그는 "누가 밀린 방값을 내든 상관없어요"라고 말했다. 렌헨-티만드라[17]는 이런 일이 생기면 늘 동산 숲으로 도망쳐서 그녀를 부르고 찾아봐야 헛수고였다. 주범인 펠텐은 "쓸모없는 손"을 아마 기름과 솜으로 감싸고는 소파 구석에 앉아 있었다. 그는 제법 심한 통증을 꾹 참으면서 계속 영웅 노릇을 했다. 아말리에 아줌마는 한탄했다.

"아들아, 아들아, 네 아버지가 살아계셨더라면! 우리 둘 다 돌아가신 아버지를 눈물로 그리워하는 그런 날이구나. 네가 저지른 장난 때문에. 맙소사, 펠텐, 이 말썽꾸러기 녀석아, 커서 뭐가 되려구. 네가 커서 뭐가 될지 누가 말 좀 해주면 좋겠다!"

"오오 하늘이시여! 여보!" 트로첸도르프 아주머니가 비탄조로 말했다. 그러자 의사 부인 안드레스는 어깨를 한번 으쓱하더니 부정적인 어투로 말했다.

"이제 하르트레벤 씨가 너를 어떻게 협박할지 그게 문제네, 아가테."

"잔인한 인간, 뻔뻔한 인간!" 뉴욕 브로드웨이에 살았던 옛 백만장자 여인은 흐느껴 울었다. "내 남편이 여기에 있었더라면!"

"자, 자." 펠텐의 어머니가 말했다. "그 사람도 별 도움이 되지 못했을 거야. 그래, 그 착한 이웃이 좀 거칠긴 하지. 하지만 그 사람한테는 너와 네 불쌍한 아이를 내쫓아야겠다고 진지하게 생각할 권리가 있어. 펠텐, 펠텐, 너희들 대체 무슨 짓을 한 거니?"

하지만 안드레스 2세는 붕대로 감싼 손을 들어올리더니 병든 원숭이처럼 비웃으며 소리쳤다. "흥, 하지만 우리 아빠가 해준 게 있잖아요!"

"네 아빠가? 네 가엾은 아빠가 뭘?" 아말리에 아줌마가 더듬거리며 물었다.

"아빠가 하르트레벤 아저씨와 아줌마 그리고 아저씨 장모님의 목숨을 여러 번 구해주지 않았어요? 아저씨가 차에 치였을 때 아빠가 치료해주지 않았어요? 하르트레벤 아저씨가 엄마 일뿐 아니라 아빠 일 때문에라도 도움이 필요하면 밤이든 낮이든 와서 문을 두드리라고 엄마한테 맹세하지 않았어요? 그리고 아저씨도 엄마가 필요할 때면 엄마한테 오겠다고 맹세하지 않았어요? 또 아저씨 일에 관해서는 엄마가 언제나 최종적인, 최고 발언권을 가져야 한다고 말하지 않았어요? 그는 그것에 대해 감사해야 한다고 말하지 않았어요?"

"하지만 사람 호의를 너무 남용해선 안 된단다, 애야." 이웃집 여인 안드레스는 그날의 모든 흥분과 걱정에도 불구하고 웃고 말았다.

"혹시 그거, 나 들으라고 하는 말이니, 아말리에?" 손수건으로 눈물을 닦으려 하면서 이웃집 여인 트로첸도르프가 물었다. 그녀는 세상의 나쁨과 악함을 탓하며 알 수 없는 인생에 대해 한탄하려던 참이었다. 그리고 펠텐의 어머니에게 따지려던 참이었다.

"저기 하르트레벤 씨가 렌헨을 데려와요!" 병석에 둘러앉은 이웃들에게 창가에서 구원의 말을 던져준 건 나였다. 그리고 벌떡 일어나 이런 말을 하면서 문가로 달려간 건 환자 펠텐이었다.

"렌헨이 왜 이렇게 소리를 지르지⋯⋯ 만약에 하르트레벤 씨가 그 애를⋯⋯." 그는 말을 끝맺지 못했다. 하르트레벤은 "그녀", 또 한 명의 어린 죄인에게 법률상 정당한 방식으로 대가를 지불하지 않았다. 그는 그저 "고집 센 말괄량이"의 팔을 잡아끌면서 정원을 가로질러 집 안으로 들어왔다. 그리고 방으로 들어와서 트로첸도르프 부인은 안중에도 없다는 듯 말문을 열었다.

"의사 아주머니, 좀 살펴보세요. 아이가 팔꿈치에 끔찍한 화상을 입은 것 같아요. 저 위 동산에서 발견했어요. 축축하고 서늘하게 이끼 낀 땅바닥에 엎드려서는 수풀에 얼굴을 파묻고 있더라고요. 목재 운송 때문에 산에 갔다가 어디선가 울음 참는 소리가 들려 수풀을 더듬어 찾아갔더니만, 코미디가 따로 없더군요! 얘들은 건달패라고요! 아, 울려고만 하지 마세요, 트로첸도르프 부인. 맙소사, 의사 아주머니, 이제 아주머니도 이 늙은 하르트레벤을 비통한 얼굴로 쳐다보시는군요! 예, 맞습니다. 우선 이 아이부터 살펴보십시오. 화상으로 물집이 심하게 생겼죠? 사람들 눈에 안 띄는 곳으로 가려고 이런 상태로 숲으로 도망치다니. 고통이 크면 클수록 고집과 반항심, 완고함도 더 심해지기 마련이죠. 그래요, 이 두 아이는 서로 잘 어울립니다, 의사 아주머니. 당신의 아들과 이 기이한 아이, 우리의 렌헨 트로첸도르프 말입니다. 더는 말하지 않겠습니다. 하지만 이 두 아이가 여러 해 동안 서로 이웃에 살면서 작당하고 장난친다면 충분히 살인도 일어날 겁니다."

"저는 반항하지 않아요! 고집불통도 아니고요! 저는 그냥 펠텐이 하도 자기 마음대로 하고 잘난 체하길래 동산에 올라간 거라고요. 저도 아팠어요. 펠텐보다 더 아팠다고요. 펠텐이 어떤 애인지 칼은 알아요. 저는 여기 있는 사람들에게 울보라는 소리는 듣고 싶지 않아요!" 헬레네 트로첸도르프는 두 어머니의 손에 붙들린 채 눈물바다를 이루며 울부짖었다. 사실 안드레스 아주머니 손에만 붙들려 있었다. 트로첸도르프 아주머니는 아이를 너무 꽉 붙잡아서 치료를 돕기는커녕 화상을 잘 알아보지도 못했다.

그 아이는 심한 통증을 잘 참아냈다. 하지만 붕대를 감는 동안 그 해로운 동무를 쨰려보고 발을 쾅쾅거리며 소리 질렀다. "그래 볼 테면 봐. 다만 네가 사내라고 착각하진 마, 이 한심한 자식아. 하르트레벤 씨가 네 바보짓 탓에 우릴 내쫓기라도 한다면 다시 미국으로 돌아가서 반드시 아빠를 찾을 거야. 그렇지 엄마? 아빠를 찾으면 우리 다시 마차 위에서 포겔장을 내려다볼 수 있지?"

"저것 좀 보세요! 쟤 하는 말 좀 들어보시라고요!" 하르트레벤이 퉁명스럽게 말했다. "저 조그만 말괄량이가 나에 대해 대체 뭐라고 좋알대는 겁니까! 내가 무슨 짓을 하고 안 할 거라고? 기왕에 말이 나왔으니 한번 얘기해봅시다. 의사 아주머니, 하르트레벤 토지에 관한 한 당신이 어떤 위치에 있는지 알고 계시죠? 포겔장의 아주머니? 임대 해약 고지 같은 것에 대해서도 말입니다. 그러니 만약 트로첸도르프 부인이 내 집에, 아니 당신 집에 사는 게 내키지 않으면 당신과 의논하면 됩니다. 그분은 나를 염두에 둘 필요 없이 계속 살아도 됩니다. 우리도 옛날엔 어린애들이었고 포겔장의 개구쟁이들이었죠. 포겔장을 자주 불안하게 했고요. 하지만 난 저 건달 두목, 어린 친구 펠텐에게 충고하지 않을 수가 없네요. 여기 있는 친구 칼헨, 칼 크룸하르트를 좀 본받으라고요. 내가 호되게 야단치거나 때리려고 벼르지 않은 말썽꾸러기는 이 포겔장에서 칼밖에 없어요. 칼아, 아버지에게 안부 전해다오. 앞으로도 아버지를 기쁘게 해드리고. 트로첸도르프 여사님! 마땅한 이유가 있다면 이 하르트레벤은 거칠어지지요. 아주 많이 거칠어지기도 합니다. 그렇다고 내가 비인간적이진 않습니다. 야단을 치거나 달래도 소용없다면 관둘 줄도 알고요. 특히 여자들한테 더하죠. 자, 그럼 이만 가겠습니다. 친애하는 트로첸도르프 부인, 만약 우리 의사 아주머니가 오늘밤에, 죽은 내 아이 한스에게 했던 것처럼 저기 소파에 잠자리를 만들어 댁의 아이가 누워 쉴 수 있게 한다면 그게 제일 좋은 치료일 겁니다. 아이는 밤새 괴로워할 테니 보살핌이 필요하겠죠. 친애하는 부인, 당신은 잠을 잘 수 없을 겁니다. 제가 말이 많았지요? 자, 그럼 모두들 안녕히 계십시오. 우리 둘 사이는 전과 다를 게 없는 겁니다, 의사 아주머니."

하르트레벤 씨가 자리를 떴다. 렌헨 트로첸도르프는 그날 밤부터 여러 날 동안 안드레스의 집에서 잤다. 진정한 이웃의 집에서 말이다.

"정말 고마워, 아말리에! 내가 많이 예민하잖아! 게다가 너는 의사 부인이고 거의 의사나 마찬가지지. 넌 마음씨가 참 고운 사람이야." 이웃집 여인 아가테는 흐느껴 울며 말했다.

5

나는 이웃집 하르트레벤 아저씨에게 말할 수 있는 공간을 부여했다. 그 호인好人을 기억에서 끄집어내어, 그가 어떤 사람인지, 그가 이웃을 위해 무슨 일을 했는지 추억해보기 위해서였다. 편히 잠드시오, 신실한 영혼! 그의 넋이 편히 쉬기를. 그도 법학박사이자 행정국장인 크룸하르트에게 기사 훈장을 여러 개 받을 만하다. 그래서 나는 그를 후손들에게, 비록 서류 형식에 맞지는 않지만, 그래도 이 서류에 과거의 포겔장이 어떠했는지에 대한 표식으로 전해주려 한다. 앞에서 썼듯 그가 나를 칭찬해서 그런 게 아니다. 오히려 그 반대다. 하르트레벤 아저씨의 의견은 내게 큰 도움이 됐다.

"이 녀석아, 내가 너라면 어제 그렇게 호주머니에 두 손 넣고 나 몰라라 하진 않았을 게다! 다른 애들이 그 일을 짊어지게 내버려두진 않았을 거라고!"

그러면 나는 정말 젖 먹던 힘을 다해 친구들과 어울려 장난을 쳤다. 하르트레벤 아저씨가 주장하는 나름대로의 '발전' 덕분에 내 외투와 바지, 코와 눈뿐 아니라 부모님의 감정까지 심한 고통을 겪었다. '의사 아주머니'는 내 코피를 닦고 부어오른 눈을 가라앉히려고 세숫대야와 약솜을 들고 왔다. 게다가 부드러운 설득조의 말로 하르트레벤 씨 집에 (펠텐의 표현대로) "뛰어들어야" 했다.

"우리 아들이 제일 큰 죄인입니다. 따끔하게 타일러주세요, 어르신!"

정직하고 성실하신 아버지! 선하고 걱정 많으신 어머니! 포겔장에서 두 분은 매일매일이 근심이었다. 하지만 두 분이 옳다는 것과 그 사실이 언젠가 증명될 거라는 굳은 확신이 두 분에게 위로가 되지 못했다. 부모님은 옳았고 당신들도 그것을 알고 계셨다. 하지만 거기서 어떤 기쁨도 얻지 못했다. 자신들이 옳다는 생각은 자기 혈육이 올바른 길을 걷게 해야 한다는 확신만 강화시켰다. 그렇게 세상이 순리대로 후손을 통해 이어지도록 말이다. 부모님은 온갖 정성과 염려 속에서 최선을 다해 나를 키웠다. 내 아내와 아이들이 두 분의 교육 결과에 만족한다는 것을 나는 알고 있다. 아내와 아이들은 모두 존경심을 갖고 내 책상 위에 걸려 있는 '늙은 국장님' '할아버지'를 올려다본다. 그럴 때면 아내는 미소를 띠며 말한다.

"여보, 당신은 안 믿겠지만, 난 당신 어머니가 저 사진에 있는 분을 상대로 당신의 뜻을 잘 관철했다고 생각해요. 특히 아이들과 관련해서는 내가 당신에게 하는 것보다 훨씬 더 잘 하신 것 같아요."

"그분들은 역할을 서로 분담했어, 여보."

그렇다. 이승에서 자신의 일을 끝마친 자들에 대해 사람들은 이렇게 이야기를 나눈다. 책상 위에서, 정겨운 겨울 난롯가에서, 또 정자에서. 그들의 무덤 위로 풀이 자라고 아직 살아 있는 후손들이 찾아올 때까지. 도로나 기찻길이 그 무덤 위를 지나거나 운이 좋은 경우 쟁기가 지나가서 더이상 그 모습을 알아볼 수 없고 더는 찾는 이가 없을 때까지.

그렇다. 오늘 나는 책상 위로 크룸하르트 국장 부부와 안드레스 의사 부부 그리고 이웃집 하르트레벤 아저씨가 나란히 묻혀 있는 포겔장의 공동묘지를 (육안으로는 아니지만) 바라본다. 내 아이들과 아내, 펠텐 안드레스와 헬레네 트로첸도르프는 그분들과는 달리 그곳에서 영원한 안식처를 얻을 수 없으리라. 지금 포겔장 공동묘지는 벽돌과 콘크리트로 둘러쳐 있다. 예전에는 온전히 푸른 녹음綠陰 속에서 산울타리에 둘러싸어 있었다. 큰 나무들이 묘지에 그늘을 드리우면 새들은 그 안에 깃들어 노래를 불렀다. 밤이면 나이팅게일도 노래했다. 숲으로 가는 길이 뙤약볕이면 그 나무 그늘 아래서 실러와 괴테(펠텐의 말마따나 학교에서 배운 위인들이 우리 목을 조였지)를 밀쳐두고 알렉상드르 뒤마 1세[18]를 읽었다. 그리고 그가 한 것처럼 세 근위병과 함께 세상을 정복했다.

그러면—

> 저기 문 앞에 스핑크스가 누워 있네,
> 공포와 탐욕의 혼합체,
> 사자 같은 몸과 발,
> 여자의 머리와 가슴.

그러면—

> 나이팅게일은 노래하네.
> '오 아름다운 스핑크스여!

> 오 사랑하는 이여! 무엇을 의미하는가?
> 당신이 그 모든 축복을
> 죽음의 고통과 뒤섞는 것은?' [19]

만약 학생들의 생각에 무관심한 세상의 모든 교장 선생님들이 도덕적·윤리적·정치적으로 순화된 시가선詩歌選만 고집한다면 그들은 열여섯에서 스물 사이의 세계는 정복하지 못할 것이다. 그 세계에선 '바보 같은 짓', 달빛, '경박한 몰취미', 나이팅게일, '어리석은 짓', 보리수나무 향기와 멀리 보이는 번갯불, 달빛 아래 가벼운 여름옷을 입은 어여쁜 처녀 로렐라이가 정당성을 인정받는다. 거울이 그 정당성을 인정받는다. 그 뒤에 있는 채찍이 아니라…….

"펠텐, 소나기가 내릴 것 같아!" 달빛을 받으며 어떤 무덤가에 있을 때였다. 소박한 묘비에는 금박 글씨로 의학박사 발렌틴 안드레스라는 이름과 생몰연도가 새겨져 있었다. 펠텐은 웃으며 말했다.

> 올 테면 오라지,
> 바다 속 사자死者는 상관 안 해
> 이미 흠뻑 젖었으니까.

이것도 이 나이 또래가 즐겨 인용하는 어떤 시인의 시구詩句이다. 얼토당토않은 인용문이긴 하지만. 페르디난트 프라일리그라트[20]라는 시인의 것인데, 선생님들은 그를 고전으로 여기지 않았고 시인 자신도 고전에 속한다고 생각하지 않았다. 하지만 학생들에게는 『에그몬트』나 『이피게니에』 혹은 『토르콰토 타소』를 쓴 시인[21]보다 더 큰 영향력을 발휘하는 인물이었다.

사실 펠텐은 어머니에게 들은 이야기로만 자기 아버지를 알 뿐이었다.

"아빠는 오직 엄마와 나를 위해 죽었어. 자신을 위해서가 아니라." 그 아버지의 아들이 말했다. "이 허풍쟁이야, 그 시시한 천둥번개랑 여기 교회묘지의 우리에게 와! 넌 머뭇대지 말고 집에 가서 우산 가져와. 너희 부모님이 다시 나가게 해주신다면. 이 아가씨와 난 뼛속까지 젖도록 여기 있을 테니까. 멋지다. 저기 온화한 달의 여신이 슬며시 숨네. 저기 쉐들러의 자연책[22]에 나오는 것처럼 만찬도 차려져 있고. 잽싸게 집에 가, 렌헨! 너희 엄마, 내가 잘 알지. 천둥소리만 살짝 나도 엄청 걱정하시잖아. 네가 감기라도 걸리면 그 책임을 우리 엄마와 내가 다 뒤집어써야 할 거야."

"날 조롱거리로 만들지 마." 헬레네가 말했다. 그리고 안드레스 박사 묘비 옆 반쯤 주저앉은 한 묘비에 걸터앉았다. "네가 말한 것처럼 난 여기에 남아 있을게. 혼자서. 내일 나랑 허풍떨 생각은 꿈에도 하지 마, 이 바보야! 칼, 애 팔 붙잡고 애 엄마한테 데려다 줘. 난 여기 남아서 우리 아빠를 생각할 거야……. 너희가 떠들어대는 죽은 자들이랑 시시한 천둥번개가 나랑 무슨 상관이지? 미국에선 아주 달라. 우리 아빠는 우리를 다시 데려가려고 오실 거야. 그래서…… 아, 펠텐!"

그녀는 허세를 부렸지만 하늘에서 번개가 번쩍이고 천둥소리가 나자 외마디 비명을 질렀다. 거센 소나기가 쏟아지자 콧대가 꺾였다. 하지만 이를 악물고 그 자리에 앉아 있었다.

"바보짓 그만해, 렌헨. 같이 집에 가자."

"싫어."

"그럼 칼을 생각해서 집에 가자. 저 불쌍한 악동은 벌써부터 일주일 내내 되씹어야 할 핑곗거리를 생각하고 있어. 일요일에 입는 좋은 옷을 다 버려놨으니 말이야."

"뛰면 되잖아. 둘 다 상관 말고 가. 혼자서도 갈 수 있어. 미국에 있는 아빠를 생각하면 돼. 여기선 아무도 필요 없어. 아빠가 돌아오면, 우리 아빠는 여기 사는 그 누구보다도 더 부자고 훌륭하고 힘이 세다고 우리 엄마가 그랬어."

"진짜 우박까지 쏟아지네. 골치 아파지는걸, 칼." 펠텐은 투덜거렸다. "날씨가 좋다면 네가 동화 속 공주 노릇을 하든 말든 상관 않겠어, 엘렌 양. 이제 바보짓 그만둬…… '네가 스스로 가지 않으면 폭력을 쓰겠다'라고 괴테가 말했지. 자 가자, 내 사랑…….

물쥐 한 마리와 두꺼비 한 마리.
어느 늦은 저녁
가파른 산을 올라가네.[23]

열여섯 살짜리 지그노 페트루키오[24]는 헬레네의 치마를 찢어냈다. 그리고 그 아이에게 뒤집어씌웠다. 헬레네는 무섭게 내리치는 우박과 소나기를 피하려고 상상력이 풍부한 작고 거친 머리를 두 손으로 감쌌다. 펠텐은 고교생 고전을 계속 읊어대며 힘없이 저항하는 그 아이를 잡아당겼다.

그때 물쥐가 두꺼비에게 물었네.
'우리는 왜 저녁 늦게
이 가파른 산을 올라가는 거지?'

그러면서 덧붙였다. "원래는 반대야. 두꺼비가 물었어. 그래, 버둥거려봐, 두꺼비야. 이 조그만 왕두꺼비야! 우린 오늘 저녁 독일에 있어. 너희 엄마의 그 잘난 미합중국…… 올 테면 오라고 해."

그날 어머니들이 헬레네와 펠텐을 어떻게 맞아들였는지는 서류에 기록되어 있지 않다. 우리 아버지는 이렇게 말씀하셨던 것 같다.

"이제 그 어리석은 짓들 그만둘 때도 되지 않았니? 교회묘지에서 소란이나 피우고! 그리고 너 오래전부터 해롭진 않지만 쓸데없는 읽을거리에 빠져 있는 것 같더라. 제대로 된 책을 읽어. 옛날 시인들을 읽든지. 이 한심한 소설 나부랭이나 요즘 작가 책은 아예 집에 들여놓지도 마라. 애야, 이성에 호소하는 게 아무 소용이 없구나. 점점 바보 같은 짓만 하니. 하지만 여기 내 집에서는 오성은 오성, 의미는 의미, 바보짓은 바보짓, 엉터리는 엉터리야. 당신 생각은 어때, 아돌피네?"

"정말 뼛속까지 흠뻑 젖었구나. 진짜 홍수를 집으로 몰고 왔어. 그나마 다치지 않아서 다행이다. 애야, 난 아직도 사지가 다 떨린단다. ……우박과 소나기가 내린 뒤에는 정원이 아름답게 보이는 법이지. 자 이제 가서 뭐든 마른 것으로 갈아입거라. 먼저 실내화부터 신고."

6

선하고 가여운 어머니의 충고에 따라 실내화를 신고 "뭐든 마른 것"을 입는다고 해서 지금 이 문서를 쓰고 있는 내가 다시 언짢은 기분을 느낄까?

그렇지는 않으리라.

모든 것이 인간을 교육한다! 그리고 희망과 염려, 근심과 행복에 대한 부모들의 꿈은 물거품이 되어 사라진다! 그 꿈은 지나친 것이거나 현세에서 좀더 편안한 시간을 보내는 것으로 밝혀진다!

오늘 나는 좋은 충고를 받은 아들로서, 이성적인 중년 남자로서, 월급이 많은 가장으로서, '명망 있는 고급' 공무원으로서 포겔장 이야기를 이어간다. 그 영예로운 인문계 중고등학교에서 우리의 라틴어와 그리스어 실력은 최고가 아니었지만 영어 실력은 아주 좋았다. 국가에서 주는 월급을 받으며 영어를 가르치는 박사 선생님은 반년 동안 '런던에서' 생활했던 분이었다. 하지만 우리 영어 실력은 그분 덕분이 아니라 순전히 '미국에서' 온 말괄량이 계집애 덕분이었다. 포겔장의 우리를 어리둥절하게 한 게시를 처음 던진 사람이 바로 그 아이였다. 온갖 쓸데없는 언어들이 우리를 고생시키려고 죽은 채로 문법책에 들어 있는 게 아니었다. 영어는 진정 살아 있었고 독일 바깥의 여러 민족들 사이에서 매일 쓰이고 있었다. 그런 사실이 포겔장의 우리에게 "강한 인상을 주었다."

"나도 가만히 앉아 당하기만 하진 않겠어. 칼, 사전에서 '내스티nasty' 좀 찾아봐." 펠텐이 말했다. 그건 우리가 하이네, 가이벨, 울란트를 머리와 가슴, 주머니에 지니고 다녔던 고등학생 시절, 달이 빛나던 밤과 소나기가 내리던 밤보다 이전의 일이다.

"아, '보이Boy'는 소년, 사내아이, 그 비슷한 뜻이라는 건 알아. 헌데 그 말괄량이가 나한테 '내스티 보이nasty boy'라면서 혀를 쏙 내밀었거든. 못 찾겠으면 사전 이리 줘봐."

펠텐은 내 손에서 사전을 빼앗아 그 단어를 찾아냈다. 거기에서 셰익스피어와 바이런, 그밖의 크고 작은 위대한 인물에게 가기까지는 한 걸음밖에 걸리지 않았다.

우리가 고등학교 졸업반이 됐을 무렵 엘렌 트로첸도르프 양은 사랑스럽고 똑똑한 체하는 고집 센 독일 처녀로 자라나 있었다. 그녀는 영어를 많이 잊었다. 하지만 우리는 영어를 할 수 있었다. 펠텐은 아주 잘했고 나는 보통이었다. 그래도 고등학교 성적표의 영어 점수는 훌륭하다고 할 정도는 된다. 하지만 트로첸도르프 부인은 몸에 익힌 몇 마디 상투어들을 가지고 뉴욕에서 건너왔던 처음 그때와 항상 똑같았다. 해가 갈수록 그녀는 스스로 난관을 헤쳐나갈 대책을 강구하지 못하는 한심한 소녀에서 완전히 바보 같은 여인으로 바뀌어갔다. 그게 포겔장의 중론이었다. 그녀는 변화에 전혀 적응하지 못했다. 그렇다고 포겔장이 그걸 너그럽게 봐주지도 않았다. 이웃집 여인 안드레스 부인만 예외였다. 그녀는 동정심과 인내심을 갖고 늘 이렇게 말했다.

"가엾은 아가테!"

그렇다. 우리는 그 "가엾은 아가테" 때문에 모두 나름대로 곤경에 빠져 있었다. 안드레스 박사 부인이 그나마 가장 나은 편이었다. 제일 힘들어했던 건 그 딸이었다. 포겔장 마을이 특유의 뉘앙스와 색조, 윤곽으로 그 아이를 둘러싸지 않았더라면 그녀는 얼마나 어리석은 여인이 됐을까? 헬레네 트로첸도르프, 뭉고 부인이 베를린에서 보낸 이 편지를 다시 손에 쥐고 있으니 온갖 그림과 생각이 다 떠오르는구나! 이 편지로 인해 나는 이 서류들을 내 삶에 대한 기억들로 채우고 있다!

우리, 그러니까 펠텐과 내가, 펠텐이 표현한 것처럼 성큼성큼 나아가는 동안 우리의 꼬마는 그림 형제 동화책에 나오는 마법에 걸린 공주처럼 성장했다. 그녀는 영리하고 예뻤다. 점점 더 영리해지고 예뻐졌다. 하지만 누더기 옷을 걸치고 다녀야 했고 거친 숲에서 속옷만 입고 방황해야 했다. 부엌에서 쓸 물을 맨발로 길어와야 했고 거위지기 소녀가 되어 들판에서 금발의 머리카락을 휘날려야 했다. 그런데 포겔장의 마법에 걸린 그녀는 유감스럽게도 그 아름다운 이야기에 나오는 가련한 공주처럼 인내심을 갖지 못했다. 그녀는 때로 동산의 편안한 나뭇가지 위에 털북숭이 공주 알레라이라우[25]처럼 앉아 있곤 했다. 펠텐이 고상하고 탁월하게 표현한 것처럼 "자기 속에 머리를 깊이 담근 채" 말이다. 그녀의 눈에서 후회와 감동, 체념의 눈물을 흘리게 만들 수 있는 사람은 안드레스 부인뿐이었다. 반면 그녀가 분노와 악의의 눈물을 흘리게 하는 건 아주 쉬웠는데, 그 부인의 아들 펠텐 안드레스는 그 '재미'를 너무나 자주 즐겼다. 훗날 헬레네 트로첸도르프가 포겔장에서 아버지의 나라로 가져간 것 중 장점은 대개 이 모자에게서 받은 것이었다.

"저 여자 떠드는 것 좀 들어봐."

아버지는 일요일 오후 정원에서 커피를 마시며 신문을 보다가 고개를 들고 말했다.

"저 박사 부인 집에서 또 싸우네. 장난이든 진짜든 상관없지만, 행인들이 가다 말고 서서 지켜보고 이웃들이 창밖을 내다보는 데는 다 이유가 있지! 그런데도 아말리에는 웃고 있나 보네! 이젠 자기도 어린애가 아니란 걸 알 텐데. 아들아, 난 네가 무난히 대학에 가는 걸 보고 싶구나! 여보, 울타리 너머로 좀 들여다봐요. 아말리에가 뭐하는 건지 물어보구려. 시끄러워서 견딜 수가 없어."

그렇다. 특히 그 소음은 견딜 수가 없었다. 하지만 난 아버지의 교육과 감시에도 불구하고, 혹은 바로 그 때문에 기꺼이 그 집에 가고 싶었다. 그런데…….

"얘들아, 왜 그러니?" 어머니는 뜨개질 감을 내려놓고 이웃집 울타리 너머로 물었다. ……그들은 벌써 거기에 있었다. 얼굴이 빨갛게 상기된 엘렌과 펠텐, 그리고 그 뒤로 어머니들이 나타났다. 트로첸도르프 부인은 눈물을 글썽였다. 그녀 어깨 위로 박사 부인이 특유의 미소 띤 얼굴로 말했다.

"그래, 마침 또 너희가 끼어들어야 할 참이구나. 이웃사촌 크룸하르트 씨, 좀 알아듣게 말해주세요. 내가 할 수 있는 건 다했어요."

그건 북아메리카에서 포겔장으로 백 달러짜리 지폐 한 장이 날아든 다음날이었다. 그 일요일 오후 트로첸도르프 부인은 이웃들에게 진 오래된 빚은 갚지 않고 바로 자신의 주장을 편 것이다. 펠텐의 "똑똑한 척하고 버르장머리 없는 말참견"과 아말리에 부인의 염려하는 고개 젓기와 미소. 그렇다. 그녀가 미소 짓고 있는데 트로첸도르프 부인이 말을 시작하더니 그칠 줄을 몰랐다.

박사 부인 아말리에 안드레스는 평생 사랑스러운 웃음을 간직했다. 의미심장한 웃음을 지을 때도 있었다. 그러나 그 웃음은 성실한 우리 아버지의 건조하고 신실한 진지함과 마찬가지로 지금까지 독일계 미국인에게 아무런 영향도 끼치지 못했다.

아홉번째 물결은 상승과 하강의 주기로 보자면 신들과 행운의 파도이다. 겨울의 해수면도 그러할진대, 하물며 부침을 거듭하는 인생살이에서 그 아홉번째 파도가 용감히 헤엄치는 사람을 높이 들어 올리지 말란 법이 있을까. 가끔 미국에서 포겔장으로 날아드는 편지를 보자면 찰스 트로첸도르프 씨는 여덟번째까지는 아니더라도 일곱번째쯤은 되는 물결을 타고 있었다. 아버지는 말했다.

"그 인간이 행방불명되지 않고 그 불쌍한 영혼들, 그러니까 그 미치광이 부인과 아이를 완전히 내팽개치지 않은 게 기적이지. 하지만 사기꾼이야, 옛날에도 그랬고 지금도 그렇지. 얼마를 송금했든 난 그걸로 양심의 가책을 받진 않아."

하지만 —

"아, 크룸하르트 씨, 친애하는 이웃사촌 어른!"

이웃집 여인 아가테가 외친다.

"아, 찰스! 불쌍하고 훌륭한 찰스! 하나뿐인 내 사람! 당신들이 그 사람을 어떻게 생각하는지 아주 잘 알지. 내가 이 끔찍하고 긴 세월 내내 아무 눈치도 못 챘을 거라고 생각해? 말로 직접 하진 않았어도 별의별 방법으로 내가 눈치 채게 했지! 남편에게 드디어 편지가 왔어. 우리가 달팽이 껍질 밖으로 다시 더듬이를 내밀 수 있을 거라고. 그렇게 하고 있다고. 엘리, 재단사가 분명 모레 오는 거지? 오, 주여! 가슴이 벅차올라 달려가면 너희들은 그냥 거기 앉아서 내 행복한 얼굴에 대고 인상을 찌푸리지. 누군 이렇게 누군 저렇게. 그래 난 분명 감사해하고 있어. 당신들에게 얼마나 많은 은혜를 입었는지 잘 알고 있으니까. 하지만 찰스가 우리 빚 다 갚아줄 거야. 나와 불쌍한 내 딸은 넝마 같은 옷을 외상으로 사 입지 않아도 될 거고. 얼마나 감사해! 아말리에, 그렇지만 시내에 더 그럴싸한 집을 마련하려고 하르트레벤의 그 끔찍한 집을 해약하진 않을 거야, 아직은. 우리가 포겔장에서 무얼 갖고 있는지, 지금까지 무얼 갖고 있었는지, 그걸 정확하게 아는지 모르는지 다들 엘렌에게 물어보라고. 남편이 편지했어. 조금만 기다리라고. 그러니까 너희도 조금만 더 참아줘! 나중에 저 바다 건너에서 우리가 환영해줄게. 사랑하는 펠텐, 특히 네게 말하고 싶구나! 얼굴 찡그리면서 엘렌 소매를 잡아당기기만 해봐! 가엾게도 엘렌은 여기서 가난과 배고픔에 시달리느라 자기가 원래 어떤 세계에 속하는지 까맣게 잊어버렸지. 이 점에서 나는 우리 착한 아말리에한테 지금 아주 솔직하게 말하고 싶어. 저 젊은이, 네 아들, 착한 펠텐이…… 주변에서는 그리 좋은 평판을 못 얻고 있다고. 크룸하르트 씨, 당신도 내 말에 분명 동의하시죠? 사랑하는 펠텐, 그저 인상이나 쓰고 비아냥대고 비난하고 그래서는 세상을 살아갈 수가 없단다. 네가 나중에 정말 한번 브로드웨이로 우리를 방문한다면 말이야, 우리 훌륭한 남편, 엘렌의 아빠와 그 드넓은 세상이 네게 그 사실을 한 번 더 확인시켜주겠지. 내가 지금 말하는 것보다 훨씬 더, 분명히."

7

포겔장 식으로 유쾌하게 시작한 여름날의 일요일 오후가 또다시 불쾌하게 끝났다. 만약 이웃집 여인 트로첸도르프가 이런저런 암시와 불쌍하고 착한 펠텐에 대한 공격으로 내 아버지를 자기 견해와 인생관 쪽으로 끌어들였다고 여긴다면 그건 대단한 착각이리라. 그 진지하고 근엄한 신사는 나와 가장 친한 친구의 여러 면을 탐탁지 않게 여겼다. 하지만 아가테 트로첸도르프 부인과 찰스 트로첸도르프는 그에 비할 바가 못 될 정도로 몹시 탐탁지 않게 여겼다.

행정차장 크룸하르트가 지금 이 순간의 어떤 인과관계에서 찰스 트로첸도르프를 완전히 쫓아내기 원한다면 보통 손사래를 치거나 길게 담배연기를 내뿜는 행동으로 충분했다.

돌아가신 아버지는 도전에 응해 말문을 열기 시작했다. 이웃집 여인 아가테에게 자기 생각을 말하고 주변 친구들로 하여금 그걸 기록하게 했다. 명예훼손으로 고소당할 일은 전혀 없었기에 그녀를 어리석고 무책임한 여자, 시끄러운 수다로 포겔장의 조화를 깨트리는 여자라고 공언했다. 내게 희망을 품되 환상은 갖지 않았듯, 아버지는 이웃이 품은 환상에 대해서도 완전히 알거나 이해할 수 있는 건 아니라고 생각하셨다. 아버지는 미국에서 근근이 날아드는 지폐를 독일 화폐로 바꿔야 했던 장본인임에도 애당초 그 돈을 신뢰하지 않았다. 대서양을 넘어오는 전보에 대해서도 마찬가지였다. 은행에 닿기 전 이곳 검사의 도움을 받아 미리 작성됐을 것이란 느낌을 결코 떨치지 못했다. 까놓고 말하자면 사기라고 여겼던 거다. 아버지는 신문을 열심히 읽었고 세상엔 특이한 일이 많다는 것, 미국뿐 아니라 이 나라에서도 별난 자들이 기이한 행복을 누린다는 것을 알고 계셨다. 하지만 옛 동급생 찰스 트로첸도르프 문제라면 그가 여기 있을 때뿐 아니라 미국에 있을 때도 신뢰하지 않았다. 그렇게 부정적인 환상도 있는 법이다. 아주 놀라운 형태와 색채를 띠는 그것은…… 결국 현세의 우리에게 주어진 착각이다.

정자亭子에 모여 당황해하는 사람들의 모습이 지금도 눈에 선하다! 유치한 눈물을 머금은 트로첸도르프 여사. 반항기 어린 눈물을 뚝뚝 흘리는 헬레네. 당혹해하면서도 아버지 견해에 침묵으로 동조하는 어머니. 한쪽 눈은 감고 한쪽 눈은 가늘게 뜬 채 엘랜 양을 째려보는 펠텐. 그는 '맙소사, 아무것도 활용할 줄 모른다면 제아무리 날씨가 좋고 세상이 편안한들 무슨 소용이람?'이라는 표정을 짓고 있었다. 그리고 포겔장에서 유일하게 흠 없는 내 친구의 어머니, 하르트레벤 아저씨네 옆집에 사는, 박사 부인 아말리에 안드레스—

아버지는 '가족의 친구'로서 종종 그녀를 가리켜 "무책임한 여편네"라고 말했다. 하지만 그녀는 마을 사람들 중 아버지가 존경심을 갖고 대하는 유일한 사람이었다. 아버지가 발언한 다음 그녀가 이어 말하면 그 말에 귀를 기울인다. 그녀는 '자신의 한심한 아들'이 아니라 '트로첸도르프의 아이'를, '저 먼 길, 대양 건너 저편에서 온 불쌍한 여자아이'를 품에 끌어안으며 말한다.

"친애하는 이웃사촌 크룸하르트, 제발! ⋯⋯그런데 여러분, 여러분은 대체 어떤 사람들이죠? 각자 다 자기 관점이 옳다 하면 도대체 우리 같은 사람은 여기서 어떻게 살란 말인지. 친애하는 아가테, 이렇듯 이성적이고 신실한 이웃사촌이 없었으면 불쌍한 펠텐과 내가 그 쓰디쓴 세월을 어떻게 버텼겠니? 그런데 우리가 얼마나 배은망덕했는지, 세상을 더 잘 안다고 얼마나 자부했는지!

그래요, 크룸하르트 씨, 당신이 이런 공상가들 무리에 속하게 된 것이나 계속 참기만 해야 하는 상황, 이게 바로 당신 운명이에요. 잠 못 이루는 밤에 얼마나 많이 자책했는지. 아말리에, 네가 제일 나쁜 여자야. 아가테 트로첸도르프도 너같이 어리석게 허공을 떠다니진 않아. 자기 망상이 포겔장의 푸른 하늘에 떠다니게 하진 않는다고⋯⋯. 그래서 난 용서를 구했어요. 그리고 우리 교회묘지에서 최고의 용서를 찾았지요. 저 푸른 무덤에 누운 내 남편이 날 버릇없게 만들지 않았다면, 날 하늘나라로 데려갔다면, 더 합리적이고 현실적으로 일상의 일과 용무를 처리했을 텐데, 펠텐을 더 잘 키워서 행정차장 크룸하르트 씨의 짜증을 덜어줄 수 있었을 텐데⋯⋯. 하지만 보세요, 친애하는 이웃사촌. 그 용서는 나와 펠텐이 개선되는 것과 정반대의 결과를 낳았어요. 난 그나마 행복한 눈물을 닦아내고 베개를 베고 누웠다가 자책하며 잠이 들어요. 이렇게 갑자기 터놓고 말하게 됐으니, 나도 다 고백할게요. 양심의 가책을 느끼면서 자고 일어난 이튿날엔 항상 가장 소중한 친구인 당신을 짜증나게 몰아붙이며 항의했다는 것을요. 그러니 이웃집 양반, 가까운 이웃과 이 넓은 세상에서 가장 신실하고 근심 많은 남자인 당신은, 우리가 어려움에 처했을 때 더 인내심을 가져줬어야 해요. 이 아름다운 일요일 저녁에 입에서 나오는 대로 다 말하니까 고개를 설레설레 젓는군요.

 내 말 아직 안 끝났어요. 이제 아가테 얘기 좀 할게요. 자 이웃사촌, 보세요. 당신이 우리 가족의 신실한 친구 역할을 한 것처럼 나도 아가테한테 그렇게 했어요. 당신이 주장하는 그 이성이란 걸 아가테에게 얼마나 말했는지 몰라요. 하지만 아무 소용 없었지요. 방금 전에도 당신이 여기서 직접 들은 것처럼 난 아가테에게 이성을 말했지요. 그런데 결과가 어땠죠? 늘 그렇듯 소 귀에 경 읽기에요. 내가 행정차장 당신에게 한편으론 눈물바다고 다른 한편으론 가련하고 힘없고 아둔한 여인네이듯. 그래요, 바로 나처럼. 아주 작은 차이가 있다면, 아가테는 있지도 않은 행복을 찾는다는 것이지요. 난 견딜 만한 시간을 내 단점과 불안한 천성으로 망치고 싶지 않을 뿐이에요. 그렇다면 우리 두 여인은 펠텐과 헬레네를 멀리 보내는 게 나을 거예요. 우리가 돌보는 것보다 더 나은 교육과 보호를 받을 수 있게. 하지만 아가테는 살아 있는 아버지를 위해 헬레네를 곁에 두려고 해요.

 난 생각은 하면서도 발렌틴이 이 일에 뭐라 할지 묻곤 해요. '돌아가신 그이가 너와 펠텐에게 뭐라고 하겠어?' 이게 바로 아가테 앞에서 날 무너뜨리죠. 그래요, 이웃사촌, 고개 저으세요. 천부당만부당한 일이죠. 우린 후견인이 필요해요. 특히 가련한 여인네들이 아이들과 남편에 연루되는 일에선 더 그렇죠. 그럴 때마다 후견인 노릇을 해야 하는 것도 물론 유쾌한 일은 아니겠죠. 유감스럽게도 당신은 저와 그런 일들을 수없이 많이 겪어 잘 알고 있어요, 이웃사촌 크룸하르트. 그러니까……"

 그녀는 이런 식으로 한참 더 말을 이어갔다.

 하지만 아버지는 진작부터 두 손으로 머리를 감싸고 있었다. 두 귀를 틀어막고 있었다고 말하지 않으려다 보니 이렇게 말할 수밖에 없다. 그는 박사 부인 아말리에 안드레스가 무슨 말을 하려는지 잘 알고 있었다. 하지만 그의 생각에 그녀가 말한 것은 그의 집뿐 아니라 포겔장 전체에 악영향을 끼치는 것이었다. 게다가 아이들, 미성년자들, 젊은이들이 함께한 자리에서 한바탕 설교를 했으니, 나중에 그들이 어리석은 짓이나 쓸데없는 짓을 했을 때 이 설교가 빌미가 될 수 있었다.

장난꾸러기 펠텐만 봐도 그랬다. 겉으론 희극배우 같은 애처로운 얼굴이었지만, 속으론 '영광스러운 노파'를 안고 입을 맞추며 진지하고 진심 어린 가족의 친구를 바보로 만들고 있었다. 또한 금치산 선고를 받을 만한 포겔장 출신 미국 여인의 버르장머리 없는 말괄량이도 마찬가지였다! 오늘 하르트레벤은 채찍을 들고 그 어린 것을 아끼는 배나무에서 잡아내린다. 하지만 내일은 나무에서 딴 배를 광주리에 가득 담고 꽃다발까지 얹어 다락방으로 손수 가져다준다. 그 '어린 원숭이'는 어린 나이에도 벌써 사람을 미혹시켰던 것이다! 어머니의 교육이나 패션 잡지, 이동도서관에서 빌린 책, 아니면 포겔장의 또래 말썽꾸러기들과 어울려 숲과 들로 돌아다니며 배운 것 등 온갖 무익한 것들과 타고난 '행동거지'로 말이다.

이런 일요일 오후는 여름뿐 아니라 다른 계절에도 수없이 많았다. 나는 그중 하루를 서류에서 꺼내어 서류 형식으로는 아니지만 가능한 한 명확하고 선명한 색채로 종이 위에 옮겨놓는다. 더 묘사할 게 있다면, 그건 아버지가 파이프와 담뱃갑, 신문과 공문서 등 자신의 물건 일체를 들고 나와 함께 여름에는 정자로, 겨울에는 거실 위층에 있는 당신만의 제국으로 퇴각하셨다는 것이다. 항상 여인네들의 소란과 어리석음과 호들갑으로 정신이 혼미해지고 젖은 손수건과 무미건조한 멍청함을 당혹해하는 가장으로서, 가족의 친구로서, 호의를 베풀려는 이웃사촌으로서.

  나는 그에 대한 묘사는 포기하련다. 하지만 이 우중충한 동짓달에 뭉고 부인의 편지를 앞에 두고 순진무구하고 행복했던 그 시절을 회상하고 있자니, 내 팔을 붙들고 있던 아버지의 기운이 오늘도 생생히 느껴지는 듯하다. 난 양심의 가책을 느끼며 책상 위에 걸린 노인의 사진을 올려다본다. 내 팔을 붙들었던 그 격분한 손의 귀한 여운을 앞으로도 내내 느끼고 싶다.

8

그런데 아니다! 아버지가 살아계시던 당시에 나는 얼마나 많은 불만과 반항심을 드러내고 또 저항하면서 그 유익한 구속을 감내했던지! 얼마나 자주 그분의 눈을 피해 다른 두 친구와 함께 포겔장을 쏘다녔던지! 포겔장과 동산으로, 평지에서 높은 곳으로, 평일에서 주말로, 그리스어와 라틴어 문법에서 천일야화로, 베가의 대수학, 수학, 산술에서 시공간을 뛰어넘는 진정한 이상향, 펠텐 안드레스와 헬레네 트로첸도르프의 소년다운 상상의 세계로!

방금 이야기한 폭풍 같은 그 일요일 저녁에도 우리 셋은 동산에 모였다. 둘은 여느 때처럼 가던 길로 동산에 갔고 나는 펠텐이 은밀히 건넨 손짓 신호에 따라 시차를 두고 뒤따라갔다. 그때 숲에는 잘 닦인 오솔길이 있었다. 오늘날 온천지역에 난 '산책길'처럼. 자연애호가와 자선가가 만들어놓은 벤치도 곳곳에 있었다. 대개 나무덤불과 숲속에 있었지만 숲가의 계곡이나 탁 트인 들판이 한눈에 보이는 곳에도 벤치가 있었다. 거기에선 계곡과 정겨운 고향 도시, 군주의 저택이 내려다보였다.

자연의 가장 엄숙한 평화가 깃든 숲가 벤치에서 나는 이번에도 포겔장의 가장 지독한 평화교란자 두 명을 찾아냈다. 한 죄인은 벤치 한쪽 모퉁이로 밀려나 있고 다른 죄인은 다른 쪽 모퉁이로 밀려나 있었다. 좋은 친구인 나를 위한 공간이 한가운데 오롯이 남아 있었다. 초승달이 뜨는 그믐이라 그날 저녁은 제법 어두웠다. 저 위에 드문드문 뜬 별은 희미했고 그 아래 시내의 불빛과 거리, 광장의 가스등은 고요한 빛을 발했다. 군주가 사는 관저에서 "무슨 일이 일어난" 듯했다. 왜냐하면 따뜻한 여름밤 동산 위로 관저의 불빛이 환하게 빛났기 때문이다. 숲은 조용했다. 밤에 깨어나 제 존재를 알리곤 하는 야생동물들도 마찬가지였다. 우리 주위를 맴돌던 박쥐들조차 아무렇지도 않게 느껴졌다. 박쥐들의 은은한 날개소리는 자연의 평화를 깨트리지 않았다. 이따금 역에서 들려오는 소음과 세 맥줏집 뜰에서 들려오는 소리가 저녁의 평화를 조금 방해했을 뿐이다. 역에선 기관차의 신호음과 기적 소리가 들려왔고, 맥줏집 뜰에선 빈의 왈츠 마지막 곡과 〈탄호이저〉의 개선행진곡, 호엔프리드베르크 행진곡이 울려퍼졌다.

"아하! 너희들 또 여기에 앉아 있구나!"

"그래 잘 왔어, 얌전한 칼. 네가 와서 다행이다, 이 모범생! 나 혼자선 이 계집애하고 오 분도 더 못 있었을 거야. 완전히 돈 계집애야! 저 아래 집에서 나는 비명 소리와 싸우는 소리, 고함 소리, 수다 소리가 이 아이를 돌게 한 모양이지! 때마침 네가 필요하던 참이었다, 크룸하르트. 우리 엄마 식으로 말해서는 이 아이를 당해낼 수가 없어. 그러니 네가 너희 아빠처럼 얘를 좀 잡아봐. 너의 그 이성의 상자를 좀 열어보라구. 우리 엄마와 얘네 엄마가 독종을 키웠어. 얘말 좀 들어보라고, 크룸하르트! 한번 말해봐, 엘리, 엘렌 트로첸도르프 양. 포겔장 이웃들이 모두 귀를 활짝 열고 있으니까!"

"네 엄마만 아니면 펠텐, 내가 너를…… 내가 너를……."

"목매달아 죽이고, 목 졸라 죽이고, 독약 먹여 죽이고, 두 발톱으로 네 머리에 달라붙어 껍질을 벗길 텐데. 그리고 두 주먹 가득 머릿가죽을 쥐고 산 아래 집으로 달음박질할 텐데. 자, 내 머릿가죽을 붙잡고 벗겨봐, 인디언 아가씨. 다른 데도 다 벗기든지. 상관없으니까."

헬레네는 정말로 그럴 기세였다. 나는 지체할 겨를 없이 그들 사이에 끼어들어야 했다. 그녀와 가장 가까운 포겔장 친구는 마음대로 하라며 제 더벅머리를 정말로 그녀에게 들이댔다. 그러나 그녀는 그냥 벤치에서 일어나 우리 앞에 섰다. 그리고 우리를 향해 주먹을 뻗더니 이를 악문 채 흐느끼며 말했다.

"난 우리 아빠 믿어! 너희가 뭐라 하든. 그렇게 경멸조로 코를 찌푸리고 고개를 젓고 멋대로 우리 엄마한테 버릇없는 말 지껄여도 난 우리 엄마 믿어! 불쌍한 우리 아빠가 원하는 대로 이룰 거라고 믿는다고! 포겔장 사람들이 대체 아빠에 대해 뭘 안다는 거지? 난 벌거벗은 갓난아기일 때 여기로 보내졌어. 하지만 너희들보다 진짜 세상을 더 많이 알아. 펠텐, 네 엄마만 빼고. 하지만 네 엄마도 동화 속 여왕이긴 마찬가지야. 저기 아래에 있는 여자, 저 우스운 저택에 사는 어린 여왕마마보다 훨씬 더! 저건 그녀의 창문이야. 자, 봐. 내 거울이 다시 저렇게 반짝거릴 거래. 그것도 훨씬 더 환하게! 너희 엄마에겐 샹들리에도 필요 없고 터키산 양탄자도 필요 없겠지. 그분이 내 엄마고 내가 그분 자식이라면 나도 그런 거 갖고 싶지 않을 거야. 하지만 지금 난 우리 아빠 엄마의 자식이고 자유로운 공화국 시민, 미국인이야. 난 우리 아빠 믿어! 살롱과 하인, 흑인과 백인 시종, 높은 창문, 샹들리에, 양탄자, 승마용 말, 마차, 극장 전용좌석, 이 모든 걸 다 갖게 될 거야! 그래 펠텐, 네 엄마한테 일러바쳐. 나한테 베푼 호의와 가르침이 모두 내팽개쳐졌다고 말이야. 하지만 내가 왜 이렇게 소리쳤는지도 말해야 할 거야. 잘은 모르지만 너희 모두가 날 이렇게 만들었으니까. 자기들 맘대로. 나는 그저 불행하고 가엾은 여자아이일 뿐인데!"

일 년 전이었다면 펠텐 안드레스는 이 멋진 말과 탁월한 코미디가 즐거워 어쩔 줄 몰라 하며 동산에서 팔짝팔짝 뛰었으리라. 그런데 그러지 않았다. 웃지도 일어나지도 않고 그저 벤치에 묵묵히 앉아 있었다. 하지만 우리 아버지보다 더 세게 내 팔을 붙잡고 헬레네처럼 이를 악문 채 말했다.

"야, 쟤 좀 봐. 칼, 우리 중에서 제일 편안하게 잘 자란 합리적이고 이성적인 네가 좀 들어봐. 저 아래 군주가 사는 도시는 빼고 하는 말이야. 포겔장과 우리 엄마, 너희 아빠, 나를 포함해서 누구도 이 모기, 이 나방의 머릿속에 질서를 잡아줄 수 없단 거 알겠지? 가장 영리한 최고의 친구 렌헨과 그 어머님과 자기밖에 모르시는 아버님 찰스 어르신의 찬란한 미래를 위해, 만세! 하지만 우물가에서 숭늉을 찾을 수는 없는 거다. 현명하신 키케로께서 원로들이 다 모인 자리에서 사랑하는 친구 카틸리나[26]에게 건넸던 말씀이지. 그러니 이 얼빠진 게집애야, 나 같으면 우선 조용히 저 벤치, 착한 칼 옆에 다시 앉겠다. 뭐, 싫어? 내가 아직 화를 덜 낸 거냐? 저 고양이 같은 눈이 어둠 속에서 빛나는 것 좀 봐라! 뭐라고? 저 숲속으로 가버리든가 산을 내려가 하르트레벤의 집으로 가버리겠다고? 그러든지. 난 상관없으니까 다시 내 머릿가죽을 벗겨봐! 꼿꼿이 서서 너와 세상을 맘껏 씹어줄 테니까, 이 꼬맹아."

그는 벌떡 서지 않고 천천히 일어섰다. 그녀는 그가 어깨를 누를 필요도 없이 주눅이 들어 몸을 웅크렸다. 그녀는 "바보!" 하며 벤치의 내 옆자리에 다시 앉았다. 펠텐은 "우리 아버지는 아마 분명히 이렇게 말씀하셨을 거야"라며 여름밤에 대고 헛소리를 계속 주절댔다.

"그래, 쟤 말이 맞긴 해, 크룸하르트. 전적으로 쟤가 희생한 대가로 오후가 즐거워졌으니까. 하지만 사랑하는 친척들과 이웃사촌이 우리 밑에다 숯불을 부을 때 나도 저 아이랑 같은 석쇠 위에 앉아 있었단 거 잊지 마라. 오늘이 8월 10일이던가? 어! 저기! 너희 못 봤지, 성 라우렌티우스의 눈물![27] 크룸하르트, 학교에서 배웠으니 너도 잘 알겠지. 하늘도 우리를 위해 눈물을 흘린다! 또! 하늘이 다 보증하겠다고 손짓하는데 소원을 빌지 않을 사람이 있겠냐? 별똥별이 떨어질 때 소원을 빌어야 해, 야옹아. 그러면 나중에 다 그대로 이루어질 거야. 이 포겔장과 세계 정부가 보증하는 것처럼, 크룸하르트의 아버지가 하늘 관공서 장부를 돌보는 것처럼 말이야."

"우리 아빠 좀 그만 들먹여, 안드레스!"

"왜? 내가 너희 아빠 욕이라도 했냐? 아니잖아! 오늘 오후에도 철두철미하게 옳았던 유일한 사람, 원하는 걸 아는 분이셨잖니? 우리 엄마도 마찬가지야. 왜냐하면 엄마도 결국은 아녀자니까. 엘리, 우리 둘 다 편모슬하에서 자란다는 거, 그게 바로 원통한 점이야. 우리 어머니들은 선녀처럼 우리를 두 팔에 안고 당신들 방식대로 하늘로 데려가려고 하시지. 크룸하르트네 아버지는 그분 방식대로 그러시고. 게다가 이웃지간의 정으로 우리 발을 땅에 꽁꽁 묶어두려 하시지. 누가 말리겠어. 난 정말 반대 안 해. 게다가 고등학교 졸업시험이 코앞이니까…… 저기 또 별 떨어진다! 그래 칼헨, 넌 방금 무슨 생각하면서 빌었니?"

그 순간 내 생각과 소원이 모두 졸업시험에 쏠려 있었다는 걸 부인할 수 없다.

"넌 합격할 거야!" 펠텐은 웃었다. "물론 최고 점수로. 네 부모님은 너로 인해 영예를 맛보시겠지. 그런데 아가씨, 별이 떨어질 때 무슨 생각하면서 빌었어?"

"별 안 봤어. 하지만 난 늘 똑같아. 별이 아무리 많이 떨어져도 내가 바라는 건 늘 한 가지야. 내가 이 비참한 포겔장에 보내지기 전으로, 엄마 팔에 안겨 비참한 모습으로 너희들 앞에 나타나기 전으로, 저 건너 미국에서 살았던 때로 다시 돌아가는 것."

"네 뜻대로 이루어지리라! 저기 별 떨어진다!"

펠텐은 환호했다. "크룸하르트, 네 생각은 어때? 너 불행한 극락조, 잘못 날아온 열대의 새야!" 그는 으르렁거리며 말했다. "그래서? 그게 네가 헤이와 스펙터[28]에게, 우리 엄마 안드레스와 이 펠텐에게 배운 거란 말씀이지?

눈발은 굵고 바람은 차가워.
먹을 게 없어 얼어 죽겠어.
사랑하는 사람들아, 날 들여보내줘.
언제든 얌전하게 있을 테니!

뭐라고? 네가 과거에 부렸다는 흑인 하인을 대신하려고 착한 칼 크룸하르트와 나쁜 펠텐 안드레스가 얼굴에 먹칠이라도 해야 한단 거야? 또 크룸하르트의 아버지는 화를 내선 안 되고, 우리 엄마는 속 깊은 마음으로 모든 걸 알아차려야 한다는 거야? 그렇다면 진짜 재 아빠 트로첸도르프 씨가 금세 또 행운을 잡아서 일등 선실 배를 타고 여기로 왔으면 좋겠네. 와서 사두마차로 네 물건을 전부 가져갈 수 있게 말이지. 그래봤자 난 상관없고 하르트레벤 씨도 상관없을 테니까. 음, 우리 엄마는…… 저기 또 떨어진다!"

헬레네 트로첸도르프는 다시 벌떡 일어났다. 하지만 이번엔 분에 못 이겨 서럽게 울었다. 그녀는 발을 동동거리며 동네에서 가장 친한 친구에게 소리쳤다.

"나도 칼처럼 말하겠는데, 우리 아빠 좀 그만 들먹여! 너네 포겔장에서 내가 너희 엄마한테 뭘 배웠는지, 그분이 얼마나 온화하고 좋은 분인지는 나도 잘 알아. 그걸 굳이 내 앞에서 자랑할 필요까진 없어. 그리고 저 유치한 별똥별. 넌 별이 떨어질 때 뭘 생각했는데? 네가 빈 소원은 내 소원보다 더 훌륭하고 이성적인 거니? 난 널 알아, 이 공상가야! 행정차장 아저씨가 널 그렇게 부르는 게 전혀 이상하지 않지. 네가 졸업시험에 합격하든 구두장이로 나서든 재단사가 되든 수상에 오르든 알렉산드로스 대왕처럼 힘을 얻든 뭘 하든, 넌 공상가 곡예사로 언젠가 패가망신할 거라던 그 말씀이 딱 맞아. 포겔장에서 넌 맨 꼴찌야. 그래, 저기 별 떨어진다. 방금 빌었어. 언젠가 집으로 돌아가면, 저 바다 건너 우리 집에서 너와 포겔장, 네 사랑하는 엄마와 이곳 사람들이 한 일을 되갚게 해달라고."

"야, 그 별은 소원 빌기도 전에 벌써 떨어졌다!" 펠텐이 비아냥거렸다.

"그래? 그럼 또 별이 떨어질 때 네 맘대로 소원을 빌어봐. 오늘은 이걸로 너희들의 바보짓을 충분히 겪었어. 이제 집에 돌아가야겠다."

"난 행복한 디오게네스가 가졌던 큰 통을 원해."[29] 펠텐 안드레스는 웃으며 말했다. "땡전 한 닢, 엄시공주, 롤란트 시동의 냅킨[30]과 자루에 든 몽둥이,[31] 페르세폴리스에 불을 지르는 기쁨[32] 그리고 '살라스 이 고메즈'에서의 평화로운 죽음[33]을. 자 떨어져라, 별똥별아! 소원을 이루어다오! 어쨌든 내 생각에도 바보짓은 이걸로 됐다. 그러니,

아름다운 아가씨, 감히 제 팔을 내밀어
당신을 댁까지 모셔다 드려도 될까요?"[34]

 그녀는 주먹을 불끈 쥐고 한 대 칠 듯 치켜올렸다. 하지만 펠텐의 이마를 누르는 것으로 그쳤다.
 "펠텐, 넌 정말 한심해. 늘 그 모양 그 꼴일 거야. 칼, 가자. 쟤가 큰 통에 들어가 숨든 말든, 혼자 동산을 구르다 도시랑 포겔장을 지나쳐 어디로 가버리든 말든 상관 말자."
 "또 별 떨어졌어!" 펠텐 안드레스는 웃었다. "그 소원은 이루어질 거야!"
 그녀는 그가 내민 손을 뿌리쳤다. 하지만 펠텐은 그녀를 끌어당겨 팔짱을 끼면서 말했다.
 "진지하게 말하는데, 바보 같은 짓 이제 그만해. 다행스럽게도 아씨마님을 태우고 갈 은빛 등불 마차가 아직 안 왔어. 요전에 아르멘만의 너도밤나무 아래서 질렀던 비명소리는 다시 듣고 싶진 않거든. 우스꽝스럽게 질질 끌리는 옷 입고 나무에 매달렸다가 뿌리에 코를 박고 엎어져서는 제일 친한 나 펠텐에게 도와달라고 애걸했잖아. 아, 성 라우렌티우스 눈물! 저 아래서 우리가 잠자리에 들기 전에 이 눈물이 우릴 한 번 더 꾸짖을 것 같은데. 벌써 엄마가 그립네."
 "네 엄마는 너하곤 비교도 안 될 만큼 선하셔!" 엘렌은 끓어오르는 화를 주체하지 못하고 소매로 눈물을 훔치며 소리쳤다.
 "그래, 오늘 처음으로 맞는 말 했다." 펠텐이 말했다. "엄마는 인류의 추악함을 어렴풋하게만 알고 계시지. 그래서 난 엄마가 그걸 차츰 깨달을 수 있게 최선을 다할 거야."

9

 그는 그때 이미 그렇게 생각하고 말할 줄 알았다. 그는 어떤 왕국의 주인이었다. 하지만 유감스럽게도 그 왕국은 이 세상에 속한 곳이 아니었다. 나는 이것을 서류로 갖고 있다. 서류에 걸맞은 양식은 아니지만. 나는 작성되지 않은 것, 기록되지 않은 것, 도장 찍히지 않은 것, 봉인되지 않은 것에서 이 모든 것을 꺼내 그것들이 사실임을 보증한다. 그런데 오늘은 제법 깊은 곳에서 꺼내야 한다. 그해 8월 10일경 포겔장의 우리가 동산에서 성 라우렌티우스의 눈물이 떨어지는 것을 그렇게 바라보았고, 별똥별이 빛나며 떨어질 때 그런 놀라운 생각을 했다는 것을. 유감스럽게도 나는 펠덴 안드레스가 정말로 졸업시험에 떨어졌고 또 한 번 포겔장에 실망과 만족을 안겨주었다는 것을 서류로 증명할 수 있다. 그 왕국에 거주하는 한 그는 그곳 사람들에게 계속 실망과 만족을 줄 수밖에 없을 것이다.
 "그 불쌍한 엄마에게 그놈을 여기에 잡아두고 구두장이로 키우라고 충고할 수도 없고, 원."

아버지는 내 고등학교 졸업장을 손에 들고 말했다.

"희극배우가 된다면 대접을 아주 잘 받겠지. 허풍선이니까! 아들아, 넌 예상대로 졸업장을 받았구나. 이제 옆집에 가서 「에레미야 애가」[35]나 들어보거라. 휴, 내가 그 집안의 친구, 후견인 노릇을 그만해도 된다면 좋겠구먼!"

"그러면 언짢은 일이 더 많이 생길지도 몰라요, 여보."

어머니는 우리 집안의 성공에 걸맞은 만족감을 나타내며 나를 껴안고 말씀하셨다. 내가 느낀 그날의 상황은 이렇다. 운 좋게 목표에 도달했기에 너무도 기뻤지만 유쾌함이 전부는 아니었다. 그러기에 펠텐은 너무 좋은 친구였다. 그가 나보다 유식하다는 걸, 그의 발목을 잡은 건 수학뿐이라는 걸 나는 잘 알고 있었다. 펠텐의 표현에 따르면 내 뇌는 안이 꽉 차 있고 밖은 둥근 반면, 그의 뇌에는 텅 빈 구멍이 있다고 한다. 그게 그의 잘못일까? 훗날 나는 어리석은 줄 알면서도 근심어린 마음에서 아들놈의 머리를 자주 만져보았다. 평범한 사람에게 황금빛 대로에서 활보할 수 있는 재능을 보장한다는 정수리와 숨골이 제대로 있나 하고. 아내가 아이 머리에 비정상적으로 열린 부분이 있다고 했을 때 미심쩍은 마음에 얼마나 자주 머리를 만져보았던가.

나는 친구보다 먼저 포겔장을 떠났다. 아버지의 소원과 의지에 따라 법학을 공부하기 위해 대학에 진학했다. '수호하라'와 '메멜 강을 수호하라' 같은 애국주의자들의 노래[36]가 내 권리를 제한했기 때문에 중부에 있는 대학으로 가야 했다. 그 대학에선 로마법과 당시 사용되던 독일의 총에 대한 기본적인 지식을 저렴한 학비로 배울 수 있었다. 내 서류들 속에 그 시기의 편지가 한 통 들어 있다.

사랑하는 친구여!

이렇게 부르는 건 내가 너를 친구로 생각하기 때문이야. 실러가 노래한 품위와 고결함[37]이 너와 나 사이의 아름다운 신뢰를 불가능하게 만든다고 해도. 우리 사이의 편안한 관계가 지금의 너와 맞지 않는다면 그렇다고 말하거나 편지를 해주면 좋겠다.

넌 정말 대단했어! 수학 수, 라틴어 우, 그리스어 우, 역사와 다른 것들도 우, 독어독문학은 미. 이봐, 신의 총아, 이제 당분간 별로 필요치 않을 테니 잘 정리된 네 노트, 다음 부활절에 여드레 동안만 내게 넘겨줘. 내 명예를 걸고 약속하는데 최대한 깨끗이 보고 바로 돌려줄게. 네 노트를 내 머리에 쑤셔 넣고 열 명의 시위원들 앞에서 줄타기를 해야겠구나 생각하는데, 우리 노모가 묻더라. '애야, 너 지금 또 무슨 생각하니?' 그래서 '나 지금 칼 크롬하르트에게 편지 쓰고 있어요. 그 녀석을 본받고 싶다고요.' 그러면서 허공만 물끄러미 바라보는데도 금세 마음을 놓으시더라. 어머니께서 네게 안부 전해달래. ……내가 웃음거리가 되는 건 유감스럽게도 별 문제가 안 돼. 하지만 노모가 역정을 내게 하고 싶지 않아. 근엄하신 네 아버지가 모자란 나로 인해 다시 우울한 쾌감을 맛보는 것도 원치 않고. 그래서 나 죽을 힘 다해 공부하고 있다. 너는 황소처럼 달콤한 자유를 누리며 구속받지 않고 싸돌아다니는데. 네가 젊은 시절의 속박 없는 꽃밭으로 귀향할 것에 대비해 국가와 교회의 충실한 직원들이 벌써부터 풍성한 구유와 따뜻한 외양간을 마련해놨다녀라. 지금껏 내게는 나귀용 풀밭만 주었지만. 만약 내가 내가 아니고, 내 노모가 내 노모가 아니었다면 난 정말 견딜 수 없었을 거야. 끝 모를 게으름에서 생기는 말도 안 되는 변명 탓에. 뭐 어쩔 수 없지! 만약 우리의 최고 통치자께서, 그러니까 사실은 친애하는 왕비께서 날 개인적으로 알고 싶다고, 내 양심에 대고 말하고 싶다며 날 부르지 않았다면, 우리 엄마는 나를 찾는 사람들에게 이렇게 말했을 거야. '소파 밑에 처박혀 있어요. 그 아이 좀 끄집어내주세요! 아무리 말하고 협박해도 도통 들어먹질 않아요.'

카이사르와 그의 행운!^{38} 거참 우스꽝스러운 이야기지. 근데 그게 근심 많은 우리 엄마의 눈물도 멎게 하는 거더라. 이봐, 너한테 이 이야길 하는 건 다른 편지로 이야기가 부풀려 전해지는 걸 막기 위해서야. 사실 그건 바보짓이었지. 하지만 그때 거기에 아무도 없었으니 내가 뛰어들 수밖에. 그래, 내가 인간사회를 위해 슐라페 놈을 구했어! 왜 그 면직 저고리에 윤기 나는 가죽바지를 입는 한심한 울보 있잖아. 그 부잣집 얼간이가 살얼음에 빠져 얼음을 깨고 나오려고 발버둥치고 있었거든! 트로첸도르프 부인은 '악!' 비명만 질렀지. 그 건방진 놈 탓에 하마터면 같이 물귀신이 될 뻔한 엘리가 다행히 살려달라고 소리치며 그 바보가 사라진 얼음구멍 옆에 앉아 있었어. 나머지는 상상에 맡긴다. 진짜 웃기는 이야기지. 등골이 좀 오싹해지긴 하지만! 그런데 유리창에 맴도는 파리처럼 물속에서 머리를 이리저리 찧으며 헛되이 출구를 찾는다는 게 유쾌한 일은 아니더라. 더군다나 그 돌대가리를 품에 안고 위로 끌어올려야 하는 의무까지 지고서. 그래, 그는 "길게 호흡하고 깊이 숨 내쉬며 찬란한 빛을 맞이" 했지.^{39} 실러는 물속에 들어가보지도 않았던 인간이야. 들어가봤다면 그 담시譚詩는 훨씬 짧았을걸. 아마 "푸! 제기랄!"이 다였거나 고작 "다신 안 들어가!"라며 투덜댔기나 했겠지……. 아무튼 슐라페와 내가 물속에서 빨리 나왔다고 나무라는 사람은 없더라. 말하자면, 난 물에 빠진 그 부잣집 얼간이를 다행히 다시 육지로 끌어냈어. 수많은 구경꾼이 얼음구멍 근처 안전한 곳에 모여 있는 게 보였어.

가수의 겸손함으로 나머지는 침묵할게.[40] 하지만 그렇게 울부짖는 포겔장의 한심한 여편네들은 두 번 다시 보고 싶지 않아! 세상에서 가장 영예로운 감기에 걸린 나를 에워싼 여편네들이라니! 모두들 눈이 빠져라 멀뚱멀뚱, 나는 왼팔이 부러진 채 콧물을 질질 흘리고……

방주가 다시 마른 땅 위에 내려앉기까지는 꼭 이주일이 걸렸어. 단단한 바닥에 다시 발을 디딘 최초의 사람은 당연히 나의 노모였지. 그분이 그러더라고.

'얘야, 만약 잘못됐더라면 어쩔 뻔했니!'

'카이사르와 그의 행운, 그리고 잡초는 사라지지 않아요, 엄마!'

우리의 계집애는 이 사건에서도 여느 때처럼 바보같이 굴어 깨물어주고 싶을 지경이었어. 당연히 또 매를 벌었지. 불행해지니까 엄청나게 얌전해지더군. 그런데 그 말괄량이가 왜 나를 퇴짜놓고 얼간이 슐라페와 놀고 있었는지 모르겠어. 그 애가 자기 이익을 위해 나와 반목시킨 사람이 카를로스, 너였더라면 나는 아무 말도 하지 않았을 텐데. 아무튼 잘 지내, 나도 잘 지낼게. 일단 나무 널빤지를 대고 천으로 두른 이 한심한 왼팔을 제외하고는, 난 아주 기분 좋아.

V. 안드레스

펠텐이 구조한 동창생 이름은 원래 '슐라페'가 아니다. 그건 녀석의 별명이었다. 그의 진짜 이름은 내 서류에 자주 등장한다. 덧붙이자면 그 이름의 주인은 우리 주 수도의 최상위 계층에 속했다. 그리고 나는 그의 누이와 결혼했다.

아, 아무리 좋은 카드를 손에 쥔들 그 패를 쓸 줄 모른다면 무슨 소용인가. 슐라페의 아버지가 펠텐과 그의 어머니를 몇 번이나 방문해 성심껏 후원을 보장해준들 그게 펠텐 안드레스에게 무슨 소용이었을까? 군주들이 알현을 허락하고 그에게 다정한 애호를 약속한들 그게 무슨 소용이었을까?

아무 소용도 없었다. 그는 원래의 모습 그대로 남았다.

삶이 나무 숟가락을 쥔 그에게 황금 냄비, 황금 숟가락, 도자기 냄비로 밥상을 차려줘도(이런 일들이 진짜 일어났던 거다) 그 요지부동한 태도 탓에 그에겐 어떤 변화도 생기지 않았다. 그는 영원히 예측할 수 없는 포겔장의 기인이 되었다. 케임브리지 사람이 그런 류의 사람에게 했다는 말처럼 '그에겐 아무런 악의가 없으며 원하기만 하면 자기 재능을 써먹을 수 있었다.'[41] 이성적인 사람들은 그런 태도 때문에 그가 불행한 결말을 자초할 거라고 생각했다. 그가 자신에게만 해를 입혔으므로 그 능력을 어떻게 쓰든 누구도 상관할 바는 아니었지만 말이다.

"그 녀석은 여전히 동화책에 나오는 멍청이, 행복한 한스 같더라. 말을 코끼리와 바꿔 타고, 코끼리를 당나귀와 바꿔 타고, 계속 바꿔 타다 끝내 맨땅에 드러눕는 한스 말이다."[42]

그 무렵에 아버지께선 이런 편지를 보내셨다.

"그 녀석, 우연히 사람을 구조한 덕분에 최상류 사회가 손에 쥐어 준 기회를 또 그냥 흘려보냈단다. 우리 사무실에서 도는 말로는, 전하께서 얼음물에 빠진 너희 동창생 아버지에게 벌써 오래전에 '그 젊은이 안됐어. 한번쯤 보고 싶은데 말이야'라며 아쉬워하셨다더구나. ……내 유일한 위안은 아들인 네가 적어도 당분간은 그놈의 해로운 영향력에서 벗어나 있다는 사실이지. 그놈, 곧 있을 시험에 붙을지 떨어질지는 하늘만이 아시겠지. 만약 합격하지 못하면 어떻게 될까? 네게 묻고 싶구나."

10

 이제 난 무엇보다 일 년 반이라는 그 기간을 자세하게 기억해내야 한다. 당시 내 일상은 몹시 바빴다. 하루하루가 빨리 지나갔기에 그때를 정확하게 종이 위에 옮기긴 정말 어렵다.
 우린 방학을 집에서 같이 보낸다. 나는 대학생이고 그는 아직 고등학생이다. 내겐 확실히 난처한 상황이지만 그는 그렇지 않다. 헬레네 트로첸도르프는 여전히 포겔장에 있다. 하지만 그녀는 이제 산울타리나 정원 울타리에 올라가지 않는다. 더이상 산울타리 밑에서 기어다니지도 않는다. 거기에 기댈 뿐. 그녀는 외곽도시뿐 아니라 대도시를 포함한 도시 전체에서 가장 아름다운 소녀가 됐다. 큰 키에 금발, 검은 눈동자와 짙은 눈썹. 이웃 사람들은 일찍 꽃이 폈다고들 했다. 하지만 그건 다분히 질투심 섞인 어리석은 경쟁자들의 말이다. 로이코스의 숲[43]이나 판의 아르카디아 지방[44] 그리고 발칸 지방에선 그녀에 대해 다르게 말했으리라. 아마도 암니소스의 스무 님프[45] 중 하나로 여겨졌으리라. 칼리마코스[46]가 노래하듯 아르테미스는 아버지 제우스에게 이 님프들을 하녀로 삼게 해달라고 부탁하지 않았던가.

물론 내 친구 펠텐은 그 이상이었다. 그는 각 상황에 맞는 문헌학적이고도 신화적인 지식으로 나를 놀라게 했다. 학창시절 내게는 그런 지식이 하나도 없었다.

"저 계집애." 그는 말했다. "이봐, 저애 좀 보라고! 키클롭스[47]가 키도니아[48] 식으로 만들어준 디아나[49]의 활을 갖고 있는 것 같지? 저 멋진 미물은 지상의 도시 서른 개와 산악지대 전부를 자기에게 달라고 머릿속에서 밤낮으로 창조주의 무릎에 매달려 있는 것 같지? 칼리마코스는 찬가에서 그렇게 노래했어. 나중에 한번 읽어봐. 난 이미 오래전에 그녀의 공상을 막는 데 흥미를 잃었어. 포기했어."

"넌 요즘 신화에 꽤나 파고드는 것 같다. 그걸 다 어디서 알았니?"

"혼자서 알아냈지." 나보다 일 년 늦게 대학입학 자격을 부여받은 펠텐 안드레스가 말했다.

당시 미국에선 찰스 트로첸도르프 씨의 사업이 계속 하강 국면에 있었던 듯하다. 모녀는 여전히 하르트레벤의 집에 살고 있었다. 도시의 명망가 지역에 살면서 "아빠에게" 행운의 태양이 완전히 떠오르길 기다리지 않았다. 안드레스의 어머니는 여전히 빵집 주인과 고기집 주인, 우유배달부, 상인 티네만과 아가테 트로첸도르트 사이에 끼어들어야 했다. 상황은 이런 식이었다. 비 오는 날 변화무쌍한 구름을 뚫고 무덥고 화창한 날이 밝아오는 경우는 생각보다 잦다. 그런 날은 종종 '그런 안 좋은 날씨를 이용할' 수 있는 자들을 위해 '멋지게' 저녁까지 지속된다.

이미 말했듯 이 시기에 대해서는 펠텐과 헬레네와 관련해 갖고 있는 서류가 많지 않다. 어떤 면에선 현명하고 정직한 아버지에게 책임이 있다. 펠텐 안드레스는 전혀 믿지 않겠지만, 포겔장에선 나를 꽉 붙잡고 있던 아버지가 신기하게도 그 무렵 날 방치하듯 내버려두셨다.

그냥 웃어넘길 수 없는 일이다. 하지만 사실이 그랬다. 그의 꿈은 자신이 기록장부에 받아쓴 것을 내가 기록장부에 받아쓰게 하는 모습을 보는 거였다. "네가 상류 사회 사람이 되는 걸 보는 게 내 소원이다. 네가 태어날 때부터 네 엄마와 난 인생을 거기에 걸었어. 내가 못 이룬 걸 이뤄다오."

난 어떤 상류층 단체에 가입했다. 고향의 명망가들 중 최고 부류의 청년들이 가입하는 단체였다. 당시 나는 의무와 명예에 묶여 이따금 포겔장을 잊었다. 펠텐은 허공에 떠 있는 내 다리를 다시 끌어내렸다. 그가 한 말이 전적으로 옳았다.

"친구야, 이 밑에서, 개구리 시점으로 바라보면 말이야, 넌 정말 대단히 수직으로 치솟았어. 네 스스로를 바라볼 수 없다는 게 유감이지. 엄마는 이 떠오르는 샛별을 어떻게 생각하세요?"

"애야, 버릇없이 굴지 말고 너도 한번 그렇게 돼봐." 박사 부인이 말했다.

"꿈에도 그럴 생각은 없어요!"

"깨어 사는 동안 우리가 꿈 말고 가진 게 뭐 있니?"

옆집 아주머니는 말했다. 이로써 나는 다시 저 아래에, 실재하는 포겔장에 있게 됐다. 뒤죽박죽 적대적인 지상에, 가능성으로 넘쳐나는 최고의 이웃사촌들 사이에.

방학이 끝나자 나는 괴팅겐으로 돌아갔다. 펠텐과 내가 재회한 건 베를린에서다. 괴팅겐으로 떠나던 날, 하르트레벤의 집으로 편지가 한 통 도착했다. 그 편지가 '고향'의 모든 걸 바꾸어놓았다. 아아홉번째 파도, 행운과 성공의 파도가 몰려온 것이다. 눈이 부실 정도로 금빛 찬란하고 번쩍거리며 전대미문의 화려함과 호사로 치장한 채. 포겔장 안으로 밀려온 아홉번째 파도는 헬레네 트로첸도르프와 그녀의 엄마를 데리고 썰물 빠지듯 빠져나갔다. 찰스 트로첸도르프 씨는 짧은 편지를 보내 건조하고 냉정한 투로 당연하다는 듯 소식을 전했다. 그는 백만장자를 능가하는 부자가 됐으며, 옛 친구들에게 인사도 하고 아내와 아이를 데려갈 수 있게 되어 영광으로 여긴다고 썼다.

*

    이 서류들을 오래 붙잡고 있을수록, 이 종이 위에 쏟아놓는 것이 더 분명하고 명확하게 내 감각과 사고 속으로 들어올수록, 윗사람과 아랫사람에게 인정받은 나의 좋은 사무용 문체는 사라져간다! 지금까지 지극히 냉정했던 문체가 이제 허깨비 같은 것이 된다. 서류더미는 진동한다. 사방 벽에 있는 서류철 속에서 점점 더 위태롭게 진동하더니 기어이 내 머리 위로 쏟아져 내릴 듯한 표정을 짓는다. 나도 어쩔 수가 없다. 처음으로 이 책상에서, 그렇다, 이 책상에서 내 손에 들려 있는 펜이 마음대로 움직이지 않는다. 그 원인은 펠텐 안드레스에게도 있다. 예전에 내 가련한 아버지에게 빈번하게 짜증과 염려를 끼쳤던 녀석, 이 '인간'이 내 안에서 차지하는 과도한 비중이 지금도 여전하다. 평일에 펠텐이 포겔장의 울타리 사이와 너머로 나를 데리고 정처 없이 놀러나가던 시절, 헬레네가 도망치지 않을 때면 그 애도 함께 다니던 그 시절에 그랬던 것처럼 말이다.
    베를린에서 나는 금세 또 그에게 빠져버렸다.
    나는 선배답게 자진해서 대학 경리과에 찾아가 그의 주소를 알아냈다. 내가 가입한 상류단체 의식에서 나온 자긍심에 가득 차서 그 '대학 신입생'을 처음 방문하던 그날이 눈에 선하다.

주소에는 이렇게 적혀 있었다.

"철학도 발렌틴 안드레스, 도로텐 가 ○○번지, 뒤채, 4층, 펜싱 사범 포이히트 씨의 사모님."

내가 베를린 대학 학생명부를 가방에 넣고 그곳에 간 것은 부활절 방학이 지난 4월의 어느 날이었다. 앞채를 보고 뒤채를 가늠할 수 있다면 사회생활 초보자도 자기와 잘 맞는 집을 찾을 수 있다. 하지만 보통은 그게 쉽지 않다. 내가 여기서 그 집을 상세하게 묘사하는 데에는 이유가 있다.

묘하게 우아한 느낌을 주는 양복점을 지나 실내로 들어가 둥근 천장의 복도를 걷다 보면 2층으로 올라가는 계단이 나온다. 양탄자가 깔린 계단을 올라가면 넓은 마당이 나온다. 비위가 좀 약한 사람들은 그 마당을 지나 건물 뒤채로 가는 걸 주저하게 된다. 집주인은 시 최초의 편자 장인 중 한 사람이었는데, 거기서 손님을 맞이하곤 했다. 두 줄로 열 지어 서 있는 말들 사이로 지나가기를 좋아하는 사람은 없다. 뒤돌아선 채 순순히 발굽에 편자를 박도록 가만히 있는 말은 거의 없기 때문이다. 편자 도제들과 승마 하인들, 대장간 하인들, 제복을 입은 마부와 입지 않은 마부가 말들 사이에서 임무를 수행한다. 그들은 말들과 자기들 기분에 따라 소란을 피우기도 한다. 옆채의 홀에 있는 대장간 가마에서는 연신 붉은 불빛이 반짝거리고, 말 울음소리와 욕지거리, 말을 어르는 소리, 그밖에 사람과 사람, 사람과 짐승, 짐승과 사람 간 소통하는 소리 사이로 망치 소리가 울려나온다. 여기서 펜싱 사범 포이히트 씨의 사모님이 어디 사느냐고 물어보려면 정말로 악을 써야만 했다.

그 악머구리 소굴을 통과하니 거기에 뒤채가 있다. 두개골이나 흉곽이 무사한 채로 뒤채에 도달하게 되면, 누구에게 물어볼 필요도 없이 4층으로 올라가는 계단 입구를 찾을 수 있다.

당시 난 운이 좋았다. 4층에 올라가 어둑어둑한 층계참에서 초인종을 눌렀다.

"펜싱 사범 포이히트 씨의 사모님인가요?"

"예." 오십에서 육십 즈음의 작고 예쁘장한 노부인이 말했다.

"안드레스 학생은요?"

"저기 저 문이에요, 손님."

나는 인사를 했다. 그 작은 부인은 무릎을 구부리는 하녀 인사법으로 정중히 인사했다. 나는 흔하디 흔한 베를린의 대학생 하숙방에서 친구와 그의 손님을 발견했다. 그 손님은 섬세하고 우아하며 가냘프게 생긴 젊은 신사였다. 검은 머리에 약간 병색이 있는 얼굴이었는데 꽤 공손하면서도 소심해 보였다. 그는 다행히 모자를 손에 집어 들고 나가려던 참이었다.

"안녕, 크룸하르트."

펠텐은 포겔장의 울타리 너머로 인사하듯 말했다.

"왔구나……. 잘 가요, 드 보! 아, 두 사람 서로 소개해줄까? 이쪽은 내 고향 친구 칼 크룸하르트. 법대생이야. 그리고 여긴 앞채에 사는 레온 드 보. 직업은……."

"아, 제발, 안드레스 씨! 이제 그만 방해하고 싶어요. 괜찮으시다면……."

"이봐요, 내 집에선 마음 편히 자유롭게 있어요. 나도 당신 집에서 똑같이 그렇게 할 테니까."

"제발 부탁이에요!"

호기심이 일게 하는 검은 머리의 창백한 청년은 이렇게 말하더니 수줍은 듯 펠텐과 내게 살짝 고개 숙여 목례하고는 방을 빠져나갔다.

"앞채에 사는 재단사 아들이야."

펠텐이 말했다.

"저 친구 조상은 루이 9세 때 이교도들을 상대로 싸웠고,[50] 몽포르의 시몽에 대항해 툴루즈를 방어했고,[51] 사자 만灣[52]에서 튀니스[53]와 트리폴리,[54] 알제[55] 출신 장교들을 상대로 갤리선船[56]을 지휘했어. 루이 14세 때에는 낭트 칙령[57]과 맹트농 부인[58] 때문에 직접 갤리선의 노를 저어 항해하기도 했지. 대선제후[59]시대에 이 무미건조한 베를린으로 도피해온 가문의 일파는, 내가 보기에 지금도 자기 어린양을 무미건조한 곳으로 데려가는 것 같아. 크룸하르트, 바지와 재킷, 조끼가 필요하다면 드 보 회사를 추천하지. 저 착한 소년의 누나는 레오니야. 앞채 2층에 살지. 블뤼트너[60]의 그랜드 피아노와 독일, 프랑스, 영국 문학 관련 책들, 상류층 딸에게 있을 법한 것들을 갖고 있지. 소개해줄 수도 있어. 하지만 책임은 못 진다. 아주 예쁘거든. 여전히 남프랑스 풍이야, 레오니 드 보는! 이 독일 땅에서 프랑스 재단사 딸 이름이 어떻게 들리니? 내 생각엔 그 가문 전체가 남프랑스의 랑그독에서 여기 마르크 브란덴부르크의 모래 위로 온 뒤 수백 년간 상당한 낭만주의를 고집한 것 같아. 지금까지 집안이 프랑스인 집단 거주지에 속해 있거든. 난 레온과 레오니에게 프랑스어를 배우고 있고."

나는 그가 말하도록 내버려두어야만 했다. 이 친구가 내가 내심 나의 빛나는 독일식 대학생활로 깊은 감명을 주고 싶었던 그 인간일까? 그의 이야기를 들으며 세상을 일찍 경험해 조숙하거나 세상에 정통한 사람이 갖기 마련인 성향을 느꼈기에 나는 그저 당혹해하며 투덜거릴 수밖에 없었다.

"음, 아무 도움 없이도 포겔장과 교실 밖에서 아주 잘 적응한 듯

하네!"

그러자 웃음 띤 그의 얼굴에서 어두운 그늘이 엿보였다.

"그런 도움을 전혀 필요로 하지 않으면서 적응한 건 아니야. 여인네들의 도움을 때론 거절하고 때론 청하면서 지내왔지. 만약 네가 여인네들을 인간으로 간주한다면."

"베를린에, 더 넓은 세상에 온 지 이주일이 지난 거지, 신입생?"

"엘렌 트로첸도르프 양이 포겔장에서 일등칸 기차에 올라타는 걸 도와줬어. 내 노모에게 앞으로 잘 살겠다고 포겔장 울타리 너머로 약속도 했고. 이봐, 자네 아버지 잔소리는 이번에도 아무 도움이 안 됐어. 난 여전히 앞치마들의 교육이 더 좋아. 괴테 할아버지가 파우스트 2부를 한낱 자신과 한심한 문학사가들만을 위해 힘들게 써내려갔을까? 아니야, 아니지! 난 여인네들에게서 교육을 받았고 앞으로도 그럴 거야. 자넨 그냥 하던 대로 해. 난 어머니들, 여자들, 소녀들 곁에 머물 테니. 그건 그렇고, 자네가 펜싱 사범 포이히트 씨의 사모님 집으로 날 찾아온 거라면 정말 친절하고 선배다운데."

"그 부인도 벌써 그런 앞치마에 속하나? 네가 철학과 바깥의 세상살이에서 찾아드는?"

"그럼!" 펠텐 안드레스는 웃었다.

11

이렇게 우린 또 함께 있었다. 그는 내가 직접 보고 들은 것과 부모님의 편지를 통해 알고 있던 포겔장의 소식을 한 번 더, 당시의 어투대로 하자면, 각인시켜주었다. 그는 그렇게 했다. 그는 내가 사생활과 업무상 알게 된 사람들 중 언제든, 어디서든, 어떻게든, 누구에게든, 자신을 비웃음거리로 만드는 것에 아랑곳하지 않는 유일한 사람이었다. 따라서 펠텐의 이야기를 나보다 더 잘할 수 있는 서술자가 있을지도 모른다. 나는 종종 이성적인 고향 사람들 말에 수긍해야 했다. "맞아요, 녀석은 정말 무책임하고 무능한 공상가죠." 하지만 펠텐을 만나는 바로 그 순간 나는 그의 말과 눈빛, 몸짓에 홀딱 반해 녀석의 목을 끌어안고 말하고 싶어진다. "펠텐, 넌 세상에서 가장 멋진 놈이고 앞으로도 최고일 거야! 신들이 네 앞길에 행운을 조금 베푸서서 살라스 이 고메즈에서 죽지 않기를. 그렇지만 유감스럽게도 너의 페르세폴리스를 불태우고 나면 바빌론에서 죽지 않을지.⁶¹ 이봐, 우리가 어릴 때부터 알고 지낸 게 얼마나 행운인지 몰라! 사람들이 너를 진지하게 받아들이는 걸 네가 원하지 않는 거잖아!"

그는 다리를 팔걸이에 올린 채 소파에 누워 있었다. 곧이어 포겔장과 헬레네 이야기를 꺼내며, 의자에 앉기도 하고 책상에 앉기도 하고 또 이리저리 서성거리기도 했다. 그는 때때로 자기 머리가 아니라 내 머리카락을 움켜쥐고 내 머리를 흔들면서 말했다.

"친구, 웃지 말게! 아니 그래, 웃어. 너희 후피厚皮동물이 누군가를 조용히 숙고하고 검토하며 웃듯 나도 스스로 살피면서 웃는 거니까. 그런데 그 계집앤 정말 못 말려! 정말 구역질 날 정도로 이상한 행동을 했거든. 어머니께서도 만약 그 애가 저 미국에서도 포겔장에서 하듯이 계속 그렇게 한다면 세상에서 뭔가를 해낼 거라고 하시더라. 어머니 입가에 깊게 패인 사랑스런 주름이 기분 좋게 위로 올라갔는지, 아니면 분노로 아래로 내려갔는지는 아무도 모르지만. 그래, 간단히 말해 그 애와 그 애 어머니는 떠나갔고 포겔장은 '휴, 다행이야!' 하고 안도의 한숨을 쉬었지. 나도 그렇고. 왜냐하면 어느 누구도 그 모녀를 더는 참아낼 수 없었거든. 우리 어머니조차도. 너도 나랑 같이 그 애를 한동안 겪어봤지만, 끝까지 온전히 다 겪는 건 신들이 내게만 허락하셨지. 아마도 그 때문에 나를 너보다 일 년 더 학교에 남아 있게 하신 것 같다. 물론 트로첸도르프 씨가 포겔장으로 진군해오는 모습은 볼 만한 가치가 있었어. 그 두꺼비! 내 어머니의 헬레네 말이야.

나는 그녀의 팔을 뿌리치고 빠져나왔어,
하지만 난 그녀에게만 몰두할 거야.⁶²

나중에 실러의 책에도 나오는 '바자회'를 그들은 이미 오래전에 하르트레벤의 집에서 보여줬지. 네가 직접 그 돈 마누엘의 헛소리를 읽어봐. 나, 그 아이, 내 어머니, 그 아이의 고집불통 늙은 어머니, 너희 부모님, 늙은 하르트레벤, 그러니까 포겔장 전체를 '메시나의 신부'에 나오는 그 온갖 광채 속에 집어넣고 생각해봐. 슐라페 같은 부류와 그 가족들, 최상류층 사람들도 그 희극에서 빼놓지 말고 그 시기를 직접 머릿속에 그려보라고. 포겔장이 아니라 '유럽 호텔'에 머물다 떠나간 그들의 그 사주 동안을. 우리가 역에서 집으로 돌아올 때 너희 아버지가 뭐라고 하셨는지 아니, 크룸하르트?"

"뭐라고 하셨는데?"

가장 친한 친구의 코를 한방 갈기게 될지도 모른다는 두려움으로 물어보았다.

"'유감스럽게도 인간 본성엔 악이 더 많은가 보네' 하시더라. 늘 그랬듯 또 맞는 말씀이었지."

"펠텐, 그들이 떠날 때까지 옛 이웃사촌과 친구들이 함께해준 거니?"

"그래. 하지만 늙은 하르트레벤 씨에게 물어봐. 그가 여러 해 동안 베푼 호의에 트로첸도르프 부부가 뭐라고 감사했는지 말이야."

"헬레네는 뭐라고 했는데?"

그러자 친구는 내 어깨를 덥석 움켜쥐었다.

"만약 그녀가 우리 집에서 우리 엄마의 자식처럼 지낸 게 아니라면 이 별의별 쓸데없는 일들을 이야기할 가치가 있었을까? 만약 내가 그 아이를 같이 키우지 않았더라면 기뻐 환호성을 지를 수 있으련만! 크룸하르트, 솔직히 나는 크게 환호성을 질렀을 거야. 하지만 카를로스, 우리에게 속했던 그녀를 그냥 가도록 내버려둘 수가 없어. 그 아이도 자기가 우리에게 좋은 것들을 배워서 저 바다 건너

새롭고 찬란한 곳으로 간다는 것을 알고 있어. 크룸하르트, 네가 나를 우습게 여기더라도 어쩔 수가 없어. 그 아이를 세상 끝까지 쫓아가야 한다고 그렇게 적혀 있어."

"베를린을 넘어서?"

나는 그저 무슨 말이든 하려고 물어보았다.

"그럼 베를린을 넘어서! 아직 내 앞날이 창창하지 않니?"

펠텐은 왼팔을 들어올렸다. 팔목 마비로 병역 면제 판정을 받은 왼팔을.

웃음 어린 눈가에는 의기양양한 승리의 확신이 뿜어져 나왔다. 목소리에도 확신이 넘쳐났다. 튼튼하고 강철 같은 오른손으로 내 어깨를 굳이 두드릴 필요도 없었다. 안 그래도 속으로는 억눌리고 움츠러들었으며 겉으로는 무릎을 꿇을 지경이었다. 한마디로 내가 왜소하게 느껴졌다.

이제 그는 트로첸도르프 가족이 포겔장에 체류했던 마지막 나날이 어땠는지 자세히 이야기했다. 그 가족의 가장이 이끌고온 광채가 포겔장뿐 아니라 온 도시에 어떤 영향력을 발휘했는지. 그것은 이번에도 사람을 미혹하는 화려한 불꽃이었을지도 모른다. 하지만 그 별은 민중에게 선풍을 불러일으키기에 충분할 만큼 오랫동안 동산 위 하늘에 떠 있었다. 민중은 일반적으로 자신들이 우둔하지 않고 아주 현명하다고 여긴다. 이상하게도 지역의 공공자선기관, 특히 군주의 감독을 받는 재단과 시설, 고아원과 탁아소와 석방자 및 수감자 교화협회는 찰스 트로첸도르프 씨가 (가족과 함께) 도시의 최고급 숙박시설에 잠시 체류하는 것만으로도 들떴다. 냉담하거나 성품 고약한 이들만이 별 감흥을 느끼지 못하는 듯했다. 이곳 출신 누구도 찰스 트로첸도르프 씨만큼 그렇게 단기간에 빈번히 각종 신문에 이름을 올리진 못했다. 유사 이래 찰스 씨 말고는 누구도 그토록 짧은 기간에 그만한 찬사를 받진 못했다. 군주의 저택에서 포겔장 촌락에 이르기까지, 수많은 코가 그의 향기를 맡으려 들썩였다. 전하는 자신을 알현하겠다는 그의 간청을 마다했다. 아버지는 "사기꾼!"이라고 중얼거렸고, 펠텐의 어머니는 "내 가여운 아이!"라며 한숨지었다. 늙은 하르트레벤이 일갈했다. "그런데 박사 부인, 나는 오랜 시간을 돌이켜볼 수 있습니다. 하지만 저런 광대가 주인공인 이런 코미디는 여기에선 아직 겪어본 적이 없네요. 맙소사, 저 인간은 예전에 여기서 도망간 뒤로 무얼 더 배웠단 건지!"

펠텐은 말을 이어갔다.

"그런데 칼, 내 노모는 그 매혹적인 주간에 다시 신약성서를 읽어달라고 하시더라. 우리는 순서에 따라「요한복음」을 읽던 중이었지. 밤이었어. 늦은 저녁이었지. 등잔 옆에 앉아 3장을 펼쳐 읽고 있었어. '바리새인 중에 니고데모라 하는 사람이 있으니 유대인의 지도자라. 그가 밤에 예수께 와서 말하되……' 하는 순간, '얘, 누가 문을 두드렸어?' 어머니가 인기척을 느끼곤 물으셨지.

우리의 헬레네였어. 그 애는 부끄러운 듯 방문 앞에 서서 감히 들어오려 하지 않았어. 뾰족한 수염을 한 그 늙은 유대인 학자처럼 감히 들어오려 하지 못했어. 예수님을 방문했을 때 니고데모도 그 아이처럼 그렇게 훌쩍거렸는지 알 수 없지만, 아마 그렇지 않았겠지. 그들은 그녀를 유럽 호텔에 있는 최신 패션 잡지에 따라 호화롭고 멋진 클로드 옷으로 장식했어. 하지만 중요한 건 눈물 젖은 손수건이야. 그녀는 젖은 손수건을 들고 있었어. 단숨에 엄마의 안락의자 옆으로 와서 어머니 앞에 무릎을 꿇고 앉더니 두 팔로 어머니 목을 끌어안고 흐느껴 울며 말했어.

'안드레스 아주머니, 저는 여기를, 아주머니를 떠날 수가 없어요! 아 제발, 제발 용서해주세요. 제가 떠날 수밖에 없다는 것과 또 그것을 기뻐하고 있다는 것을요! 겨우 도망쳐 나왔어요. 제가 이곳 사람들을, 아주머니와 포겔장을 얼마나 사랑하는지, 포겔장을 떠나야 해서 마음이 얼마나 아픈지 말하려고요! 아, 포겔장 사람들을 모두 데려갈 수만 있다면! 우리는 이제 돈도 많고 행운도 잡았대요. 엄마가 입버릇처럼 우리 비참한 처지의 위안으로 삼았던 대로요. 하지만 아빠는 웃으면서 포겔장을 데려가는 건 말도 안 된대요. 이게 제가 생각하고 느끼는 전부래요. 또 쓸데없는 짓을 했죠! 그래 펠텐, 넌 내게 '쓸데없는 짓!'을 한다고 자주 나무랐었지. 그래서 내가 몹시 화를 냈고. 하지만 한 번 더 자신만만하게 말해봐. 이번엔 절대 뺨 때리지 않을 테니까. 갑자기 온 세상이 너무도 하찮고 한심해 보여요. 제가 그런 쓸데없는 짓을 조금 더 보탠들 뭐 대수겠어요. 아주머니, 제가 제일 사랑하는 안드레스 아주머니, 제가 기꺼이 이곳을 떠나려는 것도 새로운 삶을 기뻐한다는 것도 절대 용서하지 마세요. 만약 아주머니가 절 사랑하지 않으신다면 모든 게 다 부질없어요.

늙고 사랑스런 하르트레벤 씨에게 말해주세요. 우리 부모님이 그분을 거칠게 대했지만 저도 어쩔 수 없었다고요. 아주머니한테는 밤에 호텔을 빠져나와 감히 이렇게 찾아올 수 있어요. 하지만 하르트레벤 씨한테는 이제 낮에도 밤에도 갈 수가 없어요. 제발, 그분에게 전해주세요! 펠텐, 너도 말해줘. 그분이 언제나 최고의 어른이었다고. 우리 셋(너 펠텐, 칼헨 크룸하르트, 나) 중에서 오직 나밖에 없었다고, 우리가 허구한 날 그 어른을 그토록 화나게 한 게 옳지 않았다는 걸 제대로 알고 있던 사람은 나밖에 없었다고 말이야.

아, 무슨 말을 또 해야 할지! 안드레스 아주머니, 제게 키스하지 마세요! 아니, 아니, 키스해주세요! 여기 아주머니와 펠텐 곁에서 너무나 아름답고 너무나 좋았어요. 제가 속으로 무슨 생각을 하는지 아주머니가 모르신다면 어쩔 수 없겠지만요.'"

"펠텐, 너희 어머니께서 어떤 모습이셨을지 짐작이 가." 내가 말했다.

"그래? 그렇겠지. 넌 늘 나보다 할 줄 아는 게 많았으니까. 하지만 이 대목에선 네가 잘못 생각하고 있는 거 같아. 넌 우리 엄마가 가슴이 미어지도록 울었다고 생각하지? 그 애를 부둥켜안고 울었을 거라고? 절대 그렇지 않아! 놀랍게도 그 늙은 거인은 그 비극적인 순간에 내 취향에 맞게 아주 평온한 태도를 보여줬어. 다음날 아침 나는 그분이 옳았다는 것을 또 알게 됐어. 엄마가 얼마나 자주 우리에게 설교를 했었는지는 너도 알잖아. 하지만 엄마가 우리들 중 누구에게도 그렇게 말한 적은 없었지.

'자유를 찾아 떠나거라!'

······그 아이는 그날 저녁 포겔장을 떠나면서 정원 문에서 나지막하게 울었어.

'그래요, 아주머니가 옳아요. 아빠와 엄마는 분명히 앞서 가고 있고, 저도 기꺼이 그분들을 따라가요. 하지만 아주머니는 제 뒤에 바짝 붙어 있으셔야 해요, 아말리에 아주머니. 저는 언제나 제 치맛자락에서 아주머니 손길을 느낄 테니까요. 만약 아빠처럼 저에 대한 한심한 소식이 포겔장으로 자꾸 날아든다면, 그게 사실인지 아닌지 펠텐을 보내 확인하기 전까진 절대로 믿지 마세요. 하지만 제가 직접 매주 편지 쓸게요.'"

12

 나는 대학에서 공부하기 위해 베를린에 왔다. 하지만 전혀 공부를 할 수가 없었다. 가여운 내 아버지가 우려했던 최악의 상황이 벌어졌다. 얼마 지나지 않아 나는, 고향의 모든 이성적인 사람들의 견해에 따르면, 친구 꾐에 넘어가 타락의 구렁텅이로 빠져버렸다. 나는 다시 그를 소유했고 그는 다시 내 목덜미를 움켜쥐었다. 어떻게 새들이 포겔장인 양 날갯짓하며 금세 펠텐 주위로 몰려들었는지, 이 무미건조한 세상에서 기적을 믿지 않는 이에게도 그건 기적임에 틀림없었다.
 먼저 그의 하숙집 주인 펜싱 사범 포이히트 씨의 사모님이 있었다. 다른 사람이라면 인구 백만이 넘는 도시를 몇 년씩 뒤져도 그녀를 찾지 못했을 것이다. 그녀는 지금의 젊은 주인, 펠텐을 마치 몇 년 전부터 기다렸던 것 같았다. '꼭 필요한 일로' 그에게 어머니 역할을 하기 위해서.

함께 보낸 두번째 저녁에 우리는 그녀의 방문을 두드렸다. 그는 그 자그마한 부인에게 이런 말로 나를 소개했다.

"사모님, 이 친구도 포겔장 출신입니다. 약간 지루하지만 그것만 빼면 좋은 사람으로 교육이 가능합니다. 심지어 자기가 필요로 하는 교육의 정도를 조금 넘어서기까지 합니다."

빈정거리는 그 건방진 신입생을 '한심한 놈'이라고 꾸짖는 것이 옳았으리라. 하지만 늘 그렇듯 이번에도 나는 그에게 맞서 내 입장을 변호하지 못했다.

"예나에서 오셨어요?" 요마처럼 작은 그 노파가 문손잡이를 잡은 채 물었다.

"괴팅겐에서 왔습니다."

"남편의 생전에는 품위 있는 곳이었지요. 자, 안으로 들어오세요. 내가 제대로 들었다면 법학과 대학생 크룸하르트 씨죠?"

나는 그렇다고 대답했다. 최소한의 예의와 친절을 갖추기 위해서 조금 정신을 가다듬었다. 그런데······.

"예나에서 온 게 아니었어요?" 펜싱 사범의 사모님은 이제 소파에 앉아서 질문했다.

"펠텐, 앉으세요. 크룸하르트 씨, 당신도요. 내 질문을 기분 나쁘게 생각하지 마세요. 나는 예나 출신이거든요. 남편도 거기에 묻혔어요. 나는 거기서 자랐지요. 그래서 젊은 신사분들께 그곳에 대해 그리고 옛날에 대해 묻곤 하지요. 우리들 가운데 누구도 적응하기 힘든 여기 베를린에서 혹시 그곳 사람인지 아닌지를 묻곤 해요."

날카로우면서도 고운 노인의 얼굴과 눈매를 한 흰머리의 어머니가 거기 앉아 있었다. 결투 때마다 분명 적을 주눅 들게 할 그런 눈이었다. "우리들 가운데 누구도"라는 그녀의 말은 아주 당연하게, 자연스럽게, 사리에 맞게 울러나왔다. 검도장과 술집의 울림 같았다. ……마치 처음부터 다른 길은 없었던 것처럼 그녀와 펠텐은 인생길에서 서로 만나야 했다. 프리드리히 빌헬름 베를린 대학의 계단에 붙어 있던 펜싱 사범 사모님의 하숙방 광고 전단지는 오직 펠텐을 위한 운명이었다.

"여보게, 좀 앉아."

포겔장 출신의 그 젊은 현자는 여주인이 앉은 소파의 다른 쪽 모퉁이에 앉아 내게 말했다. 하지만 나는 여전히 선 채로 주위를 둘러보았다. 여기서는 세상이라는 것이 아무 문제도 되지 않았다. 독일 어디에도 이와 유사한 미망인의 방은 존재하지 않으리라. 베를린 한가운데에 온갖 독일 청년들의 사진이 걸려 있었다! 그녀가 예나와 그녀의 클럽에서 모은 사진들이 온 벽을 뒤덮고 있었다. 그 사이로 드문드문 남은 자투리 공간은 학생조합의 모자와 휘장 그리고 초상화로 가득했다. 공간이 조금이라도 있으면 거울 대신 트로피와 펜싱용 검, 장갑 등이 걸려 있었다. 그 어떤 낭만적인 중세의 기사 부인도 조상들을 기념하는 홀이나 자기 침실의 장식과 이렇게 조화롭게 어울리진 않았을 것이다. 펜싱 사범 포이히트 씨의 사모님이 홀로 사는 자신의 방에 있는 장식과 치장에 어울리는 것만큼. 앞서 말했듯 그것도 이 베를린 한가운데에서!

"크룸하르트 씨, 당신도 놀라는군요. 내 방에 처음 들어온 사람들은 다 그랬어요." 그 고운 노파는 웃었다. "그래요, 한번 놀라보세요. 우리의 신께서는 자신의 검을 직접 갈아요. 하지만 인간들이 신을 위해 회전식 숫돌을 돌리지요. 저기 오래된 사진들(파리들이 그 위로 용감하게 날아다녔죠), 저것들은 지난 몇 년간의 독일 역사와도 관련이 있어요. 거기에는 우리 신께서 필요로 했던 좋은 검들도 몇 개 있어요. 그리고 우리는 신에게 숫돌을 같이 돌려줬지요. 내 남편과 함께 말이에요! 나는 오로지 내 남편과 당신들 같은 젊은 사람들에게만 나의 즐거움(용서해주세요)과 기쁨을 두었으니까. 나도 예전에는 젊었으니까요, 신사 여러분."

"맞아요, 사모님." 펠텐은 중얼거렸다. "사모님의 청춘일랑 저기 저 늙은 남편에게만 자랑하세요. 그분에게는 그게 쓸모가 있을지 모르죠."

그때 문에서 노크 소리가 들렸다. 그리고…….

"내 재단사에요!" 펠텐 안드레스가 웃었다. "이제 여러분의 세계 도시에서 현재의 내 친구들을 모두 다 곁에 두게 됐군요."

어제 친구 방에서 마주쳤던 앞채의 젊은 신사는 부끄러워하면서 펜싱 사범의 사모님 방으로 들어섰다.

"들어가도 될까요?"

"예, 들어오세요, 레온." 펜싱 사범의 사모님이 말했다. "왜 누나는 같이 안 왔어요? 하긴 그 사랑스런 아이는 내 말동무가 되어주려고 아침에 왔었어요."

"양복 값을 지불했는지 아닌지 따위의 이야기 말고 다른 이야기를 들으려고요." 펠텐은 웃었다.

"안드레스 씨, 우리 집에서 그런 얘길 그렇게 많이 하나요?" 앞채에서 온 젊은 신사, 부잣집 아들이 약간 나무라는 어조로 물었다.

"아니에요! 내가 아는 한 지금까진 정말 아니에요, 드 보. 반대로 나는 벌써 내 친구 크롬하르트에게 말해줬어요. 당신네 집에선 기이하게도 소리들이 얼마나 다르게 울리고 공명하는지. 얼마나 다채롭게 뒤섞여서 울리는지를. 투르바두르[63]가 연주하는 소리, 알비파[64]의 검과 창이 울리는 소리, 위그노파의 오르간 소리, 합창소리. 게르만 출신의 소년은 여기 베를린에서 이런 대단한 양복점은 두 번 다시 발견하지 못할 거라고 벌써 확신하고 있어요. 물론 내가 당신보다 먼저 물밑작업을 했지요, 레온. 그건 그렇고, 이 친구가 당신 집에서 외상을 하면 내가 보증을 설게요."

"안드레스 씨!"

"그래요, 나의 안드레스 씨." 펜싱 사범 포이히트 씨의 사모님이 말했다. "너무 영리한 체하거나 공격적으로 말하지 마세요. 그러기에는 우리 둘도 서로 안 지 얼마 안 돼요. 그런 나쁜 농담이나 하라고 내 펜싱 연습장을 내어주고 싶지는 않아요."

"칼, 나는 또 오해받고 있어!" 내 포겔장 동창은 슬퍼하며 한숨을 지었다. "드 보, 당신이 멋진 사람이라는 걸 말하려 한 건데…… 낭트 칙령 이전과 이후의 모든 위대한 조상들 편에 선 훌륭한 남자라고. 대선제후는 자기 겉옷을 고치려고 부하들을 당신 집에 보내지 않았나요? 이 친구 크룸하르트를 이 지역 최상류 사회에 보내기 위해 당신 양복점을 추천하면 안 되는 건가요?"

"레온, 이건 들어줄 만한데요." 펜싱 사범의 사모님이 말했다.

레온 드 보는 눈물이 글썽한 채 펠텐 안드레스에게 악수를 청했다. 그리고 수줍어하며 내게 말했다.

"선생님을 알게 되어 매우 영광입니다. 대학생 안드레스 씨는 영광스럽게도 이미 알고 있습니다."

"그런 재미는 놓치지 마세요." 포겔장 출신의 소년은 그렇게 중얼거렸다.

13

"우선 그 악의 없어 보이고 수줍음 많은 젊은이, 레온 드 보라는 재단사랑 대체 어떻게 알게 되었는지 좀 말해봐." 저녁 늦게 술집으로 가던 길에 나는 친구에게 물었다.

"모든 선한 것과 유용한 것, 좋은 것, 편안한 것이 종종 그 반대의 것과 부딪히는 것처럼 우연히 알게 됐지. 예전에 슐라페에게 그랬듯 내가 그를 끄집어냈지. 하지만 이번에는 얼음장 밑이 아니라 불 속에서. ……우리의 나쁜 어법에 따라 말하자면 그렇지."

"우리의 나쁜 어법이라고?"

"어리석은 농담이나 빈정거림, 심한 모욕이라는 표현이 더 마음에 든다면 그렇게 말해도 상관없어. 이솝 우화에서 공작 깃털을 뒤집어쓴 까마귀 이야기의 진실을 알고 있을 거야. 그 까마귀는 포도주와 올리브나무, 태양과 합창의 나라의 후손을 통해 새롭게 세상의 무대에 나왔어. 그리고 나는 그 상황을 즐기기 위해, 나중에는 약간 진지한 마음으로 다가가려고 아주 제때 무대에 나타났지. 그 낭만적인 얼간이는 내가 이곳에 온 지 며칠 안 됐을 무렵 '붉은 성'에 있는 자신의 건축예술 아카데미에서 철학과로 잘못 들어왔어. 그러니까 내가 수강하는 미학 강의에 청강생으로 기어들어온 거야. 어찌나 한심한지. 강의하는 교수님이 아니라 내 친구 레온 드 보 말이야. 하지만 그런 점은 그의 집을 방문하고 나서야 비로소 분명히 알게 됐어. 처음에 그는 가시덤불에 빠져든 우스운 양처럼 보였어. 그에게 위험이 닥쳐오고 있었지! 그 주범은 훤칠한 술주정꾼으로 출신을 볼 때 지방위원이나 도지사 같은 좋은 직책을 바라볼 수 있는 놈이었어. 나중에 빚쟁이로 밝혀졌지만. 다른 사람들에게 진 빚을 다 갚은 다음에 아버지 드 보의 빚도 갚아야 했지. 촌뜨기인 내가 어떻게 그런 바보같은 짓에 빠져들었는지, 그 상황을 해결할 수 있다고 느꼈는지는 지금도 여전히 수수께끼야. 아마도 내 천성 때문이겠지. '그 녀석은 온갖 어리석은 짓과 사건에 주둥이와 주먹으로 관여할 게 뻔해'라고 말한다면 그건 근본적으로 포겔장의 순진함 때문이야. 간단히 말할게. 이제 너도 그 상황을 상상해볼 수 있을 거야. 처음에는 귀 기울여 듣고, 절묘한 기지를 즐기고 난 뒤에, 가까이 다가가서 그 재미를 거꾸로 뒤집은 거야. 그러고는 평상시의 말투로 운을 떼면서 이렇게 말하는 거지. '이보세요, 당신이야말로 정말 한심하네요!' 중요한 건 내가 저 순진한 재단사를 구해냈다는 거야. 그 과정에서 다른 학생들과 얽힌 문제는 자연히 해결됐고 괴테 전집 1권에 나오는 말대로 해명됐어. 당연히 나는 스스로 남자가 된 것처럼 느꼈고,

······나의 의무를 생각했어.
그리고 그 커다란 바보 얼굴에

곧바로 홈집을 내주었어.^65

　바이마르 출신의 그 사람^66은 뭐라고 했더라. 음, 제노바의 맹인은 내 발걸음 소리에 귀 기울인다던가 그 비슷하게 말했지. 내 생각에, 이런 관점에서 보자면 나는 이곳의 거대한 세상살이에서 충분하다고 할 만큼 다투었어. ……나는 떨고 있는 재단사 아들의 팔을 잡았지.
　'자, 정신만 잃지 마세요, 물에 젖은 불쌍한 양반! 도대체 이런 엉망진창 진흙탕 같은 곳에서 뭘 하려 했는지 말해보세요. 또 당신이 어디에 사는지도. 그건 그렇고 내 이름은 안드레스입니다.'
　'내 이름은 드 보예요. 레온 드 보.' 그 사람은 더듬거리며 말했어.
　'파리에서 왔나요?'
　'도로텐 가에서 왔어요.'
　거의 한 지붕 아래서 사는 거나 다름없는 것을 알게 된 우리는 같이 마차를 타고 집으로 돌아왔어. 그 소년은 다리가 후들거려 걷지도 못했지. 그가 다음날 펜싱 사범의 사모님 집으로 나를 찾아온 것은 예의 바른 태도였다고 어머니는 말씀하실 거야. 자기 식구들과 인사하라고 나를 집으로 초대한 것은 굳이 하지 않아도 되는 일이었지. 크룸하르트, 이제는 너도 그 가족에게 데려갈 수 있어. 드 보 집안과 레오니 드 보를 만나는 일은 네게도 흥미롭겠지?"
　……오늘 친구의 그런 어투와 드 보 집안을 생각하면 내 주위가 환하게 밝아온다. 그 빛은 당시 내가 소개받아 알게 된 그 사람들에게서 나오는 것이다. 포겔장 출신의, 학교 걸상 출신의, 법학과 출신의, 상류층 학생 클럽 출신의 소년은 다시금 현세를, 세상의 한 단면을 알게 되었다. 그때까지 난 그것을 알지 못했고 펠텐 안드레스가 아니었으면 절대 경험하지 못했을 것이다. 다른 동년배들은

그쪽으로 인도하지 못했을 것이다. 재단사와 너무 친하게 지내면 세상 사람들이 자신을 우습게 생각할지도 모른다는 염려 때문에 말이다.

그녀, 레오니 드 보 양은 그랜드 피아노에서 일어나 우리에게 다가왔다. 그녀는 훤칠하고 조용하며 예쁘장한 소녀였다. 좀 근시인 크고 검은 두 눈 위로 검은 눈썹들이 이따금씩 한 줄로 모아지긴 했지만 그녀의 다정한 얼굴을 어찌지는 못했다. 그녀의 화난 얼굴은 좀처럼 볼 수 없었다. 다소 예민해 보이는 게 전부였다.

"지중해, 중세 성탑의 망루, 매사냥, 부인용 말, 그레이하운드, 르네 미네회페 왕[67]에 대한 암시는 생략해도 되겠지, 크룸하르트?" 펠텐은 말했다. "그 모든 것들은 내가 직접 만들었어. 쿠시의 성주[68]와 파옐의 부인에 대한 암시도. 그건 그렇고 칼, 너 어제, 그 사랑스런 여인 앞에서 너무나 바보같이 서 있었어. 마치 중학교 때 크누트만 선생님 앞에서 울란트의 담시를 암송할 때처럼 말이야."

그는 물론 그녀가 있는 자리에서 그렇게 말하지는 않았다. 우리가 다시 문 앞에 이르렀을 때 그는 또 덧붙여 말했다.

"음, 그 사람들에 대해 어떻게 생각하니?"

우리는 "사람들에 대해 생각"하면서 아울러 그들의 환경에 대해서도 어떤 감정을 가질 수 있다. 그 감정은 생각과 온전히 결부되어 분리할 수 없다. 여기서는 그것이 완전히 맞아떨어졌다. 그래서 나는 이렇게 대꾸하는 수밖에 다른 도리가 없었다.

"아주 예의 바르던데."

지금 나는 이렇게 말할 것이다. "우리가 간 그 집은 고상한 집이었다." 하지만 각각의 연령대에 맞는 특별한 어법이 있게 마련이다. ……그 집은 부자가 되는 최상의 길에 놓여 있는 매우 부유한 집이었다. 나는 주눅이 들 정도였는데 내 친구 펠텐은 조금도 그렇지 않았다. 그는 예전에 포겔장의 하르트레벤 씨네 집과 당시 펜싱 사범 포이히트 씨의 사모님 집에서 그랬듯 그곳에서도 금세 편하게 지냈다. 그리고 포겔장의 초록색 울타리 사이에서 일어났던 것과 똑같은 일이 벌어졌다. 한 예쁜 소녀가 또 그를 위해 울타리 옆으로 다가왔다. 하지만 이번엔 그와 다투고 다시 화해하고 또 다투려는 것이 아니었다. 레오니 드 보는 세상 그 누구와도 다투지 않았다. 특히 펠텐과는 더욱 그랬다. 왜냐하면 그녀는 그가 "우리 아이", 자기 남동생에게 잘 대해주었기에 그에게 감사해야 한다고 생각했기 때문이다.

"하지만 둘 다 애들이에요." 훗날 우리가 더 친해져 서로 잘 알게 되자 그녀가 말했다. "당신 친구와 우리 불쌍한 레온은 손과 장갑처럼 잘 어울려요. 물론 안드레스 씨가 손이지요. 정신 나간 동생의 우스꽝스럽고 비극적인 바보짓 때문이긴 하지만 두 사람이 만나게 돼서 정말로 기뻐요. 오, 크룸하르트 씨, 제발 내 동생을 한낱 웃음거리로 여기긴 마세요! 베를린 같은 도시에서도 고요한 동화 속에서 자라날 수가 있어요. 우리 두 사람, 레온과 내가 그래요. 우리 아빠 힘이 컸죠. (우리 엄마는 오래전에 돌아가셨어요.) 특히 레온이 더 그래요. 나보다 더 불안한 상상력과 영혼을 가지고 있으니까. 하지만 그 애는 좋은 상인이기도 해요. 저기 아래 우리 가게에서 장부를 기록하고 있지요. 아빠는 아주 만족하고 계세요. 그렇지만 우리가 상상력과 꿈을 먹고 자란 데에는 아빠도 책임이 있어요. 그건 우리가 루이 14세 때 브란덴부르크의 대선제후에게 온 이래로 계속 대물림됐지요. 아, 크룸하르트 씨, 재단사 드 보의 아이들은 라만차 출신의 고상한 귀족 돈키호테처럼 자신의 가보와 기사소설이 가득한 서재를 갖고 있어요. 레온이 당신에게 아직 구경시켜주지 않았나요? 놀라운 일인데요! 펠텐 안드레스 씨는 자주 그곳에 가요. 그곳에서 특이한 것들을 많이 발견했다고 이전부터 말했어요. 내가 당신을 위해 그곳에서 말해줄까요? '열려라 참깨!' 하고."

"그래주신다면 아주 감사하지요, 아가씨."

"아, 드 보 회사에 대해서만, 아버지와 아들에 대해서만 놀리세요!"

여기에는 정말 놀랄 만한 그 어떤 이유도 없었다. 드 보 집안은 고급 양탄자와 샹들리에, 예쁜 유화와 동판화가 있는 살롱과 연주회용 그랜드 피아노뿐 아니라 이런저런 일상용품도 갖고 있었다. 게다가 각자 도서관도 갖고 있었다. 18세기와 19세기의 무미건조한 베를린에서 자신만의 박물관까지 갖고 있었다. 그들은 17세기에서 튀어나온 것 같았고 소유한 물건을 놓고 보자면 그보다 훨씬 더 위로 거슬러 올라가는 것 같았다. 그런 것들을 모아왔다는 것 자체가 이미 기적이었다.

"우리가 대대로 물려받은 가보 중 조금만 여기 마르크로 가져올 수 있었어요." 레오니 양은 설명했다. "상당수는 물려받았거나 혼인을 통해 얻은 것들이에요. 하지만 모두 다 진품이에요. 아빠는 직업상 종종 파리에 가요. 보통은 남프랑스까지요. 아버지의 아버지, 할아버지도 그렇게 했어요. 아버지는 단 한 번도 당신과 당신 자식들을 위해 그냥 온 적이 없었어요. 자, 앉으세요!"

그녀는 방 한가운데에 있는 초록색 장식과 둥근 모양의 다리가 달린 묵직해 보이는 책상에 앉았다. 그러자 주위에 있는 모든 것이, 일과 그녀, 그녀의 남동생이 모두 이 공간에 속한다는 것을 알 수 있었다.

"우리는 여기에 앉아서 추억에 잠겨요." 레오니는 말했다. "그러면 우리 아버지도, 그제야 비로소 아버지도 일상과 사업을 별천지에 있는 것처럼 느끼시거든요. 레온과 나의 모든 것이 이 방에서 나왔지요. 우리가 최고라고 여기는 것과 사람들 눈엔 분명 우스워 보일 그 모든 것들이. 난 곤경에 빠지진 않아요. 하지만 유감스럽게도 아래 사무실 책상에 있는 내 가엾은 동생은 종종 그렇게 되곤 하지요. 최근에는 당신 대학에서 그랬어요. 친절하게도 안드레스 씨가 돌봐줬지요. 레온은 꿈과 삶을 구분하는 법을 아직 잘 몰라요. 그래서 얻어맞은 아이 행색으로 집에 돌아올 때가 너무 많아요. 그러면 이 상상의 방에서 몇 주를 보내야 세상에서 다시 제자리를 찾을 수 있어요. 사실 우리는 바깥세상에 아는 사람들이 많아요. 그 애는 늙은 그리스인[69]처럼 자기에게 맞는 사람들을 찾아다녀요. 아, 그 애가 그냥 이용당하고 조롱당하기만 한다면 난 아무 말도 안 했을 거예요. 하지만 병이 나고 뼛속까지 상처를 입기도 해요. 비록 내가 장녀이고 가장 이성적이지만 ─ 우리 오빠는 마르스라투르 전투[70]에서 전사했어요 ─ 그 애를 거의 도와주지 못해요. 우리에겐 너무나 끔찍했던 그 프랑스와의 전쟁 탓에, 나는 이곳 프랑스식 할아버지들과 아이들의 마법 세계에서 인생을 충분히 이해하고 일상에 눈뜨는 법을 배웠지요. 하지만 내 불쌍한 동생은 꼭 진정한 친구가 곁에 있어야 해요! 크룸하르트 씨, 기분 나쁘게 생각하지 마세요. 지금 그 애는 당신의 친구 안드레스 씨를 그런 사람으로 여기고 있어요. 나는, 나는…… 모르겠어요, 그걸 당신에게 어떻게 말해야 할지, 당신에게 말해도 되는 건지. 기뻐해야 할지 아니면 두려워해야 할지. 내 동생은 친구를 많이 사귀었어요. 그런데 이번처럼 날 혼란에 빠트린 건 처음이에요. 무슨 뜻인지 잘 아시리라 믿어요. 그런데 만약 당신 친구가 내 사랑스럽고 어수룩한 레온을 다른 사람들보다 더 세련된 방법으로, 그러니까 더 심하게 장난감 취급을 한다면 그건 고상하고 좋은 짓이 아닐 거예요."

우리가 포겔장에서 같이 성장한 이래로 이 순간처럼 내 친구 펠텐이 그 모습 그대로 내 영혼 앞에 서 있었던 적은 한 번도 없었다. 나는 펠텐에 관한 책을 써서 그것으로 박사가 될 수도 있었으리라. 하지만 나는 그 자리에서 달리 대답할 수가 없었다.

"레오니 아가씨, 그 점은 안심하셔도 됩니다. 그는 자기 자신만 조롱거리로 만드니까요. 그건 포겔장에 가서 물어보시면 됩니다. 그렇다고 그가 거기서 평판이 좋다는 건 아닙니다. 사실 그곳에서도 그에 대해 제대로 아는 사람은 셋뿐이거든요. 그의 어머니와 나 그리고 엘-헬레네 트로첸도르프, 이렇게요."

"아마도 당신 친구에게 소중한 분인가 보죠?" 레오니가 물었다. 순간 나는 누구를 두고 하는 질문인지 곰곰이 생각해야만 했다. 그래, 그렇다. 당시 드 보 남매의 역사적인 꿈의 방에서 뭉고 부인의 처녀 때 이름이 거명된 것은 이번이 처음이었다.

14

그 이름은 그곳에서 자주 거명됐다. 그리고 아주 친숙하게 울렸다.

"여보게 칼, 사람은 어디서나 자기에게 맞는 사람을 찾기 마련이야. 지금 우리 넷이 여기에 웅크리고 앉아 있는 모습이 예전에 포겔장에서 셋이 동산 숲에 누워 발 아래로 말쑥한 시가지를 내려다보던 그때 같지 않아? 오늘 저녁 그때처럼 이 베를린을 우리 발밑에 갖고 있지 않아? 언제나 사물들 위에 머물러 있으면서 그것들을 가능하면 적게 소유하려 했지! 레오니 양, 여기 있는 법관 후보생에게 물어보세요. 사법시험을 앞두고 있어서 프랑스에 관한 어떤 질문에도 최고의 대답을 해줄 거예요. 레온, 당신은 거인이고 앞으로도 그렇겠지요. 만약 당신이 날 그렇게 양처럼 바라본다면요. 그건 그렇고 레오니 양, 나의 그 애가 최근에 뉴욕에서 보낸 편지 어떻게 생각해요? 저기 저편 사람들이 그 불쌍한 아이를 벌써 그럴싸하게 속인 것처럼 보여요. 난 그 애를 오늘 저녁 여기 우리 곁에 같이 두고 정신 차리게 해주고 싶었어요. 레오니 양, 그러면 당신이 나를 도와주겠지, 그렇죠?"

"안드레스 씨, 그녀는 당신에게 아주 호감 가는 편지를 보냈어요." 레오니 드 보는 나지막한 목소리로 말했다. "그녀는 거창한 삶을 살고 있는 것 같아요. 그럼에도 신실한 우정관계를 지속하려고 온갖 노력을 다 기울이고 있고요. 아마…… 아마도……."

"포겔장과 동산, 요컨대 독일 아이들 놀이터에서의 우정관계 말이지?" 펠텐은 웃었다. "그녀에게 그걸 충고하려고 했었어요." 그는 이빨로 아랫입술을 깨문 채 덧붙였다. 그러고는 들리지 않게 스스로에게 말했다. "내가 자기를 평생 놓아주지 않으리라는 걸 그녀도 알고 있어."

그런데 레오니가 마지막 말을 들었다. "세상에 그런 질긴 집착이 있을까요?"

"우리 고향 중학교에 계신 연로한 선생님 랑에만 박사께선 '하면 된다'라고 말씀하셨죠. 아가씨, 크룸하르트에게 물어봐요. 이 친구도 그걸 인생관으로 삼았고 승리자로서 고인들에게 갈 거니까."

"헛소리 작작해, 펠텐!"

"내가? 이 저녁만큼 진지한 적은 없었어. 저기 벽에 걸려 있는 늙은 위그노파 목사와 젊은 알비파 기사의 눈빛 아래에서 이렇게 진지한데. 어쩌면 저들은 당시에 산 채로 화형을 당했는지도 몰라. 하지만 저기 두 사람은 오늘도 여기 내 가까운 친구, 알비에서 온 레온 드 보 씨의 멱살을 쥐고 있지 않나요? 그건 그렇고 우리, 그러니까 렌헨과 나는 레오니 양, 당신이 물어보기 훨씬 전에 동산에서 내기를 했어요. 우리 둘 중에 누구의 집착이 더 질긴지, 그리고 다른 사람을 자기에게로 불러올 수 있는지 말이에요. 당연히 그리고 자연히 현재는 그녀가 유리한 위치에 있어요. 나는 집에 계신 어머니가 그녀 없이 살게 할 수 없어요. 그래서 나는 그녀를 쫓아 미국에 가야만 해요."

이 서류들은 서류 형식을 띠고 있지 않다. 당시 우리는 베를린에 있는 레온과 레오니의 낭만적인 마법의 방에서 그런 대화를 나누었다. 펠텐 안드레스가 말한 편지들은 헬레네 트로첸도르프가 부모님 몰래 쓴 것들로 이 손 저 손을 거쳐 우리에게 전해졌다. 우리는 바깥 제국의 수도 골목길에서는 제법 성숙하고 이성적이며 합리적인 사람들이었을지 모르지만, 레오니 드 보의 제국에서는 여전히 그런 식의 어린 아이들이었다. 복음서에 나오는 하나님 나라에서 최고로 명예로운 자리를 요구해도 될 정도였다.[71] 물론 우리는 그것을 몰랐다. 반대로 우리가 유별나게 영민하다고 생각했다. 아마도 레오니 양만 예외였을 것이다.

그녀는 점점 더 크고 예리하고 겁먹은 눈으로 동생의 우스꽝스러운 새 친구 펠텐 안드레스를 주목했다. 당시에 내가 그것을 알아챘다고는 말할 수 없다. 이 문서들을 기술하고 작성하면서 비로소 과거의 많은 일들을 명료하게 알게 됐다는 것을 한 번 더 강조한다.

처음에는 아주 쾌활했지만 점차 진지해지고 슬퍼 보였던 그 큼직한 눈이 무슨 의미를 지니는지, 포겔장 출신의 소년인 그가 조금이라도 그 의미를 이해했는지 나는 알지 못한다. 우리는 세상이 던지는 부정적인 눈길과 곁눈질, 의심의 눈초리에는 너무도 세심하게 주목한다. 그리고 짜증과 근심, 염려, 분노, 절망을 느낀다. 반면 사랑스런 눈길이 보내는 충정 어린 근심의 시선은 얼마나 많이 놓쳐 버리는가!

기이하게도 레오니 드 보는 나를 최고로 신뢰했다. 그녀는 나를 통해 포겔장의 모습이 어떠한지 또는 (그 당시에) 어떠했었는지 들었고, 결국 그곳에 대해 나만큼이나 잘 알게 되었다. 그녀는 크룸하르트 가족, 그러니까 아버지와 어머니, 아들을 알았고 늙은 하르트레벤과 트로첸도르프 부인도 알았다. 트로첸도르프 부인이 견뎌야 했던 어려운 시절과 몹시 화려했던 영광에 대해서도 알게 되었다. 그녀는 모든 초록빛 울타리에 같이 기댔고, 모든 정자에 같이 앉았다. 그녀는 동산과 예쁘장한 산책길, 숲 언저리에 있는 벤치도 알았다. 그곳에서 바라보는 언덕 아래 계곡의 작고 말쑥한 주택지 모습이 어떤지도 알았다. 하지만 그녀가 가장 정확하게 알았던 것, 그것은…… 그의 어머니, 안드레스 박사 부인과 그녀의 작은 집이었다. 즉 우리 옆집이자 등기부상 우리와 그의 공동 소유로 되어 있는 쥐똥나무와 가시덩굴, 까치밥나무 산울타리 뒤에 있는 작은 집 말이다. 그렇다. 지금 이것을 서술하면서 비로소 나는 그녀가 그의 어머니 집에 대해 얼마나 잘 알고 있었는지를 깨닫는다. 만약 그녀에게 현관 손잡이를 쥐어준다면 그녀는 동산 아래 그 작은 집의 지하실에서 지붕까지 어떤 어려움도 없이 돌아다녔을 것이다. 아, 우리를 이렇게 한숨짓게 하는 일들이 얼마나 자주 일어나는가! "그래, 만약 그랬다면 모든 게 더 수월하게…… 최고로 잘 풀렸을 텐데! 그렇게 간단하고 그렇게 사명했는데! 행복하게 이어질 기나긴 인생길을 위해 정답을 맞히려면 그런 시간, 그런 순간에 그저 기회를 이용하는 것만으로도 충분했을 것이다. 우리가 그렇게 눈이 멀지 않았더라면, 그렇게 어리석지만 않았더라면 오른쪽에서 왼쪽으로 아니면 그 반대로 방향만 바꿨더라도 충분했을 텐데!" ……하지만 대체 우리가 인생길에 대해 아는 게 뭘까……?

펠텐과 레온, 그러니까 포겔장에서 가장 영특하고 명석한 두뇌와 베를린에서 가장 영특하고 악의 없고 복잡한 두뇌 사이의 관계 또한 점점 더 깊어져갔다. 이 둘의 관계에 대해 나는 이보다 더 고결하고 아름다운 비유를 알지 못한다. 사랑스럽고 영리하고 기꺼이 웃음거리가 될 뿐 아니라 죽음까지 마다하지 않는 충성스러운 개와 그 소유자인 주인 간의 관계, 이른바 막역지우莫逆之友의 정이라는 고결하고 아름다운 비유 말이다. 당시 그들의 사이는 그랬다!

그 가련하고 행복하며 부유한 베를린의 양복점 아들은 지금까지 가족의 마법의 방 바깥 넓은 세상에서 헛되이 찾아 헤매던 모든 것을 펠텐 안드레스에게서 발견했다. 그와 마찬가지로 대로에서 길을 잃은 동료에게서 말이다. 그 동료는 올바른 방식으로 그를 비웃었다. 그리고 허다한 웃음과 미소로, 우정 어린 마음에서 어깨를 다독이고 귀를 잡아당기며 그의 심장을 자기 심장 높이까지 끌어올렸다. 아니다. ……심장이 아니라 머리만 그렇게 끌어올렸다.

그 어떤 개도, 그 어떤 연인도 인생의 이런 시기에 주인이나 애인, 친구에게 이보다 더 세심하게 주의를 기울일 수는 없다. 그들은 말없이 나란히 앉아 있을 때든, 사람들로 가득한 방에 있을 때든, 모든 말과 손짓, 움직임에 대해 염려와 기쁨으로 주의를 기울였다. 인생의 희극적인 장면에서 펠텐 안드레스가 말하는 것과 행하는 것, 말하지 않은 것과 행하지 않은 것에 대해 레온과 레오니 드 보보다 더 주의를 기울인 이들은 없었다. 나는 펠텐이 이를 나만큼 정확하게 알고 있었다고 생각하지 않는다. 이후 그의 인생 여정은 그에 역행하기 때문이다. 그는 자신이 주목의 대상이 되는 것을 너무나 익숙하게 받아들였다. 사람들을 스치듯 보지 않고 자기 방식으로 그들의 내면을 관통해 자기 내면세계를 들여다보는 데 너무 익숙해 있었다. 그의 방식이 우리의 방식과 일치한 적은 거의 없었다. 우리의 방식과 말이다! 이성적인 포겔장 사람들이 "저 녀석 정말 미쳤어!"라고 할 때 그 말이 옳다는 걸 너무나 자주 인정해야 했기 때문이다!

펜싱 사범 포이히트 씨의 사모님 집에 있는 펠텐의 첫 대학 하숙방, 그리고 나이든 독일 – 프랑스계 재단사와 그의 아이들이 사는 마법의 회상 공간, 그곳에서의 삶은 놀랍도록 편안했다. 바깥에서는 도로텐 가의 그 집이 집 안 깊숙이 무엇을 감추고 있는지 보이지 않았다. 법대생으로서 학문을 쌓기 위해 베를린에 왔다는 사실은 날이 갈수록 잊혀졌다. 이런 관점에서 볼 때 아버지가 베를린 체류를 단기간만 허락한 것은 다행이라고 할 수 있다. 이번 학기가 어떠했는지, 내가 고향에서 유일하게 설명해줄 수 있었던 사람은 안드레스 박사 부인이었다. 물론 그녀는 이미 사정을 잘 알고 있었다. 그녀는 제국의 수도에서 온 편지더미를 가리키며 우울한 미소를 지었다.

"그래, 이미 알고 있어. 그 아이가 저편 미국에서 다시 자기 부류의 사람들을 찾으리라는 것도 알지."

그녀는 가장 가까운 것을 바라보는 그 아이의 시선으로 나지막히 한숨 지으며 덧붙였다. 그리고 자신의 말을 확고하게 믿었다.

"사랑하는 칼, 너는 그 애를 알잖아. 내가 예전부터 그 아이에게 아무 영향력이 없다는 것도 알잖아."

여인들은 현세의 행복과 불행, 최상의 것과 최악의 것을 전수할 때 늘 이렇게 말한다!

15

 그는 나의 친구였고 나는 그의 친구였다. 나는 그의 인생을 함께 겪었다. 하지만 여기 이 서류들 앞에서, 페이지가 한 장씩 넘어갈수록 그에 대해 말하는 과제를 수행하기엔 내가 역부족이라는 생각이 엄습한다. 나는 내가 이룰 수 있는 모든 것을 이루었다. 그는 세상이 말하는 것처럼 아무것도 이루지 못했다. 그렇지만 속에서 그에 대한 질투심이 솟지 않게 정신을 차려야 한다! 오늘 내가 그의 무덤 앞에서, 나를 포함한 우리 세계에 대한 그의 압도적 승리로 끝난 소송의 무미건조한 기록자가 되는 것 외에 달리 무엇을 할 수 있을까? 그런데 내가 이 '몰락한', 이 소유물 없는 인간에 대항하기 위해 내 사랑스런 아내와 자식들에게 도움을 요청할 수 없다면 어떻게 될까?
 앞서 말한 대로 나는 1차 사법고시를 치르러 집으로 돌아가야 했다. 나는 그를 베를린에, 어떤 사회에, 정확히 말하자면 어떤 단체에 두고 왔다. 그때 이미 그것은 드 보 가족으로만 구성된 단체를 넘어섰다.

형식과 내용 면에서 포겔장 출신 중 최고인 그는 이제 베를린의 도로텐 가에 있다! 펜싱 사범 사모님의 작은 방에는 트로피가 많았다. 레온이 찾은 고인의 연대기에 따르면 그것들은 예나 출신의 펜싱 선생이 살아생전 받은 것들이다. 트로피들의 미세한 떨림과 찰랑거림 속에 깊은 만족감이 서려 있다! 펜싱 사범의 사모님은 이따금 그녀의 "가장 우스꽝스럽고 한심하면서도 사랑스런 녀석"의 귀를 붙잡고 소리쳤다.

"이제 좀 그만둬요, 젊은 신입생 양반! 우리가 한 개의 창에 매달린 일곱 명의 슈바벤 사람[72]인가요? 아니면 한 마리 말에 올라탄 하이몬의 네 아이들[73]인가요? 난 정말 모르겠어요. 레오니 양, 당신 생각은 어때요? 대체 저 사람이 무엇을 진지하게 생각하는지 당신도 나처럼 정말 몰라요? 그래요, 지금껏 살아오면서 저 사람이 무언가를 진지하게 생각한 적이 있긴 할까? 돌아가신 남편을 이렇게 자주 불러오고 싶었던 적은 없었어요. 이 젊고 경솔한 몽상가에게 정식으로 기사의 축복을 빌어주기 위해서 말이지요. 속물들이 길을 가는 그를 두들겨 패서 불구자로 만들어 길 옆 하수구에 버리지 않도록 말이지요. 펠텐, 펠텐, 이 포이히트의 말을 귀담아들으세요. 군센 손들이 명검을 놓치는 걸 많이 보았다는 것을. 결투할 때 공중에서 번쩍 하고 빛나는 검들이 제대로 칼집에 꽂히기도 하지만 때론 얼굴에 상처를 입히기도 하는 법이라오. 안드레스 씨, 원한다면 뭐든 화제에 올릴 수 있어요. 이 가련하고 순진한 사람, 푸들처럼 우스꽝스럽고 무모한 사람. 당신처럼 창의 화를 돋우려고 포크를 들고 서 있는 사내는 지금껏 한 번도 본 적이 없소. 예나 이 베를린, 내 긴 인생길 그 어디에서도. 레온 씨에겐 어떻게 생각하는지 물어보지 않겠어요. 하지만 드 보 양, 당신 견해는 어떤가요?"

"지방도로와 살라스 이 고메즈 골목길에서도 사람들 발길질에 죽을 수 있어요."

레오니 드 보는 나직이 말했다. 당시 나는 웃음이 오가는 유쾌한 대화에서 으레 그렇듯 그 말을 흘려들었다. 그 소녀가 어떻게 그런 말을 하게 됐는지 잠시 놀랐던 것 같긴 하다. 오늘 나는 책상에 앉아 옆집 지붕 너머 나무가 우거진 언덕 봉우리를 바라보고 있다. 그곳은 우리가 어렸을 때 별똥별, 성인 라우렌티우스의 눈물이 떨어지는 것을 보며 소원을 빌던 동산이다.

살라스 이 고메즈에서의 죽음, 당시 펠텐 안드레스는 외로운 죽음을 원했다. ……하지만 세계 정복자의 길을 가고 그로부터 승리한 후에 그렇게 되고자 했다.

그의 소원은 이루어졌다! 그는 세상을 극복했고 오로지 홀로 죽었다.

이미 말한 대로 나는 그를 베를린에 남겨두었다. 아버지가 꼭 그렇게 되리라 기대했듯 나는 고향에서 1차 사법고시에 명예롭게 합격했다. 그리고 내게 일자리를 제공해야 하는 인근 관청에 법률가 지망생으로 배정되었다. 나는 상관들의 요구에 따라 움직였으며 아버지와 마찬가지로 정당한 확신을 갖고 두번째 "더 센 불빛", 다음 시험을 기다렸다. 펠텐은 방학중에 어머니를 보러 몇 번 고향에 왔다. 그리고 친구 레온 드 보 씨를 데려와 포겔장과 시내에 소개했다. 학생 시절 기거하던 다락방의 침대는 친구에게 양보하고 자신은 소파에서 잤다. 그리고 (나를 이용해서) 시내에 소문을 퍼뜨렸다. 수백 년이라는 세월이 흐르는 동안 그 가족이 지닌 '자작' 칭호는 쇠락했지만 프랑스 공화국은 여전히 그를 인정하고 있으며, 수줍음 많은 그 젊은이는 자신을 인정하는 사람들을 위해 가방 속에 부친의 수표를 무제한으로 갖고 다닌다고.

"이건 슐라페를 능가하는걸!" 고향 사람들은 이렇게 탄식했지만 다시 침착하게 덧붙여 말했다. "하지만 그는 아마 이번에도 기회를 활용하지 못할 거야. 어리석어서가 아니라 한낱 자아도취 때문에 또다시 좋은 패를 날려버릴 테니까."

"이곳 사람들에게 나에 대해 무슨 말을 하신 거죠?" 현재 슈프레 강가의 베를린에서 가장 부유하고 가장 유명한 재단사의 아들이자 상속자인 그는 습관처럼 겸연쩍은 모습으로 손을 문지르며 (이렇게 할 권리를 갖고) 질문했다. "매력적인 이 고장 사람들이 분명 나 때문에 이렇게 친절을 베푸는 건 아닐 텐데요."

"레온, 순전히 그대 때문이오! 나는 그저 흘러가는 말로 그대가 나의 좋은 친구이고 그대의 선친께서 내게 당신의 집과 무제한적인 신용을, 즉 거금을 열어놨다고 말했을 뿐이에요. 크룸하르트와 저기 계신 내 노모가 증명해줄 수 있어요, 자작 나리."

"맞아요!" 안드레스 박사 부인은 웃으며 말했다. "진정하세요, 친애하는 친구여. 사람들 사이에서 나도는 좋지 않은 평판쯤은 감수할 수 있잖아요. 골목길에서 사람이 쳐다본다고 그렇게 당황해하지 않아도 돼요."

"손가락질을 당하며" 당연히 내 입에서 이 말이 불쑥 새어나왔다. 그리고 마찬가지로 당연히 펠텐 안드레스가 인용을 이어나갔다.[74] "'그 사람이야! 하는 말을 듣고.'" 펠텐은 웃으면서 자연스럽게 덧붙였다. "야호! 이런 상황에 맞는 인용을 할 줄 알다니! 레온, 오늘 오후에 카지노 음악회에 가서 고상한 이방인 행세 해보지 않을래요? 아니면 슐루데코프에 가 누워 있으면서 나한테 달라붙는 파리를 쫓아주든가?"

"펠텐?!" 안드레스 아주머니가 나지막이 꾸짖었다. 하지만 그 아들은 말했다.

"엄마, 난 그러면서 그를 교육시킨다고요. 자, 레온, 어떻게 할래요? 그리고 넌 어떻게 할래? 청취자, 혹은 경청자, 하이제의 외래어 사전에 따르면 회의방청자?"

나 또한 시내의 상류 사회, 아니 최상류층 사회의 정원음악회를 포기했다. 우리는 소년 시절에 그랬던 것처럼 이번에도 숲속을 돌아다녔다. 우리의 친구 헬레네 트로첸도르프도 우리와 함께 갔다. 펠텐은 이번에도 그녀에게 온 편지를 주머니에 지니고 있었다. 그는 그 편지를 놓고 어머니와 여러 번 대화를 나누었고, 이제 슐루더코프에서 우리에게도 자세히 말해주려던 참이었다.

친구와 나, 우리는 그날 오래전 우리의 마법세계 속에 있던 동화의 곳곳을 구석구석 찾아다녔다. "제국의 수도에서 온 귀하신 손님" 앞에서 조금도 부끄러워하지 않았다. 펠텐 안드레스가 언제 누구 앞에서 어떤 식으로든 "부끄러워한" 적이 있었던가?

그는 우리를 인도했다. 수풀에서 나무로, 바위에서 연못으로, 마법세계를 구석구석 돌아다니면서 계속해서 "칼, 여기 생각나니? 크룸하르트, 여기 기억나니?" 하고 물었다. 슐루더코프에 기이하게 가지가 나뉘어 있는 훤칠한 참나무에 이를 때까지 그는 연신 질문을 해댔다. 이 참나무에서 포겔장의 이웃집 세 아이들은 진정한 모험을 했었다.

그녀는 예전에 여기서 나무에 잘못 올라간 적이 있었다. 그는 그녀가 허공의 흔들리는 가지에서 내려와 단단한 바닥에 발을 딛게 해줄 수가 없었다. 나는 도움을 청하러 아래 시내로 달음박질했다. 하르트레벤 어른과 사람들에게 밧줄과 사다리를 갖고 도와주러 와달라고 청해야 했다.

16

 해는 벌써 뉘엿뉘엿 저물고 있었지만 여전히 관목숲 안을 환하게 비추고 있었다. 나무 우듬지가 햇빛에 반짝거렸다. 포겔장 출신의 우리 둘은 무성하게 자란 풀밭에 누워 있었고, 레온 드 보는 나무 그루터기에 앉아 있었다. 그는 귀족다운 고운 손을 무릎에 포개어 놓고 하늘을 올려다보았다. 그리고 꿈꾸듯 주위를 둘러보더니 친구를 보며 한숨짓듯 말했다.
 "오, 안드레스…… 내 기분이 어떤지 말로 표현할 수 있다면. 오늘도 또 얼마나 멋진 하루였는지…….''
 "슈탕엔[75]과 함께 황금빛 오렌지와 레몬의 나라로, 동방으로, 노르웨이의 노르카프[76]로 갔던 사람, 알비 출신인 사람, 게르마니아 시절 대선제후를 대부로 두었던 사람, 베를린에서 가장 품위 있고 가장 잘나가는 재단사를 아버지로 둔 사람, 레온 드 보라는 이름을 가진 사람, 훗날 '왕립 프로이센 상공업고문관' 이라는 자기 묘비명을 진짜 예술가들에게 새기게 할 사람에게는 하루가! 레온, 그런데 가장 멋진 순간이 그대를 위해 가던 길을 돌아 이제야 비로소 오고 있어. 오늘 저녁은 그러기에 충분히 아름답고."

그가, 그러니까 펠텐 안드레스가 언짢아하며 무뚝뚝하고 독살스럽게 이 말을 했기에 나는 그를 더 잘 관찰하려고 팔꿈치를 기대고 몸을 일으켜 세웠다. 그리고 레온은 겁에 질려 그를 바라보았다.

풀밭에 누워서 두 손을 머리 밑에 괴고 있던 그는 내 처남 '슐라페'를 구하다가 반半마비가 된 손을 빼내어 하늘을 가리켰다.

"저기 위에 달린 가지였어, 카를로스! 그녀는 저기까지 올라가서는 이러지도 저러지도 못하고 그냥 매달린 채 소리만 질렀어. 나는 대체로 꿈을 꾸지 않는 편인데, 그날 내가 당한 치욕은 지금도 이따금씩 꿈에 나와. 그것은 나의…… 나의 가지였다고! 나는 그녀의 뒤를 따라 올라가서 자연사에서처럼 원숭이가 되어 그녀를 구할 수 있을 거라고 생각했어. 내 인생의 전투에서 겪은 진정한 첫 패배였지, 드 보! 저기서 크룸하르트가 질러대던 비명소리가 지금도 귓가에 생생해. 그는 그게 정답이라는 세속적인 생각으로 계곡 아래로 달음박질했고 이웃집 아저씨 하르트레벤을 데려와 우리를 나무에서 내려주었지. 얘들아 알겠니? 인간은 그래. 인생의 그 어떤 중요한 행사나 국가의 행사가 있어도 이 나무와 여기 딸린 모든 것을 결코 떨쳐내지 못할 거야. 지상에서 살아가는 인간의 한계를 내 자신에게서 경험한 것은 그때가 처음이었으니까. 그 어떤 패전한 영웅이나 낙심한 철학자도 그날 오후 이후로는 자신의 전장이나 철학 체계로 내게 새로운 것을 가르칠 수가 없게 됐어. 레온, 그건 이 일상 세계의 영웅 심리와는 무관하지. 그래서 나는 오늘 아침에 굳게 결심했어. 갑옷과 투구는 옷걸이에 걸어두고, 깃털 장식은 빗자루로 쓰라고 다 내어주고, 무엇보다도 지식인의 잉크도 수채통에 쏟아붓고, 플라톤과 아리스토텔레스의 책들은 덮어두고, 재단사가 되기로! 노모는 내 결심에 동의해주었어. 드 보, 그대의 아버지에게는 이미 편지를 보냈고. 어떻게들 생각하니? 환희, 아니면 고통?"

레온과 나, 우리는 일어나 두 발로 서서 그를 물끄러미 내려다보았다.

"펠텐, 너 제정신이야?"

"멀쩡해! 하지만 포겔장 사람들은 그 멍청이의 또다른 바보짓이라고들 하겠지."

포겔장의 진정한 영웅은 예전에 헬레네 트로첸도르프 양이 잘못 올라갔던 참나무 아래에서 조금 더 편안하게 바로 누우며 웃었다.

"여러분, 맞아요, 그렇다고요! 우리는 그런 식으로 자유롭다고 생각하면서 구속되지요. 쇠사슬이 가장 끊기 힘든 속박은 아니야. 거미줄에 걸려 바둥거리는 똥파리도 그렇게 말할 수 있을걸. 레온, 너와 사랑스런 누이도 마찬가지야. 하지만 너희들은 고맙게도 온유하고 우스꽝스러운, 꿈꾸는 듯한 눈을 갖고 있어. 드 보, 부탁인데 그렇게 멍청하게 바라보지 마시게. 사정이 그렇게 됐다니까! 프로방스의 푸른 하늘 아래 있던 그대들 선량한 아이들이 금빛 실에 이끌려 마르크 브란덴부르크와 베를린 시 위로 날아올 수 있었던 것은 진정 신의 작은 특혜가 아니야!

크룸하르트, 너 같은 문서기록자 얼굴이 이 순간처럼 이렇게 정감 있어 보인 적은 한번도 없었어! 만약 나중에 네 아이들에게 네 유년 시절의 친구 이야기를 하게 되면, 감상적으로 고개를 흔들면서 변호하는 걸 잊지 말아줘. '그 가엾은 녀석은 어쩔 수 없었단다. 그 여자애가 자기 금발머리 한 올을 그놈 코에 꿰어서 자기에게 끌어당겼어. 그래서 그놈은 재단사가 되어 대학을 접고 아틀란티스 저편으로 가버렸단다.' 이 나무가 그냥 여기에 서 있는 게 아니야.

그리고 내가 아무 이유 없이 그냥 이 나무 아래 누워 있는 게 아니라고. 저기 아래 포겔장에서 내 노모는 미국과 주고받은 서신들을 앞에 놓고 앉아 있어. 그리고 여기 내 주머니엔 미스 엘렌이 새러토가[77]에서 보낸 마지막 편지가 들어 있어. 걘 또다시 잘못 올라갔어. 난 그녀한테 가야 해. 그 어떤 도움도, 저항도 있을 수 없다고!"

이제 그도 두 발로 일어섰다. 그가 그렇게 아름답고 당당하고 화가 난 모습은 한 번도 본 적이 없었다. 그는 건강한 오른 주먹을 우리 머리 위의 숙명적인 가지를 향해, 허공을 향해 위협하듯 들어올렸다. 옛날에, 포겔장 출신의 두 아이가 그 나뭇가지에 매달려 있었다. 계집애는 사색이 되어 벌벌 떨면서 울먹이고, 사내아이는 도움을 줄 수 없는 제 무능력과 헛되이 고투하면서.

"펠텐, 편지 좀 읽어볼 수 있어? 아니면 네가 읽어주든지."

그는 주저하면서 주머니에서 편지를 꺼내 내게 내밀다 얼른 다시 집어넣었다.

"안 돼! 행간을 잘 읽어야 해. 너희들이 그렇게 할 수 있을까? 칼, 넌 못해. 어쩌면 몽상가 레온은 조금 할 수 있을지 모르지. 쓸데없는 짓이야. ……드 보, 그대 누이가 여기 우리 곁에 없는 게 유감이군. 사랑스럽고 순진한 눈을 총명하게 빛내면서 누구보다 잘 읽을 텐데. 어머니 말씀이, 우리가 그 계집앨 잃은 거래. 그 원숭이는 포겔장이 감당할 수 없을 만큼 너무 높이 잘못 올라갔고, 찰스 트로첸도르프 씨는 그 애에 대한 자신의 권리를 이자까지 붙여서 행사했대. 그럴 수도 있겠지! 하지만 그녀의 확신이 내게 무슨 소용이지? 그 가엾은 애가 웃으면서 쓴 글의 행간에서 절규가 들려. 예전에 저 나무 위에서 그랬던 것처럼 내 이름을 부르는 소리가 들린다고. 예전처럼 난 그녀에게 가야 해! 이봐, 하지만 이번엔 이웃집 하르트레벤 아저씨에게 밧줄과 사다리를 갖고 오라고 뛰어가지 않아도 될 거야. 이번엔 그 어떤 도움도 받지 않고 그녀를 구할 거니까. 이런 확신은 살면서 단 한 번도 든 적 없었지. 그래, 만약 네 누이 레오니가 여기 있다면 대수롭지 않게 휘갈겨 쓴 글의 행간을 예리한 눈으로, 나처럼 그렇게 읽었을 거야. 그리고 나서 진심으로 내게 축복을 빌어주었을 테지. '나의 용감한 기사님, 도와주세요!' 그래서 난 이렇게 하기로 했어. 나는 머나먼 서방에서 독일 철학박사로서뿐 아니라 국제적인 여행객으로서 남성 기성복 산업에 좋은 인상을 주겠지. 레온 드 보 씨, 그대 아버님 사무실의 회계용 의자를 반년 동안 내게 넘겨주시지요. 다음에 펜싱 사범 포이히트 씨의 사모님 집에서 더 자세한 얘기 나눕시다. 크룸하르트, 잠깐 너한테 말하고픈 게 있는데, 제발 그렇게 멍청한 표정 좀 짓지 마!"

저 아래 계곡에서 그의 어머니는 내게 말했다.

"가엾은 녀석! 칼, 그 애가 지금 무얼 계획하고 있는지 이야기했지? 수천수만 가지 이유를 대며 반대한들 아무 소용이 없었단다. 유감스럽게도 난 유식한 척하는 짓을 아예 그만뒀으니까. 저기 내가 지난 수년 동안 그 가여운 아이와 주고받은 편지들이 있어. 그건 보통 있는 비극적인 바보짓이야. 저속하고 비열한 세계가 또 우리를 이겼어. 트로첸도르프 회사가 이겼어. 하지만 하나님의 영靈은 언제나 수면 위를 운행하면서[78] 모든 방식으로, 가장 놀라운 방식으로 자신의 권리를 입증하시지. 지구를 푸르게 만들고 아름답게 유지하려는 환상도 마찬가지로 신의 방법 중 하나란다. 사랑스런 칼, 저 어리석은 네 친구는 자기 환상을 못 버린단다. 녀석은 여자애를 포기할 수가 없는 거지. 그 애는 그녀도 여전히 자기를 기다리고 있고 자기한테 도움을 청하고 있다고 하는데, 그것도 맞는 말이야. 나에게 그 애의 마음을 바꿀 능력이 있었다면 그러려고 했을까? 아니, 아니야, 절대로 아니지! 다행인지는 모르겠지만, 내게도 아직 그런 환상이 남아 있단다. 아들처럼 마음으로 웃으면서는 아니지만. 너희가 어렸을 때 그 애는 내 자식이기도 했으니까. 난 헬렌이 어떤 애인지, 그래, 어떤 상황에서도 변치 않을 애라는 걸 알고 있어. 설사 내가 그 애를 잃는다 해도 말이야. 그 애가 떠나면 밤이고 낮이고 잠 못 이루면서 비좁은 창가에 앉아 이 상황을 되돌아보겠지. 사랑스런 크룸하르트, 네 선량하고 성실한 아버지는 이제 예전보다 더 자주 여기 내 곁에 앉아 나와 내 아이들을 훈육하고 있어. 이제 그는 말하지. '댁의 아드님은 이제 자기 인생에서 처음으로 실용적인 생각을 하기 시작했어요.' 우리 같은 사람은 근심걱정이 있다고 웃으면 안 되니? 베를린에서 온 너희들의 그 친절하고 부유한 레온이라는 젊은 친구는 그런 점에서도 우리에게 큰 도움을 주었어. 그는 네 선량한 아버지가 펠텐의 무책임함과 조금이나마 화해할 수 있게 해주었어.

아아, 어떤 힘이 우리를 지배하면서 이리저리 끌고 다니는 걸까? '나는 그 녀석이 그렇게 실용적일 거라곤 생각도 못했죠. 아주머니, 내 생각이 반만 틀렸다고 해도 기쁠 거예요.' 위대한 진짜 사업가들이 펠텐을 아껴 그의 길을 기꺼이 도와주기로 했다는 소식을 듣고는, 칼 너희 아버지께서 그렇게 말씀하셨지. 얘, 솔직히 터놓고 이야기하는 거야. 넌 이 포겔장에서 진짜 이성적인 사람이고, 오성과 감성으로 나와 헬레네, 친구를 대하는 유일한 사람이니까. 네가 나의 포겔장 이웃이니까! 그러니 내가 지껄이는 헛소리 중에서 혹시 네가 나중에 쓸 만한 것이 있거든 끄집어내거라. 이 넓은 세상이 다 몰라준다 해도, 적어도 너만은 이곳에서 우리가 지녔던 마음을 소중한 것으로 기억할 수 있게 말이야. 사실 나는 펠텐이 세속적으로 행복해질 거라고 믿지 않는단다. 다만 어머니로서 느끼는 연민과 걱정 탓에 누군가가 꼭 필요한 거란다. 다른 사람한테 이야기하는 게 아니라, 자기 자신에게 거짓 없이, 진정한 이해심을 갖고 우리를 돌볼, 우리 모두의 운명을 되돌아볼 누군가를 말이다."

17

 우리 인간이 자기 자신에 대해 놀란다면 그보다 더 놀라운 일은 없다.
 나는 이 원고를 어떻게 시작했던가! 일정을 기록하는 수첩에 쓰듯 이 기억에서 저 기억으로 냉정하고 솔직하게, 정말 공정하게 쓰겠다고 다짐하지 않았던가, 그래서 어느 정도 이성적이고 논리적인 결말에 이르겠다는 확신을 갖고 시작하지 않았던가! 그런데 지금 어떻게 된 거지? 낮이건 밤이건 펜을 쥐면 글이 대체 어떻게 풀려나가는 거지? 이 모든 것이 나를 내 자신과 내 삶에서 끄집어내어 어딘가로 데려가더니, 결국 죽은 친구의 세계 속에 세워놓지 않았는가! 아니 던져놓지 않았는가! 나는 내 어깨 위로 그의 단단한 손을 느낀다. 세상을 극복한 듯한 그의 웃음소리가 줄곧 내 귓가에 맴돈다. 아, 내가 이것을 제대로 종이에 옮길 수만 있다면! 하지만 내겐 그럴 능력이 없다. 그래서 스스로 짊어진 짐이 종종 너무도 버거운 책임이 된다. 펠텐 안드레스에 대해 내가 실제 서류로 갖고 있는 것과, 문서와 증언을 통해 증명할 수 있는 모든 것은 형식적인 면에서도, 그 색채에 있어서도 충분하지 못하다.

내가 고향 지방법원의 시보試補가 되어 다시 그를 찾아 베를린에 갔을 때, 그는 자기 인생의 동화를 제대로 구현하고 있었다. 그는 아버지 드 보의 사무용 책 옆에 앉아 있었다. 그 늙고 온화한 어른의 말처럼 그는 "지금까지 그 앞에, 사무실에 온 사람들 중 가장 특이한 지원병"이 되어 있었다.

그 어른은 덧붙여 말했다.

"시보 양반, 내 아들이 그에게 얼마나 집착하는지 아마 모를 거요. 하지만 나의 염려를 반박하며 '그 젊은 신사분이 계획하는 일은 절대 어리석거나 우스꽝스럽거나 엉뚱한 짓이 아니에요. 그는 스스로 뭘 원하는지 잘 알고 있어요' 하고 레오니가 한 술 더 뜬다는 건 더 모를 거요. 레오니는 자기라도 그 애와 똑같은 것을 원했을 거라는군요. 그는 미합중국에서 자신의 행복을 찾으려 한대요. 그렇게 보면 그가 옳지요. 우리 독일의 철학박사 학위로는 저기 저편에서 행복을 찾는 데 시간이 좀 걸릴 테니. 그런 식의 정신적 인재들은 우리 조국이 이미 충분히 그쪽으로 보냈지요. 역사가 긴 독일 재단사들은 신세계에 이미 조합을 만들었을 테고, 어쩌면 정진하는 가련한 악마 같은 놈에게 벌이가 좋은 일자리를 주선해줄 수도 있겠지요. 시보 양반, 물론 내가 내 자식들한테 당신 친구를 가련한 악마 같은 놈이라 해선 안 되겠지요. 그러니 이 표현은 아이들에게 하지 말아주시오. 이 집에 사는 우리는 저 뒤채를 포함해 기이한 사회를 형성하고 있어요. 나는 가끔 우리 중에 이성적인 사람은 저기 밖에 뒤채에 앉아 있는 펜싱 사범의 사모님뿐이라고 생각한다오. 하지만 그녀도 우리의 박사 때문에 놀라 말문이 막히곤 하지! 그분은 예나에서도 또다른 여러 대학들에서도 기이한 녀석들을 많이 사귀었던 분이오. 하지만 당신 친구 안드레스 같은 그런 미친놈은 아직 보지 못했다고 하더군. 그녀가 집단 부락, 여기 도로텐 가에 집결한 바보들의 집단 부락 이야기를 할 때 자신을 예외로 여기지 않는다는 게 그나마 다행인 것 같소. 그런데 시보 양반, 이 일에서 내가 진짜 염려하는 사람은 내 딸 레오니오. 내 아들은 현실을 살기 위해 어떤 길을 가야 할지 이미 알고 있어요. 왜냐하면 우리는 프랑스 집단 부락에서 그런 소질 또한 가져와 당시의 선제후에게 제공했으니까. 레온은 만약 상공업국장이 되지 않는다면 상공업위원이 될 겁니다. 원하건 원하지 않건 사업이 그를 그렇게 만들 거예요. 하지만 지난 이백 년 동안 그대들, 아니 우리의 독일 핏줄에서 레오니에게 들어간 것은 내 예상을 완전히 벗어납니다. 가엾은 레온은 그래도 내 자신에 비추어보면 그나마 그럭저럭 알 수 있지만. 하지만 레오니는…… 친애하는 시보 양반, 그 아이의 생각까지 가늠할 수 있다고 말할 수 있게 된다면, 난 많은 것을 내놓을 작정이었소. 만약 그 애가 우리처럼 드 보라는 이름을 갖고 있지 않다면, 우리 프로이센 왕국 시민들 중 어느 누구도 그 애가 소위 당신들 댄스 대가 민족 Tanzmeisternation의 후손이라는 걸 알아채지 못할 거요. 나는 뒤채와의 교류는 전혀 반대하지 않아요. 하지만 그 애를 찾거나 그 애가 어디 있는지 물어볼 때마다 항상 펜싱 사범의 사모님 집에 있다는 건 어딘지 좀 과하다는 생각이 드오. 나는 종종 레오니를 잠자는 숲 속의 공주[79]라고 부르지요. 그 애를 일상의 삶으로 데려오려고 내 조수들이나 직원들 중 누군가를 보낼 때마다 말이오."

나는 이 거대한 수도에서 가장 귀한 준마들이 제일 유명한 말발굽 기술자와 그 조수에게 치료를 받는 요란한 마당에 다시 들어섰다. 다시 어두운 입구가 나타났고, 펜싱 사범 포이히트 씨의 사모님과 그 집에 하숙하는 대학생들에게로 인도하는 좁고 가파른 계단이 나타났다. 문에 달린 종은 예전과 마찬가지로 날카로운 음을 내며 울렸다. 문을 열어준 사람은 예전과 마찬가지로 기품 있는 그 작은 부인이었다. 변하지 않는 사람이 있다면 그건 바로 펜싱 사범 포이히트 씨의 사모님이었다. 그녀는 늘 그렇듯 손에는 뜨개질거리를, 왼팔 아래에는 실 꾸러미를 들고 있었다. 은퇴하여 옛 기억을 먹고 사는 이 사랑스러운 노파가 뜬 그 많은 양말은 다 어디로 갔을까? 프리드리히 빌헬름 베를린 대학에는 펜싱 사범의 사모님 손에서 나오는 양말이 학기당 정확히 몇 개나 되는지 통계적으로 증명할 수 있는 학생들도 있으리라.

그녀는 나를 바로 알아보지는 못했다. 우리가 마지막으로 만났던 때와 오늘의 방문 사이에는 두 번의 국가고시가 가로놓여 있었다.

"당신?" 그녀는 외쳤다. "그러니까 마침내? 만약 내가 지상의 어떤 사람을 기다리고 있었다면 그건 바로 당신이에요."

그녀는 작은 방문을 열고는 나를 안으로 들이밀었다.

"레오니, 여기 포겔장의 두번째 사람이 왔어. 크룸하르트 시보님, 이제 나랑 먼저 겨뤄봅시다. 콧등의 칼자국은 푸른 탁자에 앉아 있는 당신 고향 사람들 사이에서, 당신에게 해가 되지 않았군요! 회계원이자 재단사인 또다른 양반은 저 아래 드 보의 집에서 아들이자 후계자가 됐어요! 대학생 나리, 레오니 드 보 양과 아는 사이죠?"

아, 나는 그녀를 잘 알고 있었다! 그 사랑스런 소녀는 예전과 마찬가지로 늙고 기이한 여자 친구의 맞은편 소파에서 일어났다. 더 조용하고 어여쁘며, 더 의젓하고 고상해진 것 같았다. 그녀는 미소 띤 얼굴로 말했다.

"포이히트 엄마, 난 좋은 친구를 그렇게 쉽게 잊진 않아요. 특히 포겔장에서······."

"마침내 베를린으로 돌아와서 〈장미 이야기〉[80]에 나오는 것처럼 희디흰 손에 다시 입 맞추려는 사람은."

그녀는 살포시 웃으며 내게 손을 내밀었다. 하지만 입을 맞추라는 것은 아니었다. 그녀는 말했다.

"시보님, 여기요. 늘 그랬듯 재단사의 작업장과 낭만주의의 심장에서 나와 당신을 환영합니다. 노력과 성취라는 우리의 낡고 우스꽝스러운 장난감은 이번에도 당신을 통해 그 신실함을 입증했군요. '학자들의 초원'에서 온 칼 씨."

"서기들의 초원에서 왔어요!"[81] 나는 그 섬세한 반어를 잘 알아듣고 대꾸했다. "맞습니다! 맞아요, 아가씨! 두려움도 비난도 없는 기사[82]는 저기 아래 앞채에서 귓등에 펜을 꽂고 지배인의 사무용 책 옆에 있는 자신의 세발 의자에 앉아 있습니다. 자유로운 기독교왕국 프랑스를 위해 창검으로 무장하고 출정하는 기사가 준마 위에 앉은 것보다 더 그럴듯한 모습으로요. 그리고 펜싱 사범 포이히트 씨의 사모님은 잘레 강[83]의 기사도 정신을 위해 방어 자세를 취하기도 전에 이내 패하고 말았죠."

"어떤 젊은이가 맨 먼저 예나에 속하고, 예나의 하우스베르크 산과 푸흐스투름 탑에서 세상을 내다봐야 했다면 그건 나의 펠텐 씨입니다." 펜싱 사범의 사모님은 불쾌하면서도 우울한 표정으로 한숨 쉬듯 말했다. "아, 여기 베를린! 독일 대학생 중 누가 베를린과 함께 자신의 생존을 시작할 수 있으며 베를린에 붙들려 있을 수 있을까요? 게다가 그 아이는 고인이 된 내 남편에게 감동의 눈물을 자아냈을 그런 천부적인 재능을 지녔어요. 왼손이 마비됐지만, 그래도 지금까지 여기에 왔던 이들 중 최고의 검객인 그가······ 지금은 계산대 뒤로 기어들어가 있어요! 그래서 벽들이 항의라도 하듯 석회가루를 내 머리 위로 떨어트릴 기세죠."

"그건 펜싱 사범의 사모님 말씀이 맞아요." 레오니가 미소 띤 얼굴로 말했다. "저기 당신 친구 방에서 벽들이 애통해하며 이야기해 줄 거예요! 그 고귀한 기술로 이룬 지난 승리의 기억들에 대해서 말이에요. 시보님, 그냥 내 동생하고만 겨뤄보세요. 세상이 온통 뒤바뀌고 있어요. 재단사가 결투에 나서고, 게르마니아의 영웅 소년은 재단사의 탁자에는 아닐지라도 복식회계……."

그때 현관문 밖에서 열쇠 돌리는 소리가 들렸다. 그리고 복도를 울리는 발자국 소리가 들렸다. 그 젊은 여인은 얼굴이 빨개지고 무척 놀라서는 하던 말을 멈추었다.

>   솟구쳐라, 너희 계곡들아,
>   내려앉아라, 너희 산들아!
>   내 사랑하는 이 만나게
>   가로막지 말아다오.

예전에 레오니 드 보가 앞채에 있던 자신의 살롱에서 때때로 그랜드 피아노에 맞추어 우리에게 들려주곤 하던 프랑스 민요의 한 구절이 밖에서 들려왔다.

"거위 아주머니 이야기[84]에 나오는 잔칫상에 둘러앉은 사람들처럼 우리도 또 거의 다 모였네."

펠텐 안드레스가 외쳤다. 젊어서는 바이런 경을, 늙어서는 젊은 괴테를 상상할 때 흔히 떠오르는 그런 멋진 모습을 하고 그는 다시 내 앞에 나타났다. 순진하게 웃는 눈에는 승리의 확신이, 입가에는 악동의 면모가 엿보이는 자 ― 신들과 포겔장의 총아, 경솔한 은총의 세상을 극복한 자가 나타났다. 나는 그때 그가 펜싱 사범 포이히트 씨 사모님의 트로피들 아래에서 보여준 모습을 잊을 수 없다. 그는 거기서 어린아이처럼 앞날의 계획을 이야기했다. 지상에서 누구나 기획할 수 있는 아주 당연한 것에 대해 이야기하듯이.

나는 이의를 제기했으나 그는 다 물리쳤다. ─ 그 기품 있는 노부인과 레오니에게는 그에게 대항할 수 있는 무기가 하나도 없었다. 그 예쁜 아가씨에게는 감상적이고 수줍어하는 눈, 그리움에 사무친 커다란 눈밖에 다른 어떤 것도 없었다. 그녀의 눈은 그의 등 뒤에서만 그 사랑스러운 완력을 드러낼 수 있었다. 그에게로 향해 있는 그녀의 마법의 왕국에 대해 그는 아무것도 모르고 있었다.

그날 아침 우리는 매우 "유쾌했다." 레온이 박차가 달린 장화를 신고 와서 특히 더 그랬다. 당시 레온은 베를린의 가장 고상한 '동물원 기사단'에 소속되어 있었다.

"친애하는 친구여, 아까 그대 책상 뒤에 있는 세발 달린 말에서 일어섰을 때 나도 만족감을 느꼈어." 펠텐이 말했다. "그대의 아버지는 내 어깨를 두드리더니, '자, 친애하는 친구, 자네 교수님들만 강의하고 시험 문제를 내고 학위를 수여하는 게 아니라네. 학위를 받으면 자네 같은 순수문학 작가도 험난한 세상을 헤쳐갈 수 있고 성공할 수 있지. 자네는 정말 세상 보는 눈에서 간발의 차이로 내 아들을 앞서고 있더군. 반년이 지나면 원래 아들을 보내려던 곳으로 자네를 보낼 걸세. 안드레스 군, 솔직히 말하면 자네의 좋지 않은 영향력에서 아들을 떼어놓기 위해서지. 대서양 너머 저편에서 양복 만드는 일에 독일적 심성을 더한다면 자네는 그곳에서 뱃심 좋게 양복점을 열 수도 있네. 이곳에서 내 할아버지 레이몽 기 드 보 님께서 가게를 여신 것처럼 말일세. 우리가 가족기록실에 갖고 있는 것처럼 그분의 아버님은 늙은 프리드리히 대왕이 쿠너스도르프에서 패한 후[85] 퀴스트린의 폐허 위에서[86] 성직자의 짧은 백의白衣

와 목깃을 달고 프랑스어로 설교하면서 대왕을 위로하셨네' 하고 말씀하셨지."

　이 얼마나 유감인가! 남몰래 자신의 행로와 말 한마디 한마디에도 동행했던 그 눈빛에 대해 정작 그 자신은 아직도 모르고 있으니! 운명의 뜻이었는지······.

18

이 포겔장의 서류들을 작성하기 시작한 이후 우리는 환상적인 겨울을 맞이했다. 기분을 상쾌하게 하고 제철에 맞게 서리가 내리고 거친 눈보라는 적지만 눈은 많이 내리는 겨울을.

계속해서 서류를 작성하고 있는 지금 이 밤에도 또 눈이 내린다. 오후부터 흰 눈송이들이 쉬지 않고 휘날리더니 대지를 순수하고 고요한 반짝임으로 채워놓았다. 창가에 서서 제일 가까이에 있는 가스등을 내다보면 이 아름다운 연극에서 쉽사리 빠져나오기가 어렵다. 모든 자연 현상 중에서 눈은 (따뜻한 방에서 내다보면) 가장 편안한 그림과 꿈같은 순간을 동반한다. 눈은 마음을 따뜻하게 해준다. 집 없는 배고픈 방랑자가 되어 눈 덮인 지방도로 위에서 피곤한 몸으로 잠들어, 불쾌하고 쓰라린 현실에서 꿈속으로 슬그머니 달아나는 걸 편안하게 상상해보는 그런 사람들, 그런 이기적인 응석받이들을 나는 알고 있다.

> 솟구쳐라, 너희 계곡들아,
> 내려앉아라, 너희 산들아!
> 내 사랑하는 이 만나게
> 가로막지 말아다오.

어떤 독일 노래만큼이나 아름다운 프랑스의 이 옛노래가…… 저녁 내내 머리에서 떠나지 않는 것은 왜일까? 눈이 내려 계곡을 메우고 산을 누르고 그 위에 하얗게 쌓이는 동안 내가 계속해서 이 노래를 중얼거리고 있으니!

레오니 드 보가 베를린의 도로텐 가에서 우리에게 그 노래를 처음 들려준 뒤로 벌써 여러 해가 흘러갔다. 높은 산과 깊은 계곡, 지상의 드넓은 바다는 펠텐 안드레스와 헬레네 트로첸도르프의 재회를 가로막지 않았다. 그들이 현세의 삶을 위해 재회하지 못한 것은 산과 계곡 탓이 아니었다.

포겔장 출신의 유년 시절 친구는 약속을 지켰다. 그 소녀를 놓아주지 않겠다는 것과 그녀가 잘못 올라간 곳은 어디든 따라 올라가겠다는 그 약속을. 이번엔 옆집 친구로 하여금 계곡 아래 포겔장으로 달음박질해 슐루디코프에 가서 도와달라고 부탁하게 하진 않을 거라는 약속도 지켰다.

그는 여행을 떠나기에 앞서 딱 한 번 집에 들러 자기 어머니와 우리에게 작별을 고했다. 당시 나는 배필을 구하러 다니는 중이었다. 그러니 사랑에 빠진 젊은이가 가장 좋아하고 친한 동창생에게 어떤 감정을 품었을지 알 만하지 않은가. 인생의 그런 시기에 친구의 근심과 희망, 고통과 기쁨 따위는 자기 것이 아니다. 내가 건넨 작별인사는 "오, 그럼 잘 지내! 친구!"가 고작이었다. 친한 친구들도 길모퉁이나 기차역에서 또는 선창가에서 오가다 황급하게 작별인사를 나눈다. 둘 중 한 사람, 오레스테스나 필라데스,[87] 카스토르나 폴리데우케스,[88] 다윗이나 요나단[89]이 (앞서 말한 상황에서는 언제나!) 감동해서 담뱃불을 꺼트리는 경우는 거의 없다. 설령 그런 일이 발생한다면 동요하는 사람은 대부분 혼자 남게 되는 사람이다. 그는 떠나는 사람에게 담뱃불을 빌릴 준비가 되어 있다.

이번에는 이웃 식구들 모두가 떠나가는 사람을 위해 역까지 동행하지 않았다. 늙은 부모님은 고개를 저으면서 더이상 그럴 의무를 느끼지 못하셨다. "그건 정말 미치광이 여행이야. 그 아이와 엄마에게 그들이 원하는 표정을 지어줄 수 없을 것 같구나." 아버지는 말씀하셨다. 그리고 어머니는 이렇게 말씀하셨다. "나도 아말리에가 우리의 이런 관심과 배려를 필요로 한다고 생각하지 않아. 언제 그녀가 좋든 싫든 우리 말을 들으려고나 했니? 그 두 사람 다 언제나 자기들 뜻대로 하잖아."

이 원고를 진실하게 작성하지 않는다면 이런 작업이 무슨 의미가 있을까? 나의 가장 깊은 속마음은 부모님의 생각과 완전히 일치했다. ……부모님이 발언을 하고 이성을 말하는 한에서는 그러했다. 그러나 나는 옆집의 다른 두 사람이 발휘하는 무언의 설득력에도 마찬가지로 철저하게 빠져들었다. 펠텐이 웃으면서 내 어깨를 두드리고 그의 어머니가 내게 고개를 끄덕이면 그것만으로도 충분했다. 그 현명한 노부인이 이렇게 덧붙이면 그 효과는 더욱 강렬했다.

"친구 칼아, 그 바보의 말을 듣지 말거라. 너는 흔들리지 말고 네 길을 가면서 세상을 지켜내거라. 포겔장의 이곳뿐 아니라 포겔장 전체를 위해서 말이야."

이번에 역에서 작별할 때도 마찬가지였다. 떠나가는 친구의 삶에 대한 의욕, 승리에 대한 확신은 유식한 체하는 내 냉정함을 완전히 압도했다. 펠텐은 내게 이렇게 말했다. "나는 네가 언제나처럼 내 대신 노모 곁을 지켜주고 경우에 따라서는 노모를 돌봐줄 거라고 굳게 믿어."

……그러자 나는 이렇게 자문할 수밖에 없었다. '그래, 그게 가능할까? 그럴 필요가 있을까?' 하지만 눈가가 촉촉해지고 심장이 멎을 듯한 기분으로 나는 약속했다. 그가 세상에서 승리를 쟁취하는 동안 이웃집 아궁이 옆에 있는 그의 자리를 굳게 지키고 '노모'가 홀로 외롭게 앉아 있게 하지 않겠노라고, 선한 마음으로 약속했다.

우리는 전에 헬레네 트로첸도르프가 떠날 때처럼 그가 떠나는 것을 지켜보았다. 그때 다른 기차가 도착했다. 유람열차였다. 우리 도시와 도시 외곽의 아름다운 경치를 구경하려는 생각에 매우 들떠 있는 듯한 한 무리의 사람들이 기차에서 쏟아져 나왔다. 햇살이 비치는 멋진 아침이었다. 어떤 세심한 위원회가 흥을 돋우는 긴 맥주 탁자를 설치해놓았다. 기차를 타고 온 그 낯선 노래 회원들 혹은 합창단원들은 음악에 대한 열망뿐 아니라 엄청난 갈증도 동반한 채 우리에게 도착했다. 우리 고향 관악대의 환영 팡파르가 울려 퍼지기 시작했다. 찰스 트로첸도르프 씨가 아내와 아이를 데려간 날 이후로 도시와 군주의 저택 주변이 더 커지고 멋있어졌다. 그때 내가 이웃집 아주머니, 친구의 어머니를 집에 모셔다드린 역은 지금의 역이 아니다. 지금의 역은 당시에는 서류상으로만 존재했고 군주의 토목 감독청 탁자 위에 놓여 있었다.

'박사 부인'은 내 팔짱을 끼었다. 만년에 이르도록 가볍고 경쾌한 걸음걸이로 돌아다녔던 그녀는 집으로 돌아가는 그 길에선 부축을 받아야만 했다. 나는 친구에게 했던 약속을 지키겠다고 내 자신에게 굳게 다짐했다.

우리가 그 소용돌이에서 빠져나왔을 때 그녀는 깜짝 놀란 사람처럼 주위를 돌아보았다. 무언가 매우 중요한 것을 두고 왔거나, 무언가 매우 소중한 것을 잃어버렸다는 생각이 든 것 같았다. 하지만 그녀는 멈춰 서서 두 손으로 내 팔을 붙잡고 눈동자를 반짝이면서 나를 올려다보며 외쳤다.

"사랑하는 칼, 너희들이 지금까지 계속해서 그 애를 부당하게 대했다는 걸 인정해야 할 거야. 오 제발, 그렇다고 말해줘! 이제부터 내겐 그 애에 대한 기쁨과 믿음, 희망이 그 어느 때보다 더 절실하거든. 오 너희들, 너희들 모두! 우리는 평생 서로에게 좋은 이웃사촌이었어. 앞으로도 계속 그래야 해. 이제 우리는 몇 안 남았어! 나의 이 우둔하고 환상으로 가득 찬 머리. 이제 세상의 빛과 색이 불과 오분 전하고는 완전히 달라졌구나! 나는 그 애의 눈을 바라볼 수 있었고 그 눈에 담긴 세상에 대한 승리를 통해 내 승리도 엿볼 수 있었어. 저기 뒤에서 들리는 저 끔찍한 관악대 소리라니!⋯⋯사람이 어찌 저리도 즐거워할 수 있는지! 어찌 저리도 분주하고 성급할 수 있는지! 자, 좀더 빨리 가자꾸나!⋯⋯세상에 이런 소음과 이런 지독한 분주함이 왜 필요할까? 그 애는 그 속에서 어떻게 지낼까? 그 애가 다른 사람들처럼 그렇게 서두르지 않고 모든 일에 여유를 갖는 건 유감스럽게도 다 내게서 받은 것들이야. 그 애는 이 어리석은 늙은 어미처럼 혼자 앉아 있는 것을 좋아하지. 오 칼, 부모님께 말씀드려다오. 적어도 내가 다시 평온을 되찾을 때까지 혼자 있게 해달라고 부탁해다오. 맙소사, 만약 엄마가 자식에게 가장 좋은 것을 주어 보냈는데 그게 자식을 불행하게 만든다면, 그건 엄마의 잘못일까? 우리가 잘못 생각한 거라면 좋을 텐데! 그 애가 자기 뜻을 이루고 내 뜻도 이루어주고. 그런데 그게 동화처럼 꾸며낸 이야기에 불과하다면, 벽에 비친 아름답고도 우스운 환영에 불과하다면, 너무도 암담할 테지! 만약 그 애가 헬렌을 집으로 데려오고, 거기서 생활 기반도 닦게 되면 좋으련만! 얘야, 빨리 가자─서둘러 집에 가자. 타조는 곤경을 외면하려고 모래 속에 머리를 처박곤 하지. 이 늙은 안드레스 박사 부인도 포겔장에 머리를 처박고 있을 거야. 그러니 제발, 당분간은 네 좋으신 아버지가 우리 집에 오시지 않도록 해다오! 저기 휠체어에 앉아 따뜻한 여름공기 속을 지나는 사람은 이웃집 하르트레벤 아니니? ─ 그래요, 하르트레벤 씨, 그 애는 누구보다도 당신에게 진심으로 한 번 더 안부를 전해달라고 했어요. 오늘 저녁에 저희 집에 들르셔서 한 시간 정도 얘기나 좀 나누지 않으실래요? 하르트레벤 씨, 이제 우리 두 사람은 어느 때보다 더 신실하고 굳게 뭉쳐야 해요."

"그래요, 아주머니! 실은 저도 오늘 건강이 좋지 않아서 토지를 양도했거든요. 적어도 창가에서는 조금이라도 녹지를 볼 수 있게 하려고 집과 아침 정원만은 남겨뒀어요. 박사 부인, 집 건너편에 커다란 통조림 공장이 들어설 거예요. 그래요, 성경에서 말하듯 세상은 부지불식간에 변해버려요. 아주머니, 어쩌면 이번에는 다시는 못 보게 될 이별일지도 모르는데, 우리의 펠텐 군을 역까지 동행하지 못해서 정말 마음이 아팠습니다. 우리 늙은이들은 여기 포겔장에서 더는 젊은 사람이 아니잖아요. 바다 건너 저편에서는 무슨 일이든 일어날 수 있다는 사실을, 그러니까 신문에서 매일같이 인간 세상에 들이닥치는 온갖 행운과 불행에 대해 읽게 돼요. 응, 그 사기꾼도 ─ 부인, 나쁘게 생각하지 마세요 ─ 거기에서 전능한 동물이자 백만장자가 됐으니 우리의 젊은 신사도 그렇게 될 겁니다. 만약 귀향할 때 젊은 여자라도 한 명 데리고 온다면 포겔장에 남아 있는 사람들 모두가 분명 녀석을 더 잘 보려고 까치발을 할 테고 팡파르도 울려주겠지요. 좀 전에 산에 올라간 사람들이 역에 도착할 때 울렸던 팡파르보다 세 배는 더 크게 울려줄 거예요. 아주머니, 하지만 그렇지 않다 한들 무슨 상관이겠어요. 저들이 우리의 포겔장을 부순다 해도 우리가 서로에 대해 갖고 있는 희망까지 부수진 못합니다. 나의 영원한 악당, 우리의 괘씸한 놈, 녀석이 내게도 편지하겠다고 약속했어요! 나는 한두 번도 아니고 여러 번이나 도망치는 그 녀석을 뒤에서 몰아댄 적이 있어요. 우리 집 뒤채에 살던 그 비릇없는 여자애도 같이 몰아댔지요. 우아하고 점잖은 말로만 몰아댄 건 아니지요. 하지만 박사 부인, 녀석에게 편지가 오면 제게도 알려주세요. 그러면 몹쓸 통풍을 앓고 있는 이놈의 몸뚱이를 이끌고 재빨리 달려갈 테니까. 함께 울기도 하고 함께 기뻐도 하고 손뼉도 치고 해봅시다. 녀석의 상황이 어떤지, 지구 반대편에서 잘 지내는지 어떤지에 따라서 말이지요. 나는 이번에도 또 어떤 기이한 일이 일어날 거라고 확신하고 있어요. 이런 확신은 저기 위 제 소유의 산림에서 나무가 자라는 것처럼 그 녀석과의 교제와 우정에서 생긴 거지요. 그래서 이 새로운 여행소식을 듣자마자 이런저런 생각을 하면서 혼자 고민했다니까요. '이 정신 나간 녀석이 이번에는 또 무슨 일을 벌이는 걸까?' 자, 자, 친애하는 아주머니, 화내지 마시고요! 어쨌든 우리는 그간 숱한 경험을 하면서 위안을 받곤 했잖아요. '그 녀석은 무엇이든 이겨내고 극복할 수 있다'는 위안을요. 당신들이 나보다 녀석을 더 잘 알 테지요. 하지만 펠텐을 아주 정확하게 아는 사람이 있다면 그건 바로 이 늙은 하르트레벤이에요. 녀석에게 몹시 화가 나서 최상급 몽둥이나 막대기를 들고 뒤를 쫓은 적이 한두 번이 아니니 말입니다. 때로는 녀석이 주는 즐거움을 자제하느라 두 손을 배에 대고 뒤쫓은 적도 있어요. 그 장난꾸러기가 눈치채지 못하게 하려고요. 오대륙에 있는 어떤 장벽도 그 뒤에 가져올 것이 뭔가 있으면 녀석은 기필코 오르고야 말 겁니다. 머리로 박아 부수고 싶을 정도로 짜증나게 하는 장벽을 만나면 달려가 부딪혀 쓰러뜨리든지 아니면 에두를 수 있는 길을 찾아낼 테지요. 저도 여기 포겔장에서 그리고 추억이 가득한 제 땅에서 그런 경험을 수없이 했으니까. 아주머니, 그러니 아들 때문에 너무 많이 걱정하진 마세요. 녀석이 사기꾼 찰스 트로첸도르프처럼 부자가 되어 귀향하든, 아니면 어느 날 저녁에 찾아와 문을 두드리면서 '하르트레벤 씨, 제가 돌아왔어요. 이번엔 운이 좋지 않았어요. 오늘밤 볏짚으로 잠자리를 제공해주시고 새 출발을 할 수 있게 내일 아침에 천 마르크짜리 지폐를 한 장 주신다면 고맙겠어요.' 하더라도 그 애라면 염려할 거 없어요. 하지만 박사 부인, 부인께선 안심하셔도 될 겁니다. 여기 포겔장에 가만히 앉아서 부인의 아드님을 눈여겨본 사람이 있다면 그건 바로 접니다. 녀석이 결코 그런 식으로 문을 두드리지 않는다는 걸 알고 있습니다. 녀석에게 좋지 않은 일이 생겼을 경우 자상함과 예의를 갖추어 대해주어야 합니다. 그 어린 악마는 여기 포겔장에서 어느 누구보다도 섬세한 심장을 갖고 있어요. 이보게 칼, 법관 시보님, 자네 앞에서 이런 말을 한다고 날 흉보지 마시게! 하지만 만약 그 녀석의 심장이 얼어붙는다면, 온 인류의 두개골을 깨트릴 만한 그런 얼음덩어리가 될 거요! 아주머니, 그리고 크룸하르트 군, 제가 두 분을 이렇게 오래 붙들고 있다고 언짢아하지 마십시오. 저도 오늘 평생을 가슴에 품고 지내던 소유물과 작별을 했으니 말입니다. 그러니 여기 포겔장의 어느 누구보다도 더 마음속으로는 두 분과 함께 역에 있었습니다. 친애하는 아주머니, 저는 당신을 잘 알고 있어요. 법관 시보님, 어렸을 적에는 내가 하는 이런 말을 주목하지도 믿지도 않았을 게요. 그때는 그저 늙고 거친 이웃집 하르트레벤 아저씨에 대해 그저 웃어넘겼을 게요. 하지만 이런 비참한 휠체어에 앉아 있으면 사람 팔다리의 힘과 건강한 폐가 얼마나 중요한지 알게 되지요. 이런 휠체어를 타면 우리 같은 사람도 자기 속마음을 털어놓는 걸 부끄러워하지 않게 되지요. 자, 법관 시보님, 내

보기에 박사 부인께선 홀로 있고 싶으신 것 같군요. 그러니 댁으로 잘 모시고 가요. 그리고 부모님께도 안부 전해주시고. 나는 연금 수급자가 되었으니 이 산책로에서 조금 더 산책하렵니다. ─ 젠장, 누가 내게 한 오 년 전에 이런 즐거움을 예언해줬더라면 얼마나 좋았을까! 두 분, 안녕히 가세요."

 쉼 없이 눈이 내리는 이 겨울밤, 나는 중언부언하는 대신 펠텐의 어머니와 하르트레벤 아저씨가 나눈 대화를 간략하게 서류에 덧붙인다. 서류를 작성하다 말고 왼손을 눈가에 갖다대야 했다. 눈이 부실 정도로 밝은 햇빛이 내 눈을 비추기라도 한 것처럼. 그건 틀린 말이기도 하고 맞는 말이기도 하다. 창백해진 햇빛과 빛바랜 유년 시절의 광채를 바라보는 시선보다 더 시야를 흐리게 만드는 게 있을까?

19

 나는 직업상 실종자를 찾는 일이 잦다. 일정 기한 안에 실종자를 소환한다. 만약 나타나지 않으면 사망한 것으로 선언하고 유산을 상속자에게 넘겨주거나 국고에 귀속시킨다. 실종 신고가 된 사람들은 대개 불쌍하고 딱한 사람들이다. 그런데 실종자 중 어떤 이의 인생행로를 추적하다 보면, 무더질 대로 무더진 공무원에게도 자기가 아닌 다른 사람에게서 기적을 체험하고 싶은 욕구와 상상력이 저항할 수 없는 유혹으로 다가온다.
 물론 내 친구 펠텐 안드레스는 절대 이런 경우는 아니다. 나는 어떤 신비나 낭만주의에 관해선 기록할 게 전혀 없다. 그는 항상 우리와 서신 왕래를 했다. 사우샘프턴과 브레멘, 함부르크를 경유하는 모든 통신 경로와 해저 전보까지 이용하여 포겔장과 최대한 연결돼 있었다. 그래서 내게는 펠텐 인생의 그 무엇도 베일에 싸여 있지 않았다. 하지만 그 자신만은 베일에 싸여 있었다. 그건 그의 잘못이 아니다! 여기 있는 내 잘못이다. 이런 일은 사람들이 생각하는 것보다 더 많이 일어난다.

그런데 내가 지금 이 종이들을 가득 메우고 있는 것도 바로 이런 이유 때문 아닐까? 내 인생의 동료들 가운데 가장 잘 아는 사람 중 하나인 그를 나 자신이 분명하게 알기 위해 최선을 다하자는 이유 때문 아닐까? 하지만 늘 그렇듯, 이건 마치 고블랭직 양탄자[90]의 한 올을 풀어내어, 장인이 그 양탄자에 적용한 고도의 기술을 알아내려고 현미경 밑으로 가져가는 일과도 같다.

그 어떤 환경이나 조건하에서도 살 수 있도록 준비한 사람이 있다면, 자신의 방어무기와 공격무기를 다듬고자 스스로 할 수 있는 일을 다 한 사람이 있다면, 그건 바로 펠텐 안드레스였다. 오필리아가 열거한 장점과 덕성을 덴마크 왕자[91]는 악용했다. 하지만 펠텐은 그런 장점과 덕성을 지니고 '비텐베르크'[92]에서 미합중국으로 계속해서 자신의 길을 간 건 아니었다.

무언가를 얻으려고 발버둥치고 안간힘을 쓰는 사람이 있는 반면, 힘들이지 않고 어렵지 않게 그것을 얻는 사람도 있다. 그런 경우 사람들은 "거참 쉽게 성공하네"라고 말하며 그 행운아를 부러워한다. 미심쩍어하면서 어깨를 한번 으쓱하고는 "대체로 굳건한 끈기를 더 선호"하는 이들도 있다. 후자는 나름의 장점을 갖고 있다. 나중에 따뜻한 난롯가의 팔걸이의자에 앉아 합당한 자리를 차지하게 된다. 또는 7월의 태양 아래에서 한기를 느끼더라도 완전한 권리를 갖고 편안하게 자신의 자리를 차지한다. 내 친구 펠텐은 그 짧은 인생에서 안 해본 것이 없었다. 그는 학자, 상인, 조종사, 군인, 항해사, 신문기자로 일했다. ─ 하지만 시민적 개념에서 볼 때 성공을 하지는 못했다. 나는 그가 포겔장 출신의 그 어린 소녀, 현재 시카고 출신의 미망인 뭉고 외에 다른 어떤 것을 얻기 위해 제대로 노력했다는 사실은 이 서류에 덧붙일 수 없다.

>솟구쳐라, 너희 계곡들아,
>내려앉아라, 너희 산들아!
>내 사랑하는 이 만나게
>가로막지 말아다오.

우울한 일이지만 언제나 마지막에는 냉정한 반추에 이르게 된다. 하지만 오늘 저녁 나는 또 한숨을 지어야 한다. 만약 그가 고향에서 들려오는 달콤한 목소리에 한쪽 귀를 기울였다면, 수줍음과 두려움으로 몰래 그의 뒤를 쫓으면서 기꺼이 끝까지 그를 지켜보았을 깊고도 신실하며 슬픈 시선을 볼 수 있었다면, 그의 삶은 달라질 수 있었을 텐데!

그는 드 보 집안, 그러니까 노신사와 친구 레온과는 활발하게 서신 왕래를 했다. 만약 그가 한 번쯤 재미삼아 독일에 나타났을 때 정말 부유한 사람이 되어 있었다면, 그것은 상당 부분 베를린 도로텐 가의 큰 상점 덕택이다. 종교성과 사업 감각이 서로 충돌하는 오누이가 아니라는 건 이스라엘 집안만 증명하는 게 아니다. 메이플라워호를 타고 바다 '저편'에 상륙했던 경건한 추방자들과 마찬가지로 낭트 칙령의 이 위그노파도 마르크 브란덴부르크에서 그것을 증명했다. 그들은 오늘날에도 여전히 전 세계로 손을 뻗는다. 유대인 회당, 교회, 주식! 드 보 집안은 친구 손에 추천장을 들려 뉴욕이나 뉴오를레앙으로 보낼 수 있었다. 그 추천장은 그의 길을 평탄하게 해주고 그의 출세를 도와주었다. 비록 그가 나무에 잘못 올라간 불쌍한 친구를 끌어내리려는 두번째 시도를 위해 거기로 갔을 뿐, 세상적인 영화에 대해선 대수롭지 않게 여겼을지라도 말이다.

그는 두번째 시도에서도 성공하지 못했다. 이번에는 포겔장에서 어떤 도움도 없었다. 전에 늙은 하르트레벤이 사다리와 밧줄을 들고 뛰어든 것처럼 이번에는 그의 어머니가 근심과 걱정, 염려 속에서도 늘 그에게 따뜻한 편지를 써 보냈지만 아무 도움도 되지 못했다. 그가 "진창 속에서 점점 더 허우적거릴수록" 그의 편지들은 그의 방식대로 점점 더 농담조가 되고 유쾌해지며 승리를 확신하게 되었다. 그가 인형극에 참여하여 함께 실을 잡아당긴다 한들 그게 무슨 소용이었을까? 이웃 사람들이 볼 때 그들은 누구도 웃거나 미소 짓게 하지 못하는 사랑스럽고 감동적인 코미디를 연출할 뿐이었다.

"정말 그렇게 될 줄은 몰랐다." 아버지는 진지하게 말씀하셨다. "그 인간이 지금까지 그 어리석은 짓들을 쓸데없이 한 건 아니었나 봐. 방금 전에 법원에서 돌아오는 길에 '젤리히마허와 아들들'이라는 회사의 업무 대리인이 저편 찰스 트로첸도르프 회사에서 사적으로 보내온 편지를 들고서 나를 불러 세우더군. 여보, 편지에는 저편에 있는 그 펠텐 녀석에 관해 적혀 있었는데, 내가 꿈에도 생각하지 못한 내용이었어. 그 시적인 바보의 형편이 완전히 정반대로 바뀐 거야. 그래, 녀석은 그곳 문학계에서 입지를 굳힌 것 같아. 어떤 경제지에 자기 칼럼 같은 것을 쓰더라구. 그래서 우연이기는 해도 그곳의 높은 사람 주목을 받아 교제를 하고 돈도 번 것 같아. 그래, 그건 정말 잘된 일이고 좋은 일이야. 그래서 그 녀석은 그 소녀, 그 젊은 여자를 얻지 못한 걸 감수할 거라는군. 젤리히마허와 아들들은 오늘 아침 저편 트로첸도르프 가족이 보낸 딸의 약혼식 초대장을 받았대. 당신, 이웃집 아주머니가 이미 자세한 내막을 알고 있는지, 그 아들은 이제 이 일에 어떻게 대응할 것인지 알아보구려. 그런데 이런 건 부차적인 일이야. 나는 아르네만에게 갔었어.─그 사람 이제 내가 내건 조건들을 받아들일 참이야. 이곳이 주는 안락함과 결별하고 여기를 떠나는 건 내키지 않는 일이지만 여기 포겔장의 주변 환경은 조금씩 너무나 많이 변했어. 하르트레벤의 토지 위에 들어선 공장 때문에 이제 동산을 볼 수가 없게 됐어. 그리고 지금의 변화된 생활 조건을 볼 때 신분이 낮은 사람들 곁에 주거지를 두는 건 우리의 법관 시보님을 위해서도 좋지 않아. 여보, 그러니까 우리는 다음주에 우리 집과 정원 계약서에 서명하자구."

"크룸하르트, 당신 생각이 정 그렇다면." 어머니는 떨리는 목소리로 말했다.

"내 말은, 우리가 이런 진지한 일은 이미 충분히 생각했기에 이 일에 대해서 할 말이 별로 없다는 거요. 이제 무엇이 남아 있다고 우리를 여기에 붙잡아둘 수 있겠소? 저기 뒤에 새로 올라간 굴뚝 때문에 내 장미 농원에 그늘이 지는데, 그것만으로도 이 취미가 주는 기쁨이 모두 망가졌어. 이렇게 공장 매연이 자욱한 상태에서는 정원에서 커피를 마시는 것도 의미가 없어. 포겔장의 마지막 녹지에 있는 우리 자리는 분명 공동묘지 관리사무소의 서류에나 있을 거야. 자 아들아, 칼아, 법관 시보 크룸하르트 씨, 늙은 펠리컨은 자식 때문에 자기 가슴을 쪼아 열어젖힌단다. 이런 바뀐 여건들 때문에 우리는 시내로 이사 갈 거야. 내가 너를 우리 공국의 행정국장으로 키웠다는 것이 실감나게 해다오. 그러면 내가 장미와 앵초 재배를 포기하는 건 아무 문제도 아니야. 히아신스나 제라늄을 키우는 것으로 대강 만족할 수도 있어. 아들아, 그러니 너의 새로운 사회 환경과 주거 여건 속에서도 늙은 부모를 위해 햇볕이 잘 드는 작은 방을 따로 남겨다오. 엄마와 내가 최근에 둘러본 아르히브 가의 집은 뒤쪽이긴 해도 햇볕이 잘 드는 쪽에 노인을 위한 주거공간을 갖고 있더구나. 그건 자랑스러운 아들을 둔 (아들아, 이제는 이렇게 말할 수 있단다!) 하급 공무원인 은퇴한 행정차장에게는 꼭 들어맞는 집이야. 마치 건축주가 자기가 살려고 지은 집처럼 말이지. 여보, 우리는 아들을 위해 새로운 환경에 적응할 수 있지? 그렇지 않소?"

"그럼요, 그래요, 그래! 쉽지 않겠지만요." 선하고 늙은 여인은 흐느끼며 말했다. "여기서는 새로운 것들이 너무나 세차게 우리를 공격해요. 그리고 창밖을 내다보면 이제 옛것은 하나도 남아 있지 않아요. 하지만 여보, 나는 전에 사람들이 우리 어린 딸을 관에 넣고 뚜껑을 덮으려고 할 때와 같은 기분이 들어요. 그때 난 그게 가능한 일인지, 필요한 일인지 믿을 수가 없었어요. 자신의 세탁 공간도 없고 빨래를 널 수 있는 자기 정원도 없다니! 하지만 맞아요. 저기 우리 산울타리에 바짝 붙어 있는 못난 무도장은 이제 우리 여건에 맞지 않아요. 우리 칼의 여건에 맞지가 않아요. 크룸하르트, 당신이 옳아요. 부모는 자식을 성공시켜서 점점 더 나은 사회로, 가능하다면 최고의 사회로 보내 출세시키기 위해 존재하는 거예요. 당연히 여기 포겔장에서는 그게 불가능했어요. 그러니 신의 뜻대로. 나는 지금껏 살면서 많은 것들에 순응해야 했죠. 그러니 이번에도 적응할 수 있을 거예요. 칼도 자식을 키우다 보면 알게 될 거예요. 아버지와 어머니가 자기를 위해 무슨 일들을 했는지 말이에요. 그리고 그걸 부모님 무덤에서 자식들에게 말해줄 거예요."

나는 이 일에 대해 깊이 숙고할 수 있도록 한 번 더 이의를 제기했어야 마땅하다. 하지만 그런들 무슨 소용이 있었을까? 신실하고 건강한 두 노년의 영혼을 송두리째 뽑아내어 낯선 세계로 옮겨놓은 것은 진정 내가 한 일이 아니다! 그것은 그들의 인간적인 어리석음이 한 일이었다. 그 어리석음이 그들로 하여금 우리 시대의 수많은 사람들과 똑같은 것만을 보게 했다. 바로 현세에서의 의무와 책임, 이점과 이익, 명예와 칭찬, 명성과 행복 말이다. 그들은 포겔장이 그들에게 그리고 그들이 포겔장에 더이상 "맞지" 않는다는 것에만 집착했다.

"여보, 계약서 작성했어." 아버지가 말했다. "당신만 괜찮다면 계약서에 서명하고 마무리 짓게 아르네만을 오늘 당장 부를 수도 있어. 이제 더는 편안한 잠을 청할 수가 없겠구려."

그날 어머니는 이웃집 안드레스 부인에게 가지 않았다. 미국에서 젤리히마허와 아들들에게 보낸 사적인 편지 내용이나 펠텐과 헬레네 트로첸도르프에 대해 들으러 가지 않았다. 보통 그녀는 이웃의 고민과 걱정에 관심을 보이고 가능하면 위로의 말도 건넸다. 하지만 나는 저녁 무렵 유년 시절에 이웃집 정원 사이 산울타리에 만들어놓은 개구멍을 뚫고 한 번 더 옆집에 갔다. 나무들이 많이 자라 오래된 개구멍을 거의 가리고 있었다. 나는 유사 이래 사람 손이 숱하게 닿았던 그 손잡이를 또다시 잡고 문을 열었다. 실은 가장 큰 변화가 일었던 여기 박사 부인의 집에, 현세의 일기가 변하고 있음에도 변함없이 햇살이 머무는 곳에 매달리기 위함이었다. 안드레스 부인은 미합중국에서 온 그녀의 편지들을 앞에 둔 채 홀로 포겔장에 있었다.

20

 근심 가득한 마음으로 이웃집 부인에게 갔을 때 창가로 햇살이 비치고 있었다. 안드레스 부인은 울고 있었다. 아버지가 젤리히마허와 아들들에게서 보았던 그 고상한 카드, 뭉고 씨 예비 부부가 미합중국에 있는 모든 친구와 지인에게 행복할 때나 불행할 때나, 건강할 때나 아플 때나, 살았을 때나 죽었을 때나 함께하겠다고 맹세한 그 고상한 카드가 박사 부인의 작은 바느질 탁자 위에 놓여 있었다. 펠텐이 동봉한 편지도 그 옆에 놓여 있었다.
 친구의 어머니는 젖은 손수건을 창가에 있는 화분들 사이로 밀어놓더니 내게 손을 내밀면서 말했다. "아, 칼이구나. 와줘서 고맙다. 주변 세상이 변하면 예전부터 알고 지내던 젊은이들에게 매달리는 게 상책이지. 젊은이들에겐 내일에 대한 권한이 있잖아. 새로운 물결 속에서 즐겁게 헤엄치면서 새 시대에 맞는 새로운 권한으로 노인들을 조금이나마 정신 차리게 해줄 수 있으니 말이다. 마음까지

다 잡아줄 수는 없겠지만. 엘리가 결혼했다더라. 펠텐이 편지에 그렇게 썼어. 저기 편지가 있으니, 한번 읽어 보거라. 포겔장이 이렇게까지 변할 수 있을 거라곤 상상도 못했어. 하지만 세상이란 그런 거지. 절대 안 그럴 것 같아도 인생 최고의 희망이 사라질 수 있는 거야."

그녀는 그 작은 방에서 근심 가득한 시선으로 주위를 돌아보았다. 베를린 도로텐 가의 펜싱 사범 포이히트 씨의 사모님과 마찬가지로 그녀는 온갖 기억에 둘러싸인 채 앉아 있었다.

"어떻게 모든 게 이렇게 한꺼번에 전혀 모르는 얼굴을 하는 건지! 그런데 그건 저기 있는 한낱 사진 한 장, 저 옷장 위에 있는 작은 사진 한 장이란다. 웃고 있는 저 사랑스러운 눈이 이사할 때나 불이 났을 때처럼 내 노년의 보금자리를 황폐하게 만들고 모든 것을 뒤죽박죽으로 만들었지. 저기…… 그 편지를 읽어 보거라! 포겔장의 이 늙은 여인이 마음의 갈피를 잡지 못할까봐 염려하느라 최대한 조심스럽게 써내려가고 있기는 한데, 그래도 옛날 방식 그대로야. 그 녀석은 굴복하지 않아. 하지만 행간까지 파고들면서 그 애의 방식대로 읽을 필요는 없단다."

아, 이 두 사람은 신경의 가장 세밀한 가닥까지, 영혼의 가장 섬세한 느낌까지 서로 어루만지고 공감할 줄 알았다! 그들은 서로에게 그 어떤 것도 속이려 들지 않았다. 그녀에게는 그것이 큰 행운이었다. 하지만 유감스럽게도 이 지상에서 서로 가까운 관계에 있는 대다수의 사람들에게는 불행이었을 것이다. 서로에게 속하는 두 사람, 또는 몇몇 사람이 서로 너무 잘 이해한다는 것이 언제나 좋은 것은 아니다. 그래도 오두막을 짓고 순조롭게 같이 살아가려면 오직 서로 이해해야 한다. 관직생활을 하고 관련 서류 업무를 하면서 나는 그런 예를 많이 봤다.

펠텐은 이렇게 편지했다.

　어머니, 그 사람들이 그 애를 빼앗아갔어요. 그분들은 그 애를 위해 최고라고 여겨지는 배필을 선택했으니 당신들이 전적으로 옳다고 여기는가봐요. 저는 그 애를 잃어버렸어요. 하지만 이번 생에서 행복을 놓친 건 제 잘못이 아니에요. 어머니도 아시다시피 거기 고향 사람들은 자기들만의 냄새를 제게 너무나 자주 풍겼어요. 그래서 악취를 맡은 코가 얻어맞은 학생처럼 피를 쏟기는커녕 멀쩡하고 심술궂게 찡긋거리면, 그들은 제 성격에 대해 온갖 악담을 늘어놓았죠. 종잡을 수 없고 속을 알 수 없는 비겁한 놈이라고 비난했고요. 전 그 예쁜 나비를―나를 위해, 우리를 위해―꼭 붙잡기 위해 수년을 하루처럼 여기고 할 수 있는 것을 다 하면서 생각하고 또 생각했어요. 지금 전 다시 어린아이마냥, 날아간 노랑나비의 날개가루가 묻은 알록달록한 손가락을 멍하니 바라보고 있어요. 무엇보다 고향에 계신 늙은 어머니를 생각하고 있어요.
　어머니는 고향에 앉아 홀로 이렇게 자문하시겠지요. '아들이 이번에는 어떤 표정을 짓고 있을까?' ……어머니, 나의, 우리의 가엾고 사랑스러운 어린 소녀, 그 애는 지금 달콤한 구혼자에게서 무엇을 얻었을까요? 이제…… 마른 침을 한번 꿀꺽 삼키고 우스꽝스러운 인생의 한 시기 위에 성호를 그을게요! 목요일까지 햇빛이 비치다가 금요일에 갑자기 장마가 시작된 그런 주에 그렇게 하듯, 사랑스러운 우리의 말괄량이에게 책임을 전가하고 싶진 않아요.―어린애에게 자기 운명에 대한 죄를 물을 수 있는 걸까요? 푸른 허공을 나는 종달새를 우편함과 프라이팬 쪽으로 유혹하는 거울의 불빛에 맞서서 그 작은 새가 할 수 있는 게 뭘까요?

그들은 그 사악한 불빛으로 우리의 사랑스러운 포겔장의 꾀꼬리를 그들의 그물 속으로 내려앉게 만들었어요. 그리고 그 애의 가엾고 어리석은 작은 두개골과 뇌를, 그 크고 예쁜 심장을 짓눌러 부숴버렸어요. 그 애는 화려한 뭉고 부인이 되겠지요. 이곳 센트럴파크에 있는 클레오파트라의 조그만 오벨리스크[93]는 이미 이 집트에서 많은 것들을 보았을 테고, 지금도 매일 많은 것들을 보고 있어요. 하지만 헬렌보다 더 아름답고 고귀한 여인이 자기 그림자 곁을 미끄러지듯 지나쳐가는 것은 결코 본 적이 없어요. 나일 강이든 허드슨 강이든 아름답고 고귀한 여인은 언제나 진흙탕을 뚫고 솟아올라요!

고향에 계신 연로한 어머니, 또 셔츠 소매 단추가 떨어졌어요. 하지만 엘리는 꿰매주지 않겠지요. 우리는 엘리가 그럴 거라고 철석같이 믿었고, 포겔장 시절부터 그걸 제 삶의 가장 큰 축복으로 여겼지요. 이제야 비로소 어머니의 낡은 바느질 탁자가 생각났어요. 만약 대양大洋이 삼키지 않는다면 조만간 이 편지는 그 탁자 위에 놓이겠지요. 그 옆에 있는 어머니의 안락의자와 빈 '나무걸상'도 생각나네요. 그리고 담쟁이덩굴과 정원을 지나 이웃집 아저씨 하르트레벤과 그의 대지를 (생과부 트로첸도르프와 어린 딸을 포함하여) 내다보며 포겔장 전체를 조망하던 그때의 일도요. ─ 전 또다시 창가에 나뭇가지로 엮어 만든 의자에 앉아 계실 어머니만 찾게 되네요. 저는 예전보다 더 초췌해진 유랑자, 인생의 방랑자가 되었어요.

어쨌든 저는 이곳에서 훌륭하게 적응했어요. 근래에 사귄 제 친구들이 놀랄 만한 빌미를 전혀 주지 않았으니까요. 어머니는 제가 찰스 트로첸도르프 씨처럼 백만장자가 되는 걸 보고 싶으세요? 아니면 칼 슈르츠 같은 독일계 미국 정치인[94]이 되기를 더 바라세요? 제가 포겔장에서 우리 꼬마를 위해 배운 영어 실력이 지금 제게 아주 큰 도움이 되고 있어요. 관용적인 표현과 어법은 금방 배울 수 있어요. '양처럼 매애' 환호하는 인간족속을 '양처럼 음매' 울게 만들고, 인간이라 불리는 정치적 동물의 코나 목에 밧줄을 묶어 길들여서, 역사의 여신 클레오의 영원한 칠판에 덧없는 철필로 적어둘 만한 가치가 있게 만들기 위해서요. 만약 크룸하르트가, 내 친구 칼의 바쁜 업무가 좀 한가해지면 물레를 잣는 킨켈[95]의 고귀한 신간 『수호자 오토』와 『정겨운 고향에서 순교자의 영광』을 바다 건너에 있는 이 영웅‑구출자에게 보내줄 테지요. 그럼 기꺼이 받을 생각이에요. 『독일제국 출신의 새로운 순교자를 위한 공화주의적인 시민 왕관』! 하지만 유감스럽게도 그건 쉽사리 찾지 못하겠지요. 나이 든 진짜 수호자 오토[96]가 제국의회에서 시시콜콜 따지는 건 그의 노랗고 하얀 기병모자와는 맞지 않을 테니까요. 하지만 베를린 도로텐 가의 레오니 드 보 양은 어떻게 노래했지요?

> 나는 잠들지 않아요. 아직 깨어 있어요.
> 이 아이가 나를 쉬지 못하게 해요.

저는 또다시 뉴욕 5번가[97]에 있는 마법에 걸린 저의 가여운 소녀 곁에 와 있어요! 괴테의 「비극 에섹스에 대한 에필로그」를 들어보세요.

> 여기가 종말이다! 모든 것을 다했다.
> 더이상은 어떤 것도 할 수 없다!
> 땅, 바다, 제국, 교회, 법정, 군대,

그것들은 사라졌다. 모든 것이 사라졌다!

 그래요, 세상 사람들은 행복과 명예, 세계 최고를 위해 무슨 일이든 하려 들지요! 세상을 소유하고 있는 바보왕— 실러의 『오를레앙의 처녀』를 보세요 — 이 사람을 속여 함정에 빠트리고 모든 현자와 영웅, 도망치는 어린 학생을 자기 이가 아픈 치과의사의 심정으로 바라보게 될 때까지 그러는 것처럼 말이에요! 어머니도 아시잖아요. 제 말에 증인이 되어주실 수도 있잖아요. 군중들 앞에서, 그러니까 자기와 가장 가까운 동년배들 앞에서 스스로를 희화화할 때 으레 느끼기 마련인 부끄러움 같은 게 유감스럽게도 제겐 없었으니까요. 하지만 이젠 제가 보기에도 제 자신이 우스워요. 세상사에 대한 올바른 기준을 다시 세우고 싶다는 목마른 갈망이 지금처럼 충만한 적은 없었어요. 고향 포겔장에 있다면 아마 그런 기준을 쉽게 얻을 수 있었겠지요. 나뭇가지로 엮어 만든 어머니의 의자에 마주 앉아, 어머니 바느질 탁자에서, 돌아가신 아버지가 아끼던 『반츠베크의 사신』[98] 원본 초판을 읽고, 어머니의 회양목과 화단, 구즈베리 수풀과 초록 울타리 너머 이웃집 하르트레벤 아저씨와 그분의 대지가 보이는 그런 풍경을 앞에 두고 있다면요. 그곳에선 이런 일이 아주 수월했죠. 그 책 속 신실한 조상 안드레스 사촌과 용감한 사촌 미헬[99]의 마음에 들어가 그 권리를 다시 획득하는 것 말이에요. 하지만 — +!?+—

 칼이 이 일을 어떻게 생각하는지 한번 물어보세요. 아니, 묻지 않는 게 낫겠어요. 질문하는 사람이 질문받는 사람의 대답을 미리 알고 있을 땐 질문이 쓸모없죠. 하지만 어머니의 편지를 읽고 포겔장의 환경이 점점 바뀌었다는 걸 알았어요. 그 친구가 거기에 전혀 적응하지 못할 거란 사실도요. 원시림은 작은 나무숲이 되고, 작은 나무숲은 집 울타리가 되고, 초록은 회색이 되지요. 꾐에 넘어가 과일 서리를 하던 어린 학생이 최고 행정공무원이나 정부관리, 매서운 국가공무원이 되고, 포겔장이 내놓은 장난꾸러기는 (적어도 내가 할 수 있는 한) 영예로운 순례자가 되겠지요. 그 순례자는 세상의 골목골목에서 점잖은 행인들에게 전율과 공포를 불러일으켰어요. 어느 시의 입구에서 신분증을 요구받으면 한 번도 제시할 수 없었고, 어쩌면 베드퍼드 감옥에서 늙은 대장장이가 되어 순례여행에 대해, 자기 인생의 순례여행에 대해 마지막 결산을 하기 시작할 거예요.[100]

나의 사랑하는, 사랑하는 어머니, 이건 어머니 탓이 아니에요. 아버지 탓도 아니고요. 내 요람에서 그런 노랫소리가 들렸어요. 그건 어머니가 들려주던 〈할버슈타트의 부코〉나 〈아가야, 잘 자라. 밖에는 양이 가고 있어〉[101]가 아니었어요. 운명을 좌우하는 첫 요람의 저편에서 어떤 여인이 웅크리고 앉아 마녀의 짧은 수염 속으로 노랫가락을 중얼거리지요. 그 노래는 어머니들의 노래보다 훨씬 더 뒤쪽에서 들려오지만 더 큰 힘을 발휘해요.

그러니 어머니의 사랑스럽고 정직한 얼굴에서 근심과 불만의 주름살을 한 번 더 걷어내세요. 잡초는 쉽게 사라지지 않는다는 옛 어른들의 경험을 잊지 마세요. 우리 고풍스런 가문을 타고 흐르는 강인하고 고유한 존엄성에 믿음을 갖고 이렇게 말하세요. '아, 이 어리석은 아들 같으니라고!' — 우리가 포겔장에서 가장 근심 없이 산 사람들이란 사실 잊지 마세요. 그 삶이 계속 그렇게 지속돼야 해요! 바뀐 주변 환경이 어떤 해악도 끼칠 수 없도록. 집 아궁이의 어머니 자리를 굳게 지키세요. 또 제 자리도요. 전 찰스 트로첸도르프 씨처럼 승자가 되어 금의환향할게요. 세상 사람들은 갖가지 몸짓으로 어깨를 한 번 으쓱하겠죠. 사람들이 입을 헤벌리고 바라보며 질투할 때 찰스 트로첸도르프 씨가 어깨를 으쓱했던 것처럼, 저도 제 방식으로 그가 누린 권리를 얻기를 희망하고 있어요. 만약 미래에 대한 이런 행복한 전망이 어머니에게 왠지 공허하고 무섭게 느껴지신다면 친구 크룸하르트를 우리 울타리 위로 불러서 설명을 해달라고 하세요.—

지금 고향에서, 특히 포겔장에서 저는 아무 쓸모가 없겠지요. ……불쌍하고 용감한 어머니, 어머니께도 그러겠지요. 하지만 물 몇 방울과 땅 몇 뙈기가 우리를 갈라놓는다 해도 우리 두 사람은 오늘도 내일도 항상 함께 있을 거예요. 사랑의 발 앞에서 아마포를 짜는 것이 허락되지 않는다 해도 신의의 발 앞에 앉아 있을 거예요. 옴팔레의 물레[102] 이후에는 네메아의 사자와 레르네에 사는 히드라, 에리만토스 산의 멧돼지, 그리고 무엇보다도 스팀팔로스 호반의 사나운 새와 아우게이아스 왕의 가축 우리[103]가 기다리고 있지요. 어머니에게 헤스페리데스[104]의 정원에서 황금사과를 가져다드리는 건, 제 생각에도 좀 회의적이에요. 하지만 어머니, 그럴 거라고 믿어주세요. 이웃 사람들에게 그럴 거라고 말씀하시고 또 자랑하셔도 괜찮아요. 저는 영원한 밤의 거대한 공포를 인생의 짧은 빛 속에서 정확하고 편안하게 보기 위해 맹세코 지하세계에 가서 그 케르베로스[105]를 데려갈 거예요. 사람들에겐 제가 평범하게 강단 앞에 앉아 노트에 필기하며 철학을 전공한다고 말해주세요. 친구 크룸하르트에게 물어보세요. 그가 시민적 예의상 자기가 맡은 부분을 구술해서 받아쓰게 했어요. 그리고 철학과 교수직에서 드 보 집안의 재단사 탁자까지는 기껏해야 한 걸음에 불과해요. 친구 레온을 일단 등에 업었으니 계속 녀석을 업고 있는 게 당연하지요.

드 보의 아버지께서 편지로 제가 감독하지 않으니 아들이 날이 갈수록 점점 더 바보가 된다고 말씀하셨어요. 그래서 녀석을 제게 보내는 수밖에 별 도리가 없다고 하시네요. 그분은 몽상가 아들을 장래의 행정국장이나 상공업국장직에 맞게 각성시키는 최후의 수단으로 지구 반 바퀴 너머에 있는 저를 생각하시는 것 같아요. 그러니 세상을 유랑하는 첫 단계에서, 그 녀석을 한 번 더 제 짐 위에 올려놓는 일은 피할 수 없을 듯해요. 저는 드 보의 아버지에게 그 친구를 보내시라고, 신뢰에 어긋나지 않게 보답하겠다고 답장을 보냈어요. 맞아요! 사람과 사람 사이의 신뢰! 아, 연로하신 어머니, 저에 대한 어머니의 신뢰를 놓지 말아주세요!

어머니의 아들이자 상속자
펠텐 안드레스 올림.

*

  내가 이 편지를 서류에 덧붙이고 있는 지금은 추운 밤이다. 하지만 오한으로 인해 견갑골이 움츠러드는 것은 창밖의 겨울날씨 때문이라기보다 이 편지의 마지막 부분에서 등골이 오싹할 정도로 불어오는 입김 때문이다. 그리고 만약 — 당시에 — 이 편지를 시내에 사는 지인들과 사람들에게 보여줬더라면 그들은 모두 이렇게 말했을 것이다.

  "한결같이 지나친 저 정신이상자! 앞으로도 계속 저럴 테지. 주정뱅이에게 으레 따르는 행운과 미성년자를 돌보는 섭리 말고는 아무것도 기대할 게 없는 사람이라니까." —

21

 바로 그 다음 시기에 주위에서 어떤 일들이 일어났는지 계속 보고해야 한다.
 펠텐 뒤를 이어 가장 먼저 포겔장을 떠난 사람, 하지만 그와 달리 다시는 돌아오지 않은 사람, 그는 바로 이웃집 하르트레벤 아저씨였다. 휠체어에 앉아 우리 집 정원 문 앞에 마지막으로 멈춰 섰을 때 그는 이렇게 말했다.
 "그런데 얘야! 아니지, 크룸하르트 시보님이라고 불러야지. 이렇게 비참한 모습으로, 식욕도 없고 밤에는 더 아파서 잠도 못 자는 이런 몸을 하고 조각조각 분할된 자기 땅을 휠체어로 돌아다니는 게 즐거운 일은 아니구나. 하지만 인간은 그렇지. 숨이 붙어 있는 한 쉬 놓으려 하지 않아. 그래서 또 여기 오게 된 거다. 옛 우정의 교류를 가능하면 오랫동안 놓지 않으려고 말이다. 만약 저기 위 동산 뒤에 있는 내 숲이 머릿속에서 이렇게 빙빙 맴돌지만 않는다면 고통을 견뎌내기가 좀더 수월하련만. 기분 나쁜 악마 같아! 특히 지금처럼 이런 쾌적한 여름에는 더 그렇지. 저렇게 녹음이 우거져서 아래를 향해 손짓하는데, 목재 거래 이야기는 못하고 그저 마비된 한쪽 손을 앞뒤로 휘젓기만 하고 있으니 말이다. 행정차장님, 저 위 내 슐루더코프 위로 태양이 비추는 것 좀 보세요. 신의 파란 하늘 아래서 숲이 나를 조롱하고, 제기랄, 우리 사랑하는 신께 후손들 험담을 하라고 부추기는 것 좀 봐요. 차장 사모님, 이건 불행이에요, 불행! 불행이야. 이 집 토지 문제를 아르네만과 상의한 건 아주 잘 하신 거예요. 이제 머지않아 이사 가시겠네요. 나는 그 옛날 좋은 시절을 말없이 떠나보냈듯 당신들도 그렇게 말없이 바라보며 떠나보내겠지요. 이제 얼마 남지 않은 인생에 박사 부인만 남겠군요. 그래. 인간은 이렇게 좋은 것, 편안한 것들에서 점점 멀어져가는 거지! 때로는 이런 생각도 들어요. 이 또한 하늘에서 우리를 위해 그런 것은 아닌가. 여기 지상과의 이별이 너무 힘들지 않도록 하늘이 이렇게 만든 것이 아닌가 하는 생각이 들곤 해요. 다시 젊은이들과 어린애들 소식을 들을 수 있다면!

  그래요, 우리의 펠텐 씨 ─ 이건 사실 우리 시보님한테 말해야 하는데 ─, 우리 아들이 일본에서 편지를 보내왔어요. 지금 일본에 머물고 있다면서 아들놈이 반갑게도 안부를 전해왔어요. 예전에 우리가 여기 포겔장에서 보았던 베를린의 그 고상한 친구와 함께 있대요. 이웃집 양반, 들어보세요. 펠텐은 우리의 동년배 찰스 트로첸도르프처럼 저 바깥세상에서 돈을 꽤 많이 벌었어요. ─ 마지막에 똑같은 결과에 이르지 않기를! 그래서 난 지금 뒤에서 끄는 이 마차를 타고 이리저리 돌아다녀야만 해요. 삶의 모든 재미와 낙에 대해 올바른 평가를 내리기 위해서지요. 이전에 누렸던 좋은 것들을 떠올리는 건 짜증이 좀 나긴 해도 여전히 기쁜 일이지요. 여기 포겔장의 내 곁에서, 우리들 사이에서 자라난 어린 소녀와 우리의 펠텐 사이에는 아무것도 이루어지지 않은 것 같아요. 정말 유감이에요! 그 부인은 정말 어리석은 여인이었지만, 그 아이, 지금 저 대양 너머에서 여섯 마리 말이 끄는 마차를 타고 다닐 그 아이는 지금도 여전히 기분 좋은 추억에 속한답니다.

칼 시보님, 애들아, 애들아, 너희는 이웃집 하르트레벤 아저씨를 종종 기분 좋은 분노에 빠트리곤 했었지. 한 번 더 채찍을 들고 내 정원 여기저기로 너희를 쫓아다니고, 이웃의 대지로 또 숲속으로 너희를 잡으러 다닐 수만 있다면 뭐든지 내주련만! 그러고 보니 시보님, 손에 서류를 갖고 계시는군요. 일하러 가셔야겠지요. 이렇게 수다를 떠느라 붙잡고 있었다고 나쁘게 생각하지 마시고요. 이런 고문의자에 앉아 있으면 오로지 입에만 의존하게 되니까요. 행정차장님, 차장 사모님, 이사하실 때 제 짐마차가 도움이 된다면 얼마든지 갖다 쓰세요. 이 늙은 하르트레벤, 거친 사람이긴 해도 시내 사람들이 험담하는 걸 듣고 싶진 않네요. '전반적으로 하르트레벤이 포겔장의 좋은 이웃은 아니었어'라고 말이에요. 시내에 살게 되면 그간의 우정 어린 교류가 조금은 뜸해질 테지요. 하지만 새로운 곳에서 사시다가 문득 옛날이 떠올라 돌아온다면, 이 휠체어에 앉아 있는 내 모습을 앞으로도 몇 년은 보게 되실 거예요. 여러분, 그럼 안녕히. 뒤에 있는 촌놈, 이 병신을 옆집까지만 더 밀어다오. 박사 부인이 최근에 펠텐이 보낸 편지를 조금 더 읽어준다고 약속했어. 그 어린 악마는 언제나 그랬지. 익살과 모험, 생각, 견해를 약주 내놓듯 그렇게 내놓곤 했어. 하르트레벤, 넌 녀석을 다시 봐야만 해. 녀석이 이렇게 오랫동안 제 어머니와 포겔장을 기다리게 만들더라도 말이지."

4주 후에 우리는 이웃집 하르트레벤 아저씨를 땅에 묻어야 했다.

다음해 부활절에 우리 크룸하르트 집안도 포겔장을 떠났다. 부모님은 나를 위해 당신들이 따라야만 한다고 생각한 더 높은 요구에 순응하셨다. 그리고 나는 자식을 배려하는 부모님의 뜻에 따랐다. 그 누가 자기 아버지와 어머니의 사랑을 거부하겠는가! 게다가 자식이 모르는 근심, 자식이 모면한 어리석음, 근본적으로 우스꽝스럽고 불쾌한 여러 가지가 부모님을 얽어매기라도 한다면!

만약 내가 멀리해야 하는 어떤 것이 있다면, 그것은 살아가면서 품게 되는 미친한 감정과 정서를 불손하게 생각하는 태도이다! 서류들에는 그런 생각이 들어 있지 않다. 하지만 당시 내가 가련한 두 노인네보다 훨씬 더 마음 편하게, 보다 자유롭게 그 정든 고향을 포기했다는 것을 내 깊은 속마음은 알고 있다. 오늘 이 추운 겨울밤, 고향을 향한 그리움으로 몸에 소름이 돋고 비애에 젖게 하면서 내게 다가오는 그 모든 것들도 나는 다 포기했었다.

인생의 무대 위에서는 무대가 바뀌기 전 감독이 울리는 종소리가 들리지 않는다. 바뀐 무대 장치 사이에 그리고 바뀐 배경 앞에 서 있는 자신을 발견하지만 우리는 전혀 놀라지 않는다. 잘하든 못하든 자신의 역할이 몸에 배어 있고, 그때마다 입는 의상 또한 마찬가지다. 단지 아주 드물게 찾아오는 어떤 고요한 순간에 이르면 어떤 사람들은 이마를 만지면서 이렇게 생각한다. '아니, 이게 어떻게 된 거지? 전에는 네 주위와 네 안의 모습이 지금과는 다르지 않았니? 대체 어떻게 된 거지? 너 정말 여기에 있는 게 맞니? 네가 지금 여기서 하고 있는, 또는 해야 하는 이 모든 것들이 진심이니 장난이니? 누구를 위해, 무엇을 위해 하는 거지?'

이런 것들은 기이한 사념에 지나지 않는다. 이 사념은 극장의 불빛 앞에 서 있는 사람에게 낯설고 차갑게 엄습한다. 소름끼치는 미지의 외부에서 불어온 것처럼. 무대 위에서 주위가 텅 빌 때 주로 그런 일이 일어난다. 하지만 때로는 귀족과 기사, 시민, 귀부인, 수도승, 신사와 숙녀, 전령, 관리, 군인으로, 영원히 바뀌면서 영원히 동일한 민중극 속 혼잡한 군중들로 무대가 꽉 차 있을 때에도 그런 일이 생긴다. 가능한 빨리 그런 사념에서 벗어나자! 주어진 역할을 수행하는 데 방해가 되고 정체를 유발한다. 그리고 궁정의 특별석에서 최고급 미술관에 이르기까지 고귀한 관중들로 하여금 반어적인 웃음과 유감을 표하는 어깻짓, 큰 비웃음, 쉬쉬하는 야유 소리도 자아내게 한다. 그런데 그건 정당한 일이다! 인생의 희비극을 위해 치러야만 하는 값비싼 입장료. "거기 너, 거기 널빤지 위의 임금님 또는 멍청이, 너의 등장을 알리는 신호에 주의해! 우리 즐거움을 방해하지 마! 즐거움에 대해서는 말할 기회가 별로 없으니 말이다!" ―

돌연 내 주위의 무대는 텅 비고 말았다. 그래서 사느냐 죽느냐에 대해 방해받지 않고 독백할 수 있는 공간이 생겼다.[106] 어떤 선택이 더 탁월한 것이었을지에 대해 독백할 수 있는 공간이. 그러니까 바뀐 주위 환경은 부모님에게 몹시 해로웠다.

나는 이 종이들 위로 머리를 깊숙이 조아린다. 노년에 이른 그분들이 나를 위해서 낯선 환경에 적응하고 순응할 수 있다고 자신만만해 하는 걸 말리는 게 옳지 않았을까? 그들을 집으로, 아니 집이 아니라 시에서 '최고 동네'이긴 하지만, 시내 한복판에 있는 전세주택으로 데려온 나의 신부는 포겔장에 대해 아무것도 몰랐다. 그녀는 오로지 나를 위해서만 아르히브 가로 그녀의 햇살을 가져왔다. 아버지가 창문턱에 가꾸시던 꽃은 포겔장의 정원을 대신할 수 없었다. 이 고상한 주거지역에 있는 한 어머니는 포겔장의 산울타리 너머로 오고가던 이웃과의 교제를 이어갈 수 없었다. 어머니는 당신 소유의 안전한 대지 위에 활짝 핀 사과나무 사이로 빨랫줄을 걸어놓고 그 위로 이웃들과 교류하면서 유쾌한 불만과 불쾌한 만족을 느끼곤 하셨다. 지금 머리를 두 손으로 감싸고 곰곰이 생각해보면, 그러니까 부모님이 당신들의 의지를 관철시키지 못하도록 내가 무엇을 할 수 있었는지 곰곰이 생각해보면, 그런데 "나는 할 수 있는 일이 아무것도 없었다!"라고 스스로에게 말해도 된다면, 그 또한 위로가 된다. 하지만 큰 위로가 되지는 못한다. 부모님은 당신들과 나를 더 높은 곳으로 끌어올리기 위해 비통한 승리자의 죽음을 맞고자 하셨다. 나는 여기 놓인 것과 같은 이런 서류더미를 앞에 두고 다시 마음을 진정시키고, 침착하게 의자에 바른 자세로 앉기 전에 먼저 내 후손과 그들이 주는 위로를 생각해야만 한다.

그렇다, 나는 관청의 직원명부와 시민사회의 서열 명부에서 위쪽으로 올라갔다. 그리고 부모님은 돌아가셨다. ─ 어머니가 먼저 돌아가셨고, 곧이어 아버지가 돌아가셨다. 그리고 나는 결혼했다. 나는 '슐라페'의 누이를 사랑스러운 아내이자 좋은 딸로 부모님께 데려왔다. 우리의 결혼은 선량하고 연로하신 부모님께서 맛본 마지막 기쁨이었다. 그리고 나 또한 선량하고 좋은 아들이었다는, 기대를 저버리지 않았다는 그들의 확신에 마지막 인증도장을 찍을 수 있었다. 나는 그분들에게 앞으로도 계속해서 고결한 명예를 지키고 기대에 부응하기 위해 아주 작은 것이라도 소홀히 하지 않을 것이라는, 신실하게 보살펴주신 당신들의 두려움과 수고, 근심과 체념이 헛되지 않을 것이라는 확신을 드렸다.

나는 희극을 연출하려고 이 글을 쓰는 것이 아니다. 자필로 쓴 종이 위에 떨어진 눈물이 어쩌고저쩌고 하면서 이야기를 꾸며내거나 날조하려는 것도 아니다. (헬레네 트로첸도르프, 뭉고 부인이 베를린에서 보낸 편지가 어떻게 내 일상적인 서류더미 속으로 밀고 들어왔는지 나도 알 수가 없다!) 하지만 나는 잠시 책상 위에 걸린 빛

바랜 사진, 찡그린 독일 서기 얼굴을 하고 훈장추서 제도에 추가된 일등급 공로훈장을 가슴에 단 늙고 신실한 아버지의 사진을 감사하는 마음으로 우울하게 올려다본다.

"이분보다 더 너를 위해준 사람이 있었을까?"

포겔장 저편에 있는 공동묘지에 가려면 유난히 푸르렀던 우리 유년 시절의 골목길을 지나가야 했다. 예전에 하르트레벤의 대지가 광활하게 뻗어 있던 곳과 부모님의 집, 내 고향집, 조상들이 살던 집이 있던 그곳을 지나가야 했다.

이런 말이 있다. "오랜만에 오네!" 아버지의 장례식 날, 이 말이 사람의 마음을 얼마나 무겁게 할 수 있는지 뼈저리게 경험해야 했다.

이곳에 자주 왔어야 하는데 그러지 못했다. 그런데 바로 지금이 이곳이 얼마나 변했는지를 알아볼 수 있는 절호의 기회였다. 포겔장은 우리의 유년 시절부터가 아니라, 우리가 모두 떠나가고 이웃집 여인 안드레스, 박사 부인이 홀로 그곳에 남게 된 이래로 심하게 변모했다.

이런 말도 있지 않은가! "지금까지는 별로 눈에 띄지 않았는데!" 그러다가 갑자기 그로 인해 마음이 비통해지는 어떤 사진, 어떤 순간, 어떤 시간, 어떤 날이 닥쳐온다는. 나는 개인적인 일상 업무나 나 자신과 관련해서 할 일이 너무나 많았다. 그래서 아주 가까이에 있을지라도 내 뒤에 있는 것에는 신경 쓸 여유가 없었다. 포겔장 또한 예외가 아니었다. ―

공장과 임대주택, 댄스교습소의 새로운 담장들 사이로 연로하신 펠텐의 어머니가 홀로 남아 계셨다. 그분은 아들에게 약속한 대로 고향을 저버리지 않으셨다. 그분은 사방에서 기분 나쁘게, 조소하듯, 종내에는 위협하듯 밀어닥치는 새로운 삶에도 불구하고 당신의 작은 집과 정원, 산울타리를 꽉 움켜쥐고 있었다. 그 때문에 그곳에서의 마지막 몇 해 동안 부모님은 그분에게 얼마나 많은 이성을 헛되이 주입했던가!

"그 애는 자기 뜻대로 하기를 원했고, 이제 여러 나라의 땅과 바다에서 하고 싶은 일을 하고 있어. 그리고 난 포겔장을 지키고 있지. 단지 고향에 돌아온 그 애에게 '자 펠텐, 저기 밖에서는 어땠니?' 하고 질문하면서 느낄 알량한 자부심 때문일지라도 말이야."

안드레스 박사 부인은 포겔장에서 이렇게 여러 가지 방식으로 (또한 계절에 따라 다르게) 그 모든 말들에 대답했다. 부동산 투기꾼들이나 세상사에 밝은 친구들, 호의를 가진 여자 친구들은 그녀의 생각을 꺾기 위해, 최선을 다해 그녀에게 조언하기 위해 이런저런 말들을 건넸다. 몇 년 전에 아버지가 '가족의 친구'로서 그녀와 교육에 대한 논쟁을 벌이고 난 뒤 집으로 돌아왔을 때처럼 지금도 여전히 그녀는 어쩔 수가 없는 사람이었다.

늘 하던 대로 이웃지간의 우정 때문에 역정을 내고, 다시 '예전 이웃집 여인'과 화해하기 위해 그 작달막하고 고집스런 집에 갔던 마지막 날로부터 여드레도 지나지 않아 아버지는 돌아가셨다. 이제 아버지의 관 위에는 포겔장의 마지막 정원에서 온 가장 소중한 꽃다발이 놓여 있다. 펠텐의 어머니는 꽃다발을 직접 가져오셨다. 그분은 나와 포겔장에 대해 아무것도 모르는 내 아내와 함께 검은색 관 옆에 앉아 재차 내 무릎에 손을 얹고 한숨지으며 말했다.

"칼아, 네 선량한 아버지를 아주, 아주 많이 그리워하게 될 거야! 이제 난 동산 아래의 늙은이들 중에 마지막 남은 사람이란다. 창가에 앉아 뜨개질을 하다가 때때로 주위에서 들려오는 소음을 듣고 있으면 정말이지 이젠 내가 여기 사람이 아닌 것 같다는 생각이 든단다. 하지만 나는 그 애한테 약속했어. 그 애가 언제 오든 저기 아버지의 집, 이 옛집에서 나를 찾을 수 있게 해주겠다고 말이야. 그러니 난 이곳을 떠날 수 없단다. 이제 어느 누가 '이웃집 부인, 한마디만 할게요' 하고 말하면서 내 창가에 서서 그림자를 드리울까? 그렇게 들여다보고 방문하면서 주위에 매우 사랑스런 이웃이 살고 있다는 확신을 주고 내 생각을 더욱 확고하게 만들어주기도 하고 말이야. 너희 젊은 사람들에게는 내가 구원받기 반세기 전에 잠깐 동안 눈을 뜬 동화 속 장미공주[107]같이 여겨질 수도 있어. 이 장미공주 앞에 서 있는 사람은 외투와 트리코를 입고, 깃털 달린 모자를 쓴 왕자님이 아니라 울타리를 넘어 들어온 아마추어 사진기자야. 그래, 사랑하는 가련한 아들아, 늙은 안드레스 박사 부인이 이렇게 너의 아버지, 나의 좋은, 가장 신실한 친구의 주검 앞에서조차 늘 그렇듯 넋두리만 늘어놓는구나! 하지만 너희들이 내일 아침에 포겔장을 가로질러 그를 운구해갈 때 한 여인이 울타리 곁에 서서 눈을 적시며 진심 어린 마음으로 그를 바라보리라는 걸 기억해다오. 그 여인은 이렇게 말할 거야. '안드레스! 네 평생 모범으로 삼으라고 운명이 네 울타리 곁에 놓아둔 한 남자를 그들이 장사지내는구나.' 모든 게 다 우리 아들들을 위한 거였어! 당연히 그는 자기 방식으로 그리고 나는 내 방식으로 말이야. 칼, 네 아버지의 방식이 좋았다는 건 여기 젖은 손수건을 들고 있는 이 작은 여인이 가장 잘 증명해줄 수 있어. 칼, 잠시 관 뚜껑을 내려다오. 그리고 얘야, 내게 키스해다오. 자 그럼, 안녕히 가시오. 앞으로는 서로서로 더 위로해주고, 우리 늙은이들에게는 평안을 허락해주구려. 우리의 취침시간이 다가오고 있으니!"

22

 우리는 햇살이 비치는 화창한 날 아침에 아버지를 땅에 묻었다. 화려한 대규모 행렬이 뒤따랐다. 아마도 아버지는 그로 인해 만족하셨을지도 모른다. 보통 그런 것들에 대해선 별다른 생각을 안 하는데, 아버지는 당신 인생의 절정기에 그것을 매우 바람직한 것으로, 추구할 만한 가치가 있는 것으로 여기셨던 듯하다. 그런 경우 아버지는 거실 창가에 서서 공허하지만 품위 있는 방식으로 지인들의 참여를 표현하는 마차의 수를 얼마나 자주 헤아리셨던지! ……그리고 지금 나는 더욱 숭고한 관점으로 그것을 애써 무시하려고 하지 않는다. 아, 내 아버지의 아들로서 나는 누가 아버지와 나에게 합당한 예의를 표하고, 누가 예의를 표하지 않았는지에 관해 아주 세심히 주의를 기울였다!―
 그런데 크룸하르트 집안이 아버지에서 아들로 몇 대에 걸쳐 이런 견지에서 자신들의 통계적 언술을 하던 포겔장의 그 창문은 어디로 갔을까? 그들 자신이 다른 이들에게 하던 것과 똑같은 상황에 처한 지금? 아르네만은 우리 가족의 대지 위에 4층짜리 집을 지었다. 1층부터 다락방까지 각양각색의 얼굴이 새로운 창가에 나와서 "멋진 장례식"을 구경했다. 그리고 전에는 '들판 골목'과 '정원 골목'의 한결같이 사랑스런 장식품이었던 것, 그러니까 안드레스 박사 부인의 초록 울타리는 이제 자신의 시대보다 너무나 오래 산, 그래서 존재 자체가 가련하고 초라하게 느껴지는 그 무엇이 되었다.

이 우울한 날, 그 슬픈 행렬 속에서도 내 눈은 온갖 새롭고 낯선 담벼락 사이로 그 초록 지점을 얼마나 찾아 헤맸던가! 이 고장의 옛 주민으로서 향수에 사로잡혀 그곳에 매달려보려고 얼마나 애썼던가! 그런데 — 바로 크룸하르트 가족과 안드레스 가족의 단독 주택 앞에서 품위 있는 신부님 두 분은 성심을 다해 호의적으로 내게 듣기 좋은 말씀을 해주셨다. 나는 그분들 사이에서 관을 따라 걷고 있었다. 만약 내가 양쪽으로 그분들 말씀에 귀를 기울이지 않는다면 그것은 진정 불손한 태도였으리라! 그래서 나는 당시에 허물어져 가는 낡은 정원 문가에 서 있었던 그 늙은 친구, 이웃집 부인에게 그저 건성으로 인사를 건넬 뿐이었다. 그리고 가족의 친구가 운구되는 걸 바라보는 그분이, 그렇게도 용감하게 지켜온 자신의 영토로 들어가는 문 앞에 혼자 서 있는 게 아니라는 걸 전혀 눈치 채지 못했다. 만약 그날 아침 펠텐 안드레스가 자신의 정원에서 나와 곧바로 내 옆으로 다가왔더라면…… 아마도 운구 행렬에 대혼란이 일어났으리라! —

그는 행렬의 끝에 가서 섰다. 그래서 내가 이 진지한 행렬을 따라가다가 예상치 못한 갑작스런 재회로 순간 흥분하여 사람들의 주목을 끌지 않게 해주었다. 하지만 옛 친구들이 여전히 좋은 이웃으로 지내고 있고, 그들의 소유지를 저당등기부는 아닐지라도 토지등기부에 확실하게 기록하게 해준 공동묘지에서는 내가 놀라지 않게 해 줄 수가 없었다.

그의 아버지 바로 옆에 우리 아버지 묘가 만들어졌다. (이웃집 하르트레벤 아저씨는 몇 발자국 되지 않는 곳에 누워 있었다. 그리고 또다른 포겔장 사람들은 여전히 녹지 가운데에서 동산과 슐루더코프를 올려다보며 여기저기에 누워 있었다.) 그리고 묘까지 동행한 조문객이 애정과 예의, 존경을 표할 수 있게 비옥한 공원 토지를 갓 파서 쌓아놓은 흙더미에는 삽이 꽂혀 있었다.

특별한 관계가 없는 사무실 동료나 별로 관심 없는 클럽 회원과 술집 친구에게조차 이렇게 한 자루의 삽으로 마지막 예의를 표하고 나면, 인근 주변 환경뿐 아니라 온 세상이 평상시와는 다른 조명 아래 놓이게 된다. 하지만 자기 아버지, 자기 어머니, 자기 자식을 묻게 된다면, 그래서 빛이 아닌 빛 속에서 누가 자신에게 "흙은 흙으로 돌아가니"를 위한 연장을 손에 쥐어주고, 그것을 누구의 손에 건네주는지 주의해서 본다면…….

우리 기독교인의 경우 성문법과 관습법에 따라 삽을 건네주는 일은 교회가 한다. 내 옆에 서 있던 그 다음 사람이 내 손에서 삽을 넘겨받으며 말했다.

"크룸하르트, 그분은 선하고 현명하고 좋은 분이셨네. 자네의 가장 어린 손자들까지 그분의 건강한 뼈로 인해 인생의 나무에서 달콤한 열매를 얻게 되기를……."

펠텐…… 펠텐 안드레스! 나는 뒤로 물러서다가 내 다음으로 삽을 잡으려던 고인의 상사의 발을 밟음으로써 결례를 했다. 펠텐이 그에게 삽을 건네주었다.

"법원장님, 여기 있습니다!"

이후로는 문제가 발생하지 않았다. 그냥 장례식에서 일반적으로 일어나는 일들이 일어났을 뿐이다. 그 어느 누구보다도 (그 친구보다도) 더 고인의 장점을 잘 알고 또 확신하던 나는 그에 관해 진실이 아닌 것은 한마디도 언급되지 않았다는 것을 증명할 수 있다. 고인을 묻고, 그에게 마지막 예의를 표한 사람들도 일상과 업무에 장애를 초래한 그 일을 마치고 각자의 집으로 돌아갔을 때, 우리, 그러니까 아버지와 아들은 행정차장 크룸하르트의 약력으로 남을 여러 일화들을 받아들여야만 했다. 최근의 일상과 존재에 대한 이야깃거리까지도 고인의 가장 가까운 이웃인 그의 아내와 의학박사 발렌틴 안드레스 옆에서 편히 쉬게 해줄 수 있도록.

*

그는 나와 함께 집에 가지 않았다. 교회묘지에서 내게 이렇게 말했을 뿐이다. "여보게, 나중에! 우리에겐 모든 걸 다 말할 수 있는 시간이 있어." 하지만 공동묘지 입구에 있는 마차까지 나를 배웅했다. 그리고 전직 행정차장 크룸하르트의 상관과 그 아들을 마차에 오르게 한 뒤 마차의 문 너머로 손을 내밀어 한 번 더 악수를 청했다.

"오늘 중으로 너와 좀더 편하게 대화할 수 있으면 좋겠어. 안녕, 옛 친구!"

"친애하는 시보님, 그런데 저 기이한 신사는 누구시지요?"

직무상 크룸하르트 집안의 상관인 그 높은 분께서 물었다. 그에 관해 할 수 있는 한 자세히 설명드리자 그는 이렇게 말했다.

"흠, 흠. 그래요, 어렴풋이 기억이 나네요. 변두리 의사의 아들, 몇 년 전에 기독교인다운 멋진 행동을 한 사람. 폐하께서도 그 사람한테 관심을 보이시지 않았던가요? 그래, 그래, 맞았어! 안드레스!

한동안 그 젊은이는 여기서 정말 최고의 환대를 받았지요. 시보님, 당신은 그와 이웃이었고 지금도 여전히 친구로 교제하고 있는 것 같군요. 예전에는 그를 젊은 천재라고들 생각했지요. 흔히 그런 사람들이 그렇듯 금세 사라졌지만요. 지금은 어떻게 변했는지 좀 궁금하기도 하네요."

그 높은 분은 시간과 상황이 허락하는 한에서만 펠텐에 대해 관심을 보였다. 그래서 나는 충분한 설명을 하지 못했다.

장례식을 치르고 집으로 돌아왔을 때도 돌봐야 할 일이 있다는 걸 깨달았다. 집은 청결하게 정리되어 있었다. 큰일을 치른 뒤인지라 집안에 신선하고 쾌활한 일상의 공기를 들이고, 최대한 모든 것을 예전 상태로 되돌려놓은 상태였다. 스테아린 냄새와 염소 냄새, 꽃향기는 가능하면 나지 않게 했다. 오래된 가재도구들은 원래의 자리에 그대로 놓여 있는데, 그래서 더 곤혹스럽다. 자신 안의 빈자리, 주위의 공허와 황량함은 상황에 따라 크게 느껴지기도 한다. 하지만 나는 검은 상복을 입은 작고 진지한 모습의 어여쁜 아내를 안을 수 있었다. 그리고 슐라페, 최연소 주 참사관인 매제와 아내를 위로하기 위해 그리고 이제 그들 가족의 일원이 된 나를 격려하기 위해 온 몇몇 분들에게 감사의 말을 전할 수 있었다.

"오늘 당신 쪽 친척이 아무도 없어서 정말 마음이 아팠어요." 친척들이 의무를 다하고 떠나간 뒤 아내는 책상에 앉아 있는 내 옆구리를 파고들면서, 고맙게도 최대한 바짝 파고들면서 말했다. "가여운 당신! 하지만 그래도 내가 있잖아요! 그렇지 않아요? 내가 있어서 위안이 되지 않아요? 우리 이제부터 더 합심하고 더 많이 사랑할 거죠, 그렇죠? 당신, 내 가엾고 사랑스러운 남편? 이렇게 금방 서재에 와 앉아 있는 것은 옳지도 맞지도 않아요! 오늘 당신에게 필요한 건 당신 아내에요. 당신이 내게로 건너오지 않는다면 내가 여기 당신 곁에 머물러 있겠어요. 이미 밖에 말해놨어요. 꼭 필요한 일이 아니면 아무도 들여보내지 말라고요!"

지상에 사는 인간에게 신의 호의, 신의 은총이라고 부르는 것들이 있기는 하다. 그런데 내가 안전한 소유, 이 지상의 부와 관련하여 무엇을 획득했는지, 이런 슬픈 날에 이르기까지 인생길에서 무엇을 얻었는지 이보다 더 분명하게 느낄 수 있을까? ―

우리는 그날 내내 단 둘이 있었다. 하지만 나의 작은 아내에게 펠텐 안드레스의 귀향에 대해 이야기하자 그녀는 이렇게 말했다.

"아, 그는 당연히 우리 사람이에요! 당신과 가장 친한 친구잖아요. 사실 그 사람에 대해서는 아는 게 거의 없어요. 하지만 우리 집, 부모님 집에서는 그에 대해서, 그가 우리 오빠에게 해준 일에 대해서 많은 말들이 오갔어요. 그 사람이 우리를 위해 자기 목숨을 걸었던 그 당시에는 너무 어려서 그 영웅적인 행동을 제대로 파악할 수 없었어요. 하지만 엄마가 정신을 놓고 경기하듯 울어대고, 아버지는 제정신이 아니었던 모습이 지금도 눈에 선해요. 안타깝게도 나중에는 그 사람에 대해 그렇게 좋은 말들이 오가지는 않았어요. 아빠는 그와는 도무지 어떤 일도 할 수 없어 유감이라며 화를 내셨어요. 당신도 알다시피 나는 그런 환경에서 성장하면서 내 생각을 키워왔어요. 당신과 결혼하고는 당신과 같이 생각을 키워왔지요. 아마도 당신이 가장 잘 알 거예요. 당신이 어떻게 나를 부모님 집에서 빼냈고, 신과 세상에 대해 예전과는 다른 견해를 갖게 했는지 말이에요. 오늘 난 옛 포겔장에 대해, 헬레네 트로첸도르프와 안드레스 박사 부인 그리고 펠텐이란 사람과 다른 모든 것들에 대해 당신만큼이나 잘 알게 됐어요. 내가 궁금해하는 사람이 있다면, 그건 바로 당신의 친구 펠텐이에요. 당신들 중 누구도 그가 어떤 사람인지 속속들이 알지는 못하는 것 같아요. 기분 나빠하지 말아요. 그는 당신들이 묘사한 대로 여전히 조금도 변하지 않은 듯해요. 만약 내가 그 사람이라면 벌써 당신 곁에 와 있을 거에요. 더구나 오늘처럼 이렇게 고통스럽고 슬픈 날엔 더욱!"

그녀는 이렇게 넋두리를 늘어놓았다. 그리고 사랑스런 검지손가락으로 내 이마의 주름살을 어루만지면서 내가 이 "슬픈 날"을 좀더 편히 보낼 수 있도록 계속해서 노력했다.

아무도 들여보내지 말라는 쪽지가 우리에게 허락한 그런 고요에도 불구하고 그날은 기이한 날이었다. 유령이라도 나올 듯 불안한 날. 포겔장 교회묘지의 새 무덤 때문이 아니었다. 그런 것은 사람을 구석으로, 때로 어두컴컴한 구석으로 밀어넣을 뿐이다. 할아버지의 텅 빈 의자나 아이의 앉은뱅이걸상에 앉게 할 뿐이다. 무거워진 손을 눈과 이마에 갖다대게 할 뿐이다. 그런 것은 사지를 불안정하게 하지는 않는다. 하지만 나는 하루종일 온몸이 불안정했다. 펠텐이 지금 대체 어디에 머물러 있는지 아내보다도 모르기 때문이다.

분명 착각일 리 없다! 나는 교회묘지에서 그가 불현듯 내 옆에 있는 것을 보았다! 그는 내게 말을 걸었다. 내 손을 잡았던 그 감촉을 지금도 느끼고 있다. 그런데 — 방에서 서성거리고 있을 때 나는 그를 믿지 않으려고 했고, 귀향할 거라는 그의 맹세를 서류에 덧붙이지 않으려고도 했다. 그리고 황혼녘에 그가 왔을 때, 나는 제국 형법의 '위증죄' 관련 조항을 읽고 있었다. 나는 무죄를 유죄로 판결하는 경우의 대부분이 부주의한 위증 때문이라는 사실에 대해, 연인들 간의 맹세를 가볍게 웃어넘긴 제우스가 위증에 대해서만은 재판관의 판결에도 불구하고 줄곧 이를 갈았다는 사실에 대해, 고개를 갸우뚱하며 의심하던 중이었다. — 그런데 지금 내가 여기에 이런 것을 기입하는 것은 우울하고 불안했던, 그 햇살 비치던 그 여름날이, 쉼 없이 눈 내리는 이 겨울밤에서 얼마나 멀리 있는지를 증명하기 위해서다. 그 여름날 나는 아버지를 땅에 묻었고, 펠텐 안드레스는 자기 어머니의 집에서 나와 내 아버지에게 마지막 예의를 표했다.

하지만 그는, 친구 펠텐은 그때처럼 또 유령 같은 모습으로 내 안락의자 옆에 서서 내 어깨에 손을 얹고 묻는다.

"이봐 친구, 이제 싫증날 때도 되지 않았어?"

이 춥고 하얀 겨울밤, 줄곧 쌓여만 가는 서류더미에 둘러싸인 채 공직 생활뿐만 아니라 사생활에서도 느끼게 되는 온갖 실망과 근심, 짜증 속에서, 또 싫증과 실망, 권태와 처절하게 싸우면서, 그리고 살금살금 다가오는 시간에 대한 혐오와 씨름하면서도 나는 한 번 더 "아니!"라고 대답한다. 내 삶에서 펠텐 안드레스라는 실체를 갖춘 그 당당하고 평온한 허상에게 말이다.

나는 내 아이들의 유산을 갖고 있으면서 놓지 않으려 한다. 아이들은 언젠가 내 손에서 떨어져 나갈 현세의 그것, 인간의 장난감을 붙잡으려 한다. 그리고 나, 나는 아이들이 장난감을 붙잡을 수 있게 해줘야 한다는 책임감을 느낀다!

23

그런데 그 친구가 나라에서 자신에게 붙여준 후견인 혹은 '가족의 친구' 행정차장 크룸하르트에게 마지막 인사를 하기 위해 포겔장의 마지막 산울타리에 기대어 있던 그 여름날이, 이 문서들에서는 아직 지지 않았다. 여름에는 황혼이 밤늦은 시간까지 계속된다. 이미 말한 것처럼 그 친구는 황혼녘에야 비로소 내게 왔다. 그리고 그가 돌아갈 때에는 이미 동산 위로 새날 아침이 밝아오고 있었다. 헤어질 때 그는 미소를 지으며 말했다.

"그래, 내가 세헤라자데[108]나 바그다드 대상隊商 숙박소에 있는 이야기꾼 역할을 재미있게 잘 했니? 자 들어들 봐—

> 붉은 갈색 외투를 걸친 아침이
> 저기 이슬에 젖은 산 위로 동터 와![109]

하지만 여러분, 여러분은 이렇게 되기를 원했어요. 한 가지 분명한 것은 이제 여러분도 내 인생에 대해 거의 나만큼이나 잘 알게 됐다는 거예요. 크룸하르트 부인, 어떻게 생각하세요? 나중에 부인의 최고 값진 소유물을 더 확실하게, 약간은 두려워하면서 두 팔로 움켜쥐게 되지 않을까요? '맙소사, 칼, 당신은 포겔장에서 이런 끔찍한 사람과 함께 자란 거예요? 지난 몇 년간 이 사람 이야기가 나올 때마다 너무도 좋게 말하지 않았어요? 오, 우리 두 사람은 신께 얼마나 감사해야 할지 모르겠네요. 신께서 아주 일찍부터 사정을 감찰하셔서 그를 온 세상천지로 돌아다니게 하시고, 풀과 물결, 태양과 바람만 허락하셨지만, 불쌍한 당신은 잘 되게 하려고 여기 내게 맡기셨으니까!'"

"그래도 얼마 동안은 여기 우리 곁에 머물러 계시겠지요?" 슐라페의 누이가 물었다. 하지만 그는 다시 나를 향해 말했다.

"저기 포겔장의 마지막 울타리 뒤에 있는 늙은 여장부! 그분에게 곧 있을 방문을 알리려고 내가 사우샘프턴에서 쓴 편지가 오늘 아침에야 여기 도착했어. 어제 저녁 너와 돌아가신 네 아버지를 뵙고 집에 돌아왔을 때 내가 우리 집 정원 문에 기대어 있는 것을 발견하셨지. 이번에 어머니를 놀래커 드린 걸 보상하려면 적어도 일 년은 필요해. 맙소사, 어머니를 두 팔에 안고 옛날의 그 좋은 어투를 그대로 다시 듣게 되다니! 오, '이 멍청한 녀석아!'라는 어머니 목소리가 타향에서 얼마나 자주 귓전에 맴돌았던가! 그런데 이제 웃음과 울음이 뒤섞인 말투로 그 소리를 다시 듣게 되다니! 길 잃은 개를 집으로 들여보내려고 어머니가 열쇠를 갖고 올 때까지 울타리에서 한 시간을 기다려야 했어. 그때 이 새롭고 멋진 담벼락을 충분히 관찰했지. 어머니는 그 속에서—홀로 당신의 것을—우리의 것을 꽉 움켜쥐고 계셨어. 그런데 누구를 위해서? 누구를 위해서? 저기 바보가, 나비 사냥과 비눗방울 사냥에서 돌아온 바보가 있어. 그는 왼쪽, 오른쪽, 맞은편으로 옛 친구들과 나무들을 찾았어. ……주변에는 낯선 얼굴과 낯선 담벼락뿐이었어. 그들은 환한 햇살 아래 꽃이 만발하고 녹음이 우거진 가족의 유산 주위에 온갖 것을 지어 그분을 에워쌌지. 하지만 어머니는 친구들과 이웃들, 수풀과 나무가 떠나고 쓰러지는 것을 지켜보셨어. 당신의 앵초 화단 위에 드리운 그늘을 버텨냈고, 창가의 바느질 탁자 앞에 있는 안락의자를 치우지 않으셨지. 어머니는 모든 공격을 물리치셨어. 당신을 위해서가 아니라 나를 위해서. 크룸하르트 부인, 칼 크룸하르트―나를 위해서! ……어머니는 옛날 예루살렘의 유대인이 이방인에 대항해 싸웠듯 나를 위해 너무 힘든 싸움을 하셨어. 그리고 하르트레벤의 대지에서 들려오는 공장의 소음과 티볼리와 중앙체육관에서 들려오는 댄스음악 속에서 이 성지를 지켜내셨지. 내가 찰스 트로첸도르프 씨처럼 백만장자가 되어 돌아왔든 거지가 되어 돌아왔든 어머니에겐 아무 상관이 없었어. 어머니는 뜨개바늘과 뜨개질하던 바지 위로, 그 사랑스러운 안경 뒤로, 확신만 붙들고 계셨지. '이 장난꾸러기, 이 가련한 아이를 나는 너무나 잘 알아. 분명 한 번 더 내 앞치마 뒤에 숨어서 치마를 붙잡고는 엄마! 엄마! 울부짖을 게 분명해. 내가 모르면 누가 저 바보를 알겠어? 녀석이 그 아이, 헬레네를 집에 데리고 왔다면 물론 그땐 좀 달랐을 테지. 하지만 뭉고 부인은 포겔장의 이 마지막 녹지에 들어와 같이 어울리려 하지 않았어. 그건 그 애가 행복을 추구하며 시도한 사냥 중에 최악의 실패작이야.' ― 여러분, 이제 가겠습니다. 그래요 크룸하르트 부인, 한동안은 이곳에 머물 겁니다. 그렇다고 너무 근심에 찬 표정을 짓지는 마세요. 부인께서 공들여 획득하신 그 소유물을 빼앗지 않을 테니까요. 보세요, 저기 친구 크룸하르트가 웃고 있어요. ― 슬픈 일정을 보내고 난 뒤에도. 이렇게 다음날 아침까지 이어지는 슬픈 밤 대화보다 더 좋은 것은 없습니다!"

내가 웃었는지 안 웃었는지는 모르겠다. 하지만 내가 아는 건, 그가 가고 나와 아내가 밝은 날 희미하게 켜진 전등불 곁에 단둘이 남게 됐을 때, 겁에 질린 아내가 와락 달라붙더니 두 팔로 내 목을 감싸고 이렇게 외쳤다는 것이다.

"얼마나, 얼마나 사랑스럽고 무서운 사람인지! 그러니까 저 사람이 당신 친구예요? 내가 우리 부모님 집에서 당신에 대해 아무것도 모르던 시기에 당신은 저 변두리에서 그 사람하고 같이 자라났던 거죠? 아, 이제야 알겠어. 우리 오빠 페르디에게 그랬던 것처럼 저 사람은, 상대를 한낱 조롱거리로 만들기 위해 사람 목숨도 구할 수 있겠다는 걸 말이에요! 그리고 어리석은 계집애를 위해 자기 어머니와 조국, 밝은 장래가 약속된 고향땅을 등질 수 있다는 것도요.

보세요, 확언할 순 없지만, 훗날 그 사람이 어머니에게 자신의 착각과 실망에 대해 자조 섞인 편지를 보내게 된다면, 그건 그 사람 심장에서, 고요한 심장에서 나온 것이겠지요. 나 같은 불쌍한 여인이 보기엔 왠지 너무도 고요한 심장에서 나온 편지들일 거라고 느껴지고 확신도 되네요. 나의 칼, 그 사람이 어떤 웃음을 지으며 당신을 내 소유물이라 말했는지! 보세요, 그 사람이 어떤 상태로 고향에 돌아왔는지, 돈이 있는지 없는지, 우리는 알지 못해요. 하지만 이제 그 사람은 더이상 세속적인 소유도, 세상에 대한 집착과 미련도 갖고 있지 않아요. 우리 같은 사람이 절망을 느끼는 것은 그 사람이 소유하려는 욕구를 품지 않는다는 거예요. 그 사람이 다른 사람들에게 기쁨이 되게 하려면 어떻게 해야 할까요? 그 사람이 지난 밤에 우리에게 이야기한 것과 이야기한 방식을 볼 때, 무엇이 그 사람에게 근심거리가 되고 또 고통과 상실감으로 떨게 할 수 있을지.

어떤 사람의 도움과 위로도 필요치 않은 사람이에요. ─ 칼, 당신의 도움과 위로마저도.

아, 그는 아주 위험한 사람이에요. 이젠 알죠. 여기 우리의 작은 세계에선 그 사람과 그 누구도, 그 무엇도 시작할 수 없었다는 것을요. 그 어디도 그에게 휴식처가 될 수 없었다는 것을요. 그런데 그 사람, 당신 친구 펠텐처럼 그렇게 인생을 살면서 완전히 무뎌지는 게 행복일까요? 이제 그 사람은 우리 같은 사람들이 마주하는 모든 것들에, 우리가 연극을 보면서 갖는 그런 관심만 보이고 있어요. 그 앞에서 상연되는 것이 재미있는 것이든 슬픈 것이든, 어리석은 것이든 영리한 것이든, 추악한 것이든 아름다운 것이든, 그 사람은 아무 신경도 안 써요. 게다가 더 안 좋은 것은, 자기 안에서 일어나는 일에 대해서도 무신경하다는 거예요! 어쩌면 내가 쓸데없는 말을 하는 건지도 모르겠네요. 하지만 세상에 이런 일이 있을 수 있다는 걸 내가 경험할 기회나 있었겠어요! 사람이, 삶과 죽음이란 문제를, 우리 모두에게도 중요한 그 문제를, 그게 달든 쓰든 어떻게 그렇게 초연할 수 있겠어요. 칼, 그 사람은 당신이 내게 말해준 것과 아주 딴판이에요. 그리고 한 가지 더…… 이제 난, 당신이 내게 이야기해준 베를린의 가련한 레오니를 이해할 수 있을 것 같아요. 하지만 여기 포겔장 출신의 또다른 여인에 대해선 도무지 모르겠어요. 만약 그녀, 그 헬레네 트로첸도르프가 당신들 우스꽝스럽고 어리석은 사람들에게 반항심을 일으키느라 맹하고 평범한 여인이 되려 하지 않았던 거라면, 그녀는 아주 무거운 책임을 떠안게 된 거예요. 나는, 만약 나라면, 나는……."

"뭐요, 여보?"

"만약 내가 기다렸던 사람이 이런 소름끼치는 사람이라면, 난 그 사람에 대한 내 권리를 그렇게 쉽게 포기하지는 않았을 거예요!"

그날은 아버지의 장례식 다음날이었다. 내 작은 아내는 불편하고 놀랍고 모험적인 흥분을 뒤로한 채 꺼져가는 등불과 밝아오는 여명 사이에서 피로에 지쳐 기진맥진한 상태였다. 그런데 나는 그녀의 그 수줍어하면서도 반항적인 말들에 대해 웃어야만 했다. 그녀는 소파 모서리에서 벌떡 일어나 등불을 불어 끄더니 소리쳤다.

"그래요, 당신이 웃든 성난 얼굴을 하든, 상관 안 해요. 당신의 친구 펠텐 안드레스는 내 마음에 쏙 들어요. 게다가 나와 연관지어 말하는 게 아닌 양 침착하게 말할 수 있어요."

"그럼 누구와 연관해서 말하는 거요?"

"당연히 우리 모두와 연관해서지요. 그래요! 당신이 속속들이 알고 있다고 생각하는 관습에 매인 여자, 뭔가 새로운 것을 접하게 된 가련한 여인한테만 해당되는 얘기가 아니에요. 당신들도 함께, 그래요, 무엇보다도 남자들한테도 해당되는 얘기예요! 여자들은 그런 새로운 현상을 접하면 제한된 지평 탓에 기껏해야 조금 관심을 보일 뿐이에요. 하지만 내 생각에, 만약 내가 남자라면, 더구나 이 도시와 이 사회 출신의 남자라면 근본적으로 무서운 그런 사람에 대해 이따금 질투하게 될 것 같아요."

24

아, 그는 매우 착했다. 아주 조용히 지냈고, 일 년 남짓 포겔장에 있으면서 주민들에게 아무 짓도 하지 않았다. 거의 대도시로까지 성장한 수도에는 펠텐 안드레스처럼 (잠옷과 슬리퍼를 신지는 않았지만) 일 년 가까이 연금으로만 먹고사는 소시민적 연금생활자는 없었다. 그에 대한 관심은 금세 사라졌다. 분명 그는 찰스 트로첸도르프 씨처럼 귀향한 것은 아니었다. 지금 포겔장 사람들은 요셉을, 그러니까 안드레스 박사와 그 가족을 거의 알지 못했다.[110]

옛 동창생이나 젊은 시절의 친구와 마주치면 그는 한마디밖에 하지 않았다.

"몸서리치게 피곤해."

만약 그가 하품을 하며 "푹 자고 싶어!"라고 덧붙이면, 그리고 상대편 친구 또한 할 말이 별로 없다는 것을 인식하면, 더이상 대화가 진척되지 않았다. 그렇게 중단되는 것이 둘에게 최선이었다. 그러면 그 "손님은" 눈을 반짝이며 활기차게 산책용 지팡이를 흔들면서 확신에 차서 떠나갔다.

"터무니없는 야망을 품었다가 인생의 쓴맛을 맛본 그런 부류로군. 이 사랑스런 늙은 녀석, 안됐군!"

나는 그런 좋은 사람들 몇몇을 박사 부인의 창가 의자에서 포겔장의 마지막 초록 울타리의 쓰러져가는 작은 문까지 배웅해주고 그 울타리에 기대어 바라보았다. 그리고 이 세상에서의 잠과 깨어남에 대해 생각해보곤 했다.

그런데 그 친구는 내가 예상했던 것보다 더 지독하게 말문을 닫았다. 사실 그의 입을 통해 들은 그의 체험은 지난 몇 년 동안 자기 어머니에게 편지로 말했던 것 이상은 아니었다. 산책을 하다가 우리는 동산 위에서 어린 시절의 우리 셋이, 그러니까 그와 헬레네 트로첸도르프, 내가 옛날 라우렌티우스의 날에 별똥별을 보며 소원을 빌었던 그 자리에 이르렀다.

나는 그에게 그 일을 환기시켰다. 그러자 그는 태연하게 내 어깨에 손을 얹더니 흥분하지도 웃지도 않고 이맛살을 찌푸리지도 않으면서 말했다.

"별똥별은 나와의 약속을 꽤 잘 지켜줬어. 마음이 겸손한 자는 자기 것을 받게 되지. 나는 어쩔 수 없다면 겸손할 줄도 알아. 그때 내가 무엇을 빌었더라? 내 기억이 맞다면 롤란트의 세 시동인 땡전 한 닢, 엄지공주, 냅킨을 빌었던 거 같은데. 난 이 모든 걸 가졌어. 일상생활에 필요한 만큼은 지금도 갖고 있고. 페르세폴리스에 불을 지르는 기쁨은 학생 때 쓰던 공책을 난로에 넣고 태우는 걸로 대신했어. '바빌론에서 맛본 열광적인 승리의 죽음'[111]도 이제 칭찬받을 만한 인간의 퇴장, 바보의 퇴장으로 보이지 않아. 난 냉정해진 채 죽고 싶어. 네가 이걸 더 원한다면, 완전히 냉정해진 채 죽고 싶어.

가능하면 아무 소유물 없이. 그런데 말이지, 나 기억력 좋아. 그 여름날 저녁을 내게 환기시킬 필요가 없었으니까. 별똥별 떨어질 때 디오게네스 통 이야기도 했던가? 이제 나는 통 속에서 저 아래 노파를 위해 난롯가에서 뒹굴고 있어. 아니, 그래야만 해. 친애하는 크룸하르트, 모든 걸 받아들여야 해. 사람들의 환상을 방해해선 안 돼. 저 아래 포겔장의 노파는 아직도 당신의 어린 아들이 자신의 활동력으로 세상을 극복했고 또 계속해서 극복할 거라고 생각하고 계시지. 아버지와 조국, 산파와 인류에게 나라는 영웅을 낳아주었다는 우스꽝스러운 자부심이 그분을 여러 해 동안 든든히 지탱해준 거야. 한동안 내가 여기 없었을 때, 특히 그 자부심이 어머니를 위로하며 버틸 힘을 주었지. 그분 환상을 깨트리는 건 죄야. 이제 이곳에서 세상과 겨루던 나의 놀이는 멎겠지. 그건 구름이 되어 석양을 가리는 아주 나쁜 장난이 될 테지!

그냥 하는 말인데, 어머니가 깜짝 놀라실 만한 고액의 달러를 탁자 위에 놓아두고 왔어. 내 텅 빈 가방 속을 보여드리면서 그분께 '엄마, 엄마는 그, 너무나 엄마의 아들다운 어리석은 녀석, 당신의 펠텐을 위해 포겔장의 마지막 녹지를 쓸데없이 지켜왔어요'라고 말해야 할까? ─ 살면서 종종 나는 코미디를 해야만 했지. 특히 지난 몇 년간은. 아마도 나는 아우구스투스 황제처럼 그런 내 재능을 칭찬해도 될지 몰라.[112] 하지만 지금 이곳에서, 이 노파 앞에선 도망치기 위해, 그러니까 바보들을 물리치기 위해 그냥 다른 사람들에게 그러는 것처럼 농담조로 '자고 싶다, 자고 싶어, 푹 자고 싶어'라고 말하기에는 마음이 너무 아파. 아니지, 아니야. 그분의 태양은 이미 충분히 졌어. 그분의 조용하면서도 용감한, 사랑스럽고도 아름다운 삶에 내가 밝힌 그 불빛이 꺼져서는 안 돼. 적어도 나 때문에 꺼져서는 안 돼! 그분은 나로 인한 기쁨을 계속 맛보아야 해!"

나는 그에게, 그에 대해 정확하게 아는 사람이 나밖에 없는 그에게, 그저 말없이 손을 건넬 수밖에 없었다. 나는 아무 말도 하지 않았다.

펠텐은 미소를 지었다.

"그건 1767년이었어. 문학사의 가장 위대한 이기주의자[113]가 열여덟 살이었을 때야. 그는 친구 베리쉬에게 이런 조언을 했지.[114]

> 둔감해지게!
> 경솔하게 동요하는 가슴은
> 화를 부르는 자산이야
> 요동하는 세상에서는.

그 자신도 이 말을 바탕으로 자신의 시적, 산문적 삶을 영위했어. 그는 성공했지. 트로첸도르프 여사의 살롱에서 이런저런 그림책을 무심코 뒤적이고 있는데, 그때 마침 분을 바르고 무릎까지 오는 바지를 입고 비단 양말과 버클 달린 구두를 신은 그 조숙한 영웅의 저 말들이 또 눈에 띈 거야. 우리 수호신들은 우리를 돕기 위해 우리가 짐작하는 것 이상으로 그런 방법을 이용하나봐. 남녀의 교제를 통해 존속하는 이 세상에서 우리가 필요 이상으로 조롱거리가 되는 걸 막기 위해 말이지. 우리는 열여덟 살짜리 소년에게도 배울 수 있어. 더구나 천재의 영이 그 녀석의 이마에 손을 댔다면 말이지. 그건 사교의 밤이었어. 그 밤에 포겔장 출신의 우리 꼬마는 흔들리는 세상에서 무엇이 화를 부르는 자산이 될 수 있는지, 처음으로 분명하게 알려주었어. 난 시를 써본 적은 없어. 하지만 희극이나 비극을 쓰게 된다면 현재 상황을 구체적으로, 네가 원한다면 극적이면서도 한 폭의 그림을 보는 것처럼 그렇게 쓸 수 있어. 그걸 정신적으로 명확히 포착할 수도 있고. 나는 그날, 아마 늙은 괴테라면 이렇게 말하겠지, 그 뜻깊은 날 저녁에 트로첸도르프 씨의 멋진 진열품 장서에서 그 페이지를 찢어 고이 접은 뒤 웃옷 안주머니에 집어넣었어. 지금까지의 인생 항로에서 생긴 빈 곳 여러 군데를 그것으로 틀어막았지. 자, 예전에 떨어지는 별똥별을 바라보며 소원을 빌던 이 전망대를 오늘은 낮에 찾아와 자연의 미美를 충분히 느낀 듯하구나. 그러니 이제 그만 갈까?"

우리는 갔다. ― 동산의 그 꼬불꼬불한 길을 또 한 번 걸어 내려갔다. 이제는 엘리가 아르네만의 너도밤나무 뿌리에 걸려 넘어져 코피 쏟을 일은 없었다. 그 길은 "깔끔하게 다듬어지고 단장되었다." 아름답고 무른 고목이 가지를 뻗었던 그 길 위에 이제 카노바의 헤베[115]를 본떠서 만든, 하얗게 페인트칠한 아연으로 된 인물상이 서 있었다. 그리고 그 옆의 잘 닦인 오솔길 표지판에는 "정신이상자 수용소"로 가는 길을 가리키는 손가락이 그려져 있었다. 다행히도 하르트레벤 아저씨는 자기 소유의 슐루더코프 숲에서 이 수용소가 번창하는 걸 보지 못했다. 그래서 그것 때문에 무덤 속에서 불안해할 필요가 없었다. 늦은 오후가 되면 이 지역은 남녀 산보객들로 제법 붐볐다. 우리는 많은 사람들과 마주쳤다. 우리에게 인사를 하는 사람들도 있었고, 내 편에서 인사를 해야 하는 사람들도 있었다. 그들은 종종 어깨 너머로 힐끗 나의 동행을 쳐다보았다. 그를 제대로 "평가할 줄 안다"거나 또는 인간의 상황과 운명에 대한 자신의 경험과 인생 질서 속에 그를 대충이나마 분류할 수 있는 사람과 마주친 사실은 내 서류들에 기록되어 있지 않다.

우리와 마주친 사람들 중에서 내 처남인 '슐라페'가 그런 것을 가장 분류할 줄 모르는 인물이었다. 그는 우울증으로 인한 심장병을 미연에 방지하기 위해 나무에 표시된 빨간색과 노란색 표지판, 그러니까 요양 표지판을 따라서 산을 올라오던 참이었다.

"이게 누구야? 영혼의 친구들이로군! 서로 절대 떨어지지 않는 저 포겔장의 잉꼬들이로군. 펠텐, 온 도시에 우스꽝스럽게 소문난 마지막 울타리 너머로 네 어머니를 보았어. 사랑스런 노부인을 보면서 또 한 번 기분이 좋아졌어. 신경도 참 무던하시지! 부럽더라고. 티볼리에서 들려오는 댄스음악 속에서 품위 있는 일간지를 읽으며 다른 사람의 건강이 어떤지 친절하게 물을 수 있다니! 게다가 얼굴에는 매우 만족스런 표정을 띠고서! 그런데 이곳 사람들의 옛 친구이자 수수께끼인 너는 어떻게 지내고 있니? 펠텐, 이 지역 사람들이 네게 관심을 표명할 경우 네가 그들의 일상 세계를 불안하게 만드는 걸 너 스스로 책임질 수는 없을 거야. 넌 눈에 잘 띄지 않고, 너에 관한 말을 들을 수도 없어. 네게 호의를 가진 사람들은 차츰 경찰서에 가서 문의하거나, 심지어 경찰들에게 너를 주목해 달라고 부탁할 수도 있겠지. 세계 정복자는 이런 식으로 귀향하는 거니? 아니면 이건 이 도시 사람들로 하여금 세계 정복자가 되는 방법을 생각해보게 하려는 네 새로운 방식인 거니?"

"친애하는 고위 관리님, 세계 정복과 세계 극복에 관한 한 가장 오래되고, 가장 간단하며 가장 편안한 방식이지요." 펠텐 안드레스는 말했다.

"시내에서는 온통 네가 말한 '푹 자고 싶어'라는 말들뿐이야." 처남이 말했다. "죽은 지방법원 판사 이머만의 책에 나오는 뭔히하우젠 남작이 좀 비슷했지.[116] 그렇지 칼? 네가 얼마 전에 내게 그런 식으로 말하지 않았니? 우리 같은 사람은 유감스럽게도 그런 책 잘 안 읽어. 그 책 찾아볼 시간도 없지. 그 책을 얼마나 재밌게 추억하면서 네가 우리에게 그런 어투를 사용하고 있는지 말이야. 자 안드레스, 혹시 그걸 좀 자세히 설명해주지 않겠니? 그런데 이 신사들을 너무 오랫동안 붙잡고 있었군. 이런 오래된 길에서 동시대인이자 동년배, 학교 동창과 마주치면 언제나 이렇게 되는 법이지! 자, 안녕히들 가시게. 그리고 크룸하르트, 네 부인에게 안부 전해줘!"

나는 친구와 친구 어머니와 함께 포겔장에 앉아 한 시간 가량 티볼리 정원에서 들려오는 음악을 들었다. 어쨌든 그는 자신의 무뎌진 가슴을 잘 감추었다. 그리고 요동하는 세상에서 이 견고한 지점에 의지한 채, 자신의 가슴을 예전처럼 뛰게 하면서 온갖 불빛과 색채, 그림자 속에서 유희하게 만들었다. 불빛과 색채, 그림자는 인간을 진정한 의미에서 서로 유사하게 만들었다. 부모님과 고향집 쪽에서 지금 우리 위로 드리워지는 높은 방화벽의 그림자가 다시 빛을 발했다! 우리의, 그러니까 펠텐과 내 유년 시절의 석양처럼, 그리고 아말리에와 아가테, 아돌피네가 아이였고 아가씨였고 신부였고 젊은 부인이었던 시절의 석양처럼, 춤추는 그림자가 다시 나뭇가지 사이로 작은 정자 위에 드리워졌다! 그리고 펠텐의 아버지가 동산 아래 이웃을 위해 처방전을 쓰던 책상 위에도 드리워졌다! 두말할 나위 없이 이번에도 위대한 모험에 대해서는 피차 말하지 않았다. 뉴욕 5번가 살롱 책장에서 찢은 한 페이지에 대해서는 더더욱 말하지 않았다. 그곳에서는 사랑스러운 과거에 권리가 주어졌다. 그 권리는 펠텐과 어머니가 주고받는 말을 통해 한 시간 정도 지속되었다. 그는 '어머니, 아직도 생각나세요?'라고 물었고, 어머니는 '이 말썽꾸러기들아, 아직도 기억하니?'라고 물었다. ― 이웃집 하르트레벤 아저씨는 실내화를 신은 채 악동 펠텐에 대한 최종 고소장을 들고 골목길을 걸어와서는 "마담" 트로첸도르프의 집세를 유예해주고 거실에 새 양탄자를 깔아주겠다고 박사 부인에게 약속한다. "그럼 이제 저기 저 녀석은" 하고 이웃집 아저씨는 씩씩대며 말한다. "그래요 부인, 저 녀석은 당신에게 꼭 달라붙어서 마치 개울물을 흐리지도 않았고, 내 푸들의 털을 깎지도 않은 것처럼 아주 유순한 눈빛을 하고 있군요. 강아지를 데려오려고 했지만, 아무리 때리고 소시지를 주며 꾀어도 불구처럼 된 자기 꼴이 창피한지 소파 밑에서 나오려 들지 않아요. 저 말썽꾸러기가 부인의 작은 가위로 개털을 깎았어요. 내 개가 무슨 종인지 알아볼 수가 없을 지경이에요. 맞습니다, 박사 부인. 이런 경우에는 신의 보수로는 충분치가 않아요. 당신이 나름 한몫을 한 게 분명해요. 그래서 나는 저런 호감 가는 세입자를 한 해 더 감수하게 되고 심지어 감사해하기까지 하네요." ―

우리는 아이들이다. 젊은이들이다. 포겔장에서 가장 예쁜 아가씨는 펠텐의 어머니에게 기댄다. "아무리 멀리 떠난다 해도 나는 아주머니 곁에 머물러 있을 거예요. 그러니 제발, 제발 엄마가 아빠 편지를 받고 오늘 아주머니에게 한 말 때문에 엄마를 나쁘게 생각하지 마세요. 우리가 어디서도 어울리지 못하는 건 엄마도 어쩔 수가 없어요. 그리고 저도 어쩔 수가 없어요, 세상에서 최고 사랑하는 안드레스 아주머니! 내겐 아주머니의 호의와 사랑, 관용이 있으니 어쩔 수 없는 엄마보다는 낫잖아요······."

그래 펠텐, 너 아직 생각나니? 크룸하르트, 너 그거 아직도 기억하니?― "얘들아, 내일 시험공부는 했는지 좀 물어봐도 되겠니?" 이건 성실하고 근심 많은 나의 아버지, 고인이 된 나의 아버지다. 아버지는 잠옷 차림에 집에서 쓰는 모자를 쓰고 긴 파이프를 문 채 울타리를 가로질러 온다. 지금은 그곳에 이웃집의 높은 방화벽이 우뚝 솟아 있다. 그리고 어머니는 실타래를 겨드랑이에 낀 채 뜨개질거리를 손에 들고 우리 정자에서 이쪽으로 다가온다. 그것은 포겔장에 육신을 돌려주는 것과 같았다. 그들은 살과 피, 모든 몸짓과 음색을 지닌 채 안드레스 박사 부인의 집에 다시 나타났다. 그들은 모두 부활했다. 그리고 명랑하고 아름다운 노부인 옆에 앉아 있는 그 남자에게 가장 생생하게 살아났다. 그는 베리쉬에게 보내는 셋째 송가의 첫 구절이 적힌 종이를 가슴에 지니고 있다.

둔감해지게!
경솔하게 동요하는 가슴은
화를 부르는 자산이야
요동하는 세상에서는.

그리고 그는 그것이 앞으로의 삶을 위한 대비책이 될 것이라 굳게 믿고 있다.

집에 돌아오면 아내 곁에 앉아 있는 처남을 발견하게 된다. 그는 내게 묻는다.

"이제 말 좀 해봐. 너의 그 말 없고 너무나 지겨운, 온통 피폐해진 후견인, 그 미스터, 세뇨르, 무슈 안드레스, 그러니까 네 친구 펠텐이 지겹지도 않니? 사랑하는 크룸하르트, 제발 나를 그런 고리타분하고 질책하는 듯한 눈으로 쳐다보지 마. 다가가기도 이해하기도 어려운데다가 마냥 하품만 하고 웃기만 하는 그런 녀석 앞에선 아무리 감사하는 마음을 가지려 해도 그럴 수가 없단 말이야. 하늘도 알다시피 당시 우리는 갖은 방법을 다 동원해서 그를 도우려 했었어. 근데 귀향한 그 모습을 보면 때때로, 그때 그 싸늘한 웅덩이에서 나를 꺼내준 사람이 그가 아닌 다른 사람이었으면 하고 빌고픈 심정이야. 다음날 석간에서 배은망덕한 사람으로 조롱거리가 되지 않으려면 그에게 이렇게 말해야 할 거야. '여보게, 또 한 번 내 앞에 나타나면 공공보건청에 신고하겠네. 이 지방에 위험을 초래하는 인물이라고 고발하겠어!'라고."

고인이 된 나의 가엾은 처남, 그는 농담 섞인 말투로 말했다. 그는 심장병 때문에 일 년 전에 우리 곁을 떠났다.

25

나는 이 문서들을 앞에 놓고 이마를 두 손으로 감싸며 또다시 놀라고 있다. 무엇 때문에 그리고 왜 그 많은 시간, 긴긴 겨울밤 내내 이 문서들을 이런 표시와 그림으로 채우고 있는지 스스로 정리해보려 애를 쓴다. 그러자 오늘 레싱의 문학적 유작 중 한 페이지가 눈에 들어왔다. 볼펜뷔텔의 사서가 어떤 '익명인'에 대해 말하는 부분이었다.

"나는 더이상 그와 한 지붕 아래 단둘이 살고 싶지 않았기 때문에 그를 세상으로 불러냈다."

내 생각에는, 바로 이거다! 이와 비슷하다. 나는 평생 펠텐 안드레스와 한 지붕 아래서 살아야 했다. 내 가슴과 머릿속에서 그는 언제나 편하기만 한 동거인은 아니었다. ― 그는 다른 사람들의 생활습관과 쉽게 조화되지 않는 것들을 요구하는 룸메이트였다. 종종 착실한 영혼의 살림살이를 온통 뒤죽박죽 헝클어 제자리에 놓인 물건이 하나도 없게 만들 것을 부당하게 요구하는 그런 녀석 말이다. 그가 밖에서 이리저리 돌아다니고 나는 집에 남아 있을 때 그를 골목길에 앉히려고 시도했었다. 내가 얼마나 자주 그런 시도를 했는지 누가 알겠는가! 그것은 헛된 일이었다. 그리고 이제 — 그가 영원히 가고 없는 지금 그는 그 어느 때보다 더, 자기 집에 대한 권리를 확고하게 쥐고 있으려 한다. 하지만 나는 더이상 그와 단둘이 한 지붕 아래 살 수 없다. 그래서 계속 쓰는 것이다……

내게 아들이 태어났다. 당연히 나는 펠텐에게 대부가 되어 달라고 부탁했다. 하지만 그는 거절했다. 대부가 되는 일에 결부된 교회 문서 때문만은 아니었다.

"내가 저 녀석 인생에 도움이 될 수 있을까? 사는 날들이 너무 달라서 그러지 못할 거 같아. 도움이 될 수 있다면 얼마든지 대부가 되겠지만." 그는 말했다. "언젠가 인생길에서 만나 한동안 같이 걸어갈 수 있다는 걸 완전히 배제할 수는 없겠지. 그때 녀석이 나를 이용할 수 있다면 내게서 자기 아버지의 친구를 발견하게 되겠지. 그냥 마음 편하게 네 처남 슈라페의 이름을 따라 '페르디난트'라고 이름 지으렴. 그 이름과 너만 있어도 그 애가 성장하는 걸 충분히 도울 수 있을 거야. 네 작고 착한 아내에게는 아직 물어보지 않았겠지? 그녀가 정말로 그리고 진심으로 어린 자식을 위해 내가 바람직한 안내자이자 동반자로 출생신고 명부와 교회 명부에 기입되는 걸 원하는지 말이야. 다행히도 그녀가 알지 못하는 세상의 거친 숲에서뿐만 아니라 너희 모두를 위해 다행히도 그녀가 아주 잘 아는 이곳의 정돈된 인간관계 속에서 나를 안내자이자 동반자로 삼는 일에 대해서 말이야. 나는 너의 질문과 그녀의 동의, 둘 다에 대해 회의적이야."

한 가지에 대해서는 그의 생각이 틀렸고 다른 한 가지에 대해서는 틀리지 않았다.

"여보." 나는 이런 질문을 받았다. "당신 정말 잘 생각해본 거예요? '발렌틴'이라는 이름만 해도 도무지 평범하지가 않아요. 그리고 펠텐…… 펠텐! 아, 여기 시내에서 그리고 우리 집에서 그 이름에 대해 기이한 말들이 오고가지만 않았더라면! 정말이지 난 당신 친구에게 나쁜 감정이 있는 게 아니에요. ─ 그 반대예요. 그 사람이 우리 집에 오면 화제에 오르는 것들이 지금까지 우리가 보던 것과는 완전히 다른 모습과 색채를 띠게 되어 내가 그 사람을 재미있어 한다는 걸 당신도 잘 알잖아요. 그 사람은 어릴 때부터 당신의 가장 친한 친구였지만 그래도 당신은 착실하고 이성적인 사람이자 사랑스런 남편이 됐어요. ─ 아니에요, 아니요, 아니에요, 나는 그런 건 조금도 염려하지 않아요. 하지만 이리 와서 이 아이를 좀 보세요. ─ 제발 이리 와서 꼭 쥔 작은 주먹을 어린 입에 물고 침대에 누워 자고 있는 이 아이를 좀 보세요. 제발, 이 아이의 이름을 펠텐이라고 짓지는 마세요! 당신 친구, 그 사람은 영리하고 고상하며 좋은 사람이에요. 하지만 거칠어요. 아니면 살다 보니 거칠어졌든가. 나는 내 아이가, 우리의 사랑스런 아들이 여기 우리 곁에서, 우리의 평범하고 익숙한 삶 속에서 살게 하고 싶어요. ─ 이걸 어떻게 말하고 표현해야 할지 모르겠네요. 하지만 지금 저 가엾은 아이를 펠텐이라고 부를 순 없어요. 또 나중에 나이 먹어서 그 사랑스런 노파, 포겔장의 박사 부인이 당신 친구 펠텐의 귀향을 지켜본 것처럼 그렇게 이 아이의 귀향을 지켜볼 수는 없어요!"

그래서 처남 페르디난트가 큰 아들의 대부가 되었다.

그가 우리 고향에 마지막으로 머물렀던 것과 관련해서 그의 거듭된 그리고 마지막이 된 퇴거 외에 다른 어떤 의미 있는 것을 서류에 기록할 수 없다. 그 사정을 이제 스스로에게도 분명히 해두어야 한다. 사람들은 "그렇게 되기 마련이야!" 하고 말한다. 그리고 나는 오랜 인간 경험에서 나온 이런 말에 맞설 무기를 전혀 갖고 있지 않다.

펠텐 안드레스와 나의 관계도 그렇게 됐다. 그는 내게 할 말이 별로 없었다. 내 편에서 그에게 할 말은 아무것도 없었다. 바로 그해 여름 관직 업무는 점점 늘어났다. 게다가 집에는 아이가 태어났다. 그는 내 아이에 대해 어떤 입장을 취했는데, 아내는 그걸 결코 따를 수가 없었다.

"그 사람이 아이한테 신경 쓰지만 않는다면 아무 말도 하지 않으려고 했어요." 그녀는 종종 분을 이기지 못해 소리쳤다. "당신들이 숙명적으로 우리 가족이기 때문에 당신들한테 아이에 대해 신경 쓰지 말라고 요구할 수는 없어요. 하지만 그가 아이를 안아 올리는 모습과 아이의 앞뒤를 바라보는 모습, 냄새를 맡는 모습, 불경하게 웃는 모습, 고개를 흔드는 모습, 그러면서 하는 말과 말투, 나는 그것을—우리는 그것을—적어도 페르디와 나는 그것을 받아들이고 싶지 않아요. 그리고 당신, 당신이 종종 그것을 가만히 듣고만 있는 걸 나는 이해할 수가 없어요. 이렇게 가엾고도 소중한 아이를, 그것도 그 엄마가 듣고 있는데 '바보'라고, '멍청이의 전형'이라고, 태어나지 않는 게 더 좋았겠다고 하는 게 말이나 되는 행동이에요? 페르디난트 오빠가 한심한 농담조로 하는 말이 오히려 당신 친구가 하는 말보다 낫겠어요. 유감스럽게도 그 사람의 장난이 쓰디쓴 진심인 걸 알기에 그 사람이 안됐다는 생각이 들어 기분이 몹시 안 좋아져요. 다행인지 불행인지 그 사람 스스로 아이를 금방 돌려주지 않으려 해서 난 곧바로 그 손에서 내 아들을 빼앗게 돼요!"

남편의 친구가 자기 아이의 요람 옆에 있는 걸 아내가 견디지 못한다면 그 집안끼리의 교제에 차질이 생긴다. 나는 딱 한 번 있었던 다정한 토요일 오후를 기억한다. 그날 우리는 유모차를 끌고 포겔장의 마지막 정자에 갔는데, 결국 아내는 이렇게 외치고 말았다.

"맙소사, 그게 가당키나 한 일이에요? 그 사랑스런 노부인이 당신 친구 펠텐을 팔에 안고는 내가 우리 페르디난트에게 하듯 그렇게 키스하는 게!"

구월 중순 무렵이었다. 우리가 피차 방문하지도 산책길에서 마주치지도 않은 지 이삼 주가 지났다. 어느 따뜻하고 조용한 늦은 오후에 돌연 어떤 느낌이 나를 엄습했다. 그건 이런 소원한 관계에 대한 책임이 내게 있다는, 포겔장은 내게 그 어떤 구차한 변명도 할 필요가 없다는 느낌이었다. 이런 생각이 들자 나는 곤혹스러움을 느끼며 모자를 집어 들고는 짜증 섞인 말투로 말했다. "그 인간은 정말 우리 같은 사람보다는 시간이 훨씬 많잖아!"

나는 그에게 갔다. 그리고 삼십 분 뒤 사람을 시켜 아내에게 저녁 시간에 날 기다리지 말라고, 어쩌면 밤 늦게 갈지도 모르겠다고 전했다. 어린 자식을 가슴에 안고 있는 그녀에게 늦은 밤의 그런 충격이 이 밤에는 어떤 의미를 가질까? ―

그 친구는 집에서 나와 회양목이 늘어서 있는 오래된 좁은 통로를 지나 유년 시절의 마지막 녹색 울타리를 향해 걸어왔다. 얼굴 표정은 우리 곁에서 다시 '적응한' 이래 온 세상에 대해 짓던 표정 그대로였다. 그런 표정은 가장 친한 친구 앞에서도 쉽게 바뀌지 않는 법이다.

"이런, 고맙기도 하지." 그는 말했다. 나는 박사 부인 방의 열린 창문 쪽을 쳐다보았다. 그런데 보통 그곳에서 다정하게 고개를 끄덕이며 인사하던 그분의 모습이 보이지 않았다. 그래서 나는 그에게 물었다.

"어머니는 뭐하시니?"

"널 보면 좋아하실 거야!" 우리는 악수했다. 그리고 안드레스 부인의 집으로 걸어갔다. "사랑하는 친구야, 어쩌면 한 번 더 본다는 말이 더 정확한 표현일지도 몰라!" 펠텐 안드레스가 말했다. 그러면서 내 팔을 꽉 붙들었는데, 마치 쇠로 된 팔에 붙잡힌 것 같았다. ─ 나를 자기 옆에 붙들어 두려는 것 같았고, 깜짝 놀라게 하려는 것도 같았다. 그의 모습은 세상을 좋거나 나쁜 장난으로, 아무튼 어떤 경우에도 장난으로 여기는 그런 사람 같지가 않았다!

"어머니는? 네 어머니는?"

"팔 일 전부터 안 좋으셔. 하지만 어제부터는……."

"좀 나아지셨어? 그런데 이 사람아, 우리는 아무것도 몰랐잖아. 자네 정말 너무하군! 모르나? 우리가 얼마나……."

"이웃지간에 관심을 갖고 있는지? 당연하지! 어머니의 사려 깊은 배려 때문이었네. '편히 잘 지내고 있는 사람들을 우리가 왜 불안하게 해야 하니?' 이게 어머니 생각이셨지. 쾌활하던 시절에 늘 그러셨듯 이번에도 어머니가 옳았어. 오래 앓았던 부인병이 재발한 거지. 하지만 이젠 많이 호전됐어. 가서 직접 봐. 나는 내 특별한 친구들, 샌프란시스코의 중국인들 사이에서 한동안 공중보건의로 일한 적이 있지. 그래, 그분은 나아지고 있네!"

나는 주위 사람들에 대한 불만과 자책, 짜증을 꾹 눌러 참았다. 그리고 옛 포겔장 '박사님 댁'의 낡고 친숙한 문지방을 다시 넘었다.

바깥에 어떤 그림자가 드리워졌든, 또 어떤 소리가 스며들었든, 집 안은 하나도 변하지 않았다! 모든 것이 몇 년 전과 똑같은 자리에 있었다. 저기 펠텐 아버지의 책상 옆에 친구의 학생용 책상이 놓여 있다. 그의 책꽂이에는 낡은 학생용 라틴어 그리스어 고전판과 성탄절이나 생일에 받은 문학작품이 꽂혀 있었다. 로빈슨에서부터 세무사 지기스문트 뤼스티크,[117] 가죽 스타킹 이야기들, 독일 고전

작가들의 저렴한 민중본에 이르기까지 이런저런 책들이 꽂혀 있고, 책꽂이도 그대로였다. 예전과 같은 자리에 가족사진이 놓여 있었고, 그 옆에 펠텐 안드레스가 딱정벌레와 나비 표본을 보관하려고 마지막으로 직접 만든 유리상자들이 있었다. 이 모든 것은 오늘 내 집과 방에 있는 것들보다 더 생기 있게 느껴지는 물건들, 사물들이다! 이 밤에 나는 이 방에서 이 문서를 내 서류들에서 꺼내 고친 뒤 다시 서류더미 속에 끼워넣는다!

지난 며칠 동안 듣지 못했던 그분의 그 소중하고도 익숙한 목소리가 얼마나 낯설게 들렸던가! 거실 뒤 침실에서 아주머니의 목소리가 들려왔다.

"펠텐……, 아니 이럴 수가…….'"

"얘야, 너 아직도 안 갔니? 기차가 여섯시에 출발해. 펠텐, 일어나. 여섯시에 기차가 출발해. 기차가 여섯시에 출발한다고. 짐도 꾸려야지. 얘야, 일어나. 트렁크가 잘 안 닫히잖아. 펠텐, 일어나야 해. 기차가 여섯시에 출발해. 펠텐, 여행 가방을 꾸려야지! 얘야, 곧 기차가 출발한다!"

"어제부터는 어머니의 상상력과 표현력이 이런 말들로 좁혀졌어. 어머니는 당신의 아름답고 명랑했던 인생 내내 조용히 앉아 계셨지. 그런데 이젠 어머니도 불안감에 사로잡히셨어. 사람은 말일세, 어머니 같은 상태가 되면, 때때로 우리나 다른 이들을 위해 여행 짐을 싸야 한다는 생각을 갖기 마련이지. 마침내 여행이 끝나가고 길을 다 지나왔으니까. 이리로 더 들어와서 앉아. 자네가 왔다고 해서 어머니께 방해가 되지는 않으니까."

"가엾은 친구."

"그래, 이 사랑스러운 그림도 이렇게 사라져가는구나!"

"저런, 얘야, 얘야, 지금 일어나지 않으면 기차를 놓치게 돼! 펠텐, 일어나! 짐 싸야지. 여섯시에 기차가 출발해. 여행 가방을 꾸려야지."

임종을 앞둔 사람의 베개 쪽에서 이런 소리가 울려나왔다. 나도 잘 아는 포겔장의 옛 친구인 간병인 리크헨 셀렌바움은 이렇게 말했다.

"박사 부인은 그냥 조금 불안할 뿐이에요. 하지만 펠텐 씨, 이제 다행히도 고통과 두려움은 가셨어요."

"그래, 크룸하르트, 이게 지금 어머니의 유일한 근심거리야. 내가 늦지 않게 침대에서 일어나 무엇 하나 빠트리지 않고 여행가방, 트렁크를 잘 챙기고, 기차를 놓치지 않았으면 하는 게 당신의 바람이시지."

아들은 어머니에게 몸을 굽혀 살짝, 부드럽게 그분의 손을 잡으며 말했다.

"펠텐, 펠텐, 지금 일어나서 가방을 챙기지 않으면 정말 기차를 놓치게 돼! 저것 봐, 벌써 해가 뜨잖아!"

아들은 살그머니 어머니의 이마를 쓰다듬더니 내게로 향했다.

"마지막 말은 처음으로 하는 말이네. 다른 말들은 이미 말했듯 이틀 전부터 반복하고 있어."

"아름다운, 하지만 무더운 날이 될 것 같아."

임종을 앞둔 여인은 깊은 한숨을 내쉬며 중얼거렸다. 그러고는 잠잠해졌다. 생각도 꿈도 없는 깊은 잠에 빠져든 것 같았다. 호흡만 점점 더 가빠졌을 뿐이었다.

"펠텐 씨, 내가 본 중에 가장 힘들었던 사람은 늙은 하르트레벤 씨였어요." 위로의 말을 건네려는 듯 리크헨 셀렌바움이 말했다. "그분의 마지막 며칠 동안은 밤낮 할 것 없이 슐루더코프 전체가, 그러니까 그분이 소유한 산림이 그분 몸 위로 덮쳤어요. 온통 쓰러진 나무들뿐이었어요! 그것들이 전부 다 그분 몸을 덮치고 지나갔어요. 그래요, 그건 힘든 싸움이었어요! 안드레스 씨가 정확하게 말씀하신 것처럼 우리의 상상이지만요."

"폐수종 증상은 아마 밤이 되어야 나타날 걸세." 펠텐이 말했다. "그분의 시간이 끝나가고 있어. 그분은 아름답고 고요한, 무엇보다 너무 무겁지 않은 날들을 보내셨지. 그분의 근심은 전부 나로 인한 것들이었네. 내가 지금 시간을 놓치지 말아야 한다는 말씀이 그분의 마지막 근심이었지. 이제 이 근육질의 심장이 조금 더 빨리 굳을지 아니면 천천히 굳을지는 중요치 않아. 어머니! 내 어머니! 내 사랑하는 늙은 어머니, 내 하나뿐인 참된 친구여! 어머니 앞에서도 희극을 할 수 있는 예술, 어머니의 다정한 평생의 꿈을 방해하지 않는 예술 말고, 대체 내가 뭘 고향에 가져왔지요? 그래, 친구 칼, 지난 몇 년간 내 역할을 잘 수행했다고 말할 수 있네. 어머니는 당신의 심장처럼 부유하고, 가볍게 흔들리고, 굳건하고, 승리를 확신하고, 상처 입지 않는 그런 심장을 내게 남겨주었다는 확신 속에서 잠들어 계시니까……."

"펠텐!"

그는 예순 살의 늙은 간병인, 우리 이웃 '리크헨 셀렌바움'에게 말없이 손짓했다. 그런 다음 내 팔을 잡고 방에서 데리고 나왔다. 그는 내게 담배를 권한 뒤 불을 붙였다. 우리는 다시 그 작은 정원에서 유년 시절의 마지막 녹색 울타리에 기댔다. 부모님의 집 쪽에 드리워진 차가운 담벼락 그늘에서 한기가 느껴졌다. 무슨 말을 해야 할지 몰랐다. 그래서 나도 모르게 그에게가 아니라 나에게 그 무시무시한 충고를 했다.

둔감해지게!

경솔하게 동요하는 가슴은

화를 부르는 자산이야

요동하는 세상에서는.

"그는 자기 어머니의 가재도구를 경매에 넘기려고 자기의 불피우스[118]를 마인 강가의 프랑크푸르트로 보냈지. 하지만 그 바보는 후손에게 물려주려고 오래전부터 새 가재도구를 계속 모으고 있었네. 그 가재도구는 후손들에게 무거운 짐이 되었지. 그래, 칼 크룸하르트, 자네가 바로 그렇잖은가! 자네 또한 안전한 사방 벽들 속에 정말 기분 좋게 그것들을 갖고 있지. 그리고 예전에 여기 왼쪽에 있던 사라진 낡은 보금자리에서 많은 것들을 새 집으로 가져갔으니 말일세. 그것은 언젠가 자식들에게, 또 자식의 자식들에게 무거운 짐이 될 거야."

이제 그는 활기차고 먼지 많은 어느 외곽도시 골목에 등을 돌리고 부모님 집 쪽으로 향했다. 더이상 아무 말도 하지 않았다. 하지만 나는 종종 그의 시선과 마비된 왼손의 동작을 떠올리곤 했다. 그럴 때면 늘 안전했던 사방 벽들이 나를 위협하고 불안하게 하면서 내 쪽으로 옥죄어 들어왔다. 나는 겁이 났고 천식에 걸린 듯한 기분이 들었다. 천장의 아기자기한 석고 세공도 믿을 수가 없었다. 그럴 때면 나의 네 기둥과 지상의 삶 자체가 진짜 불안에 휩싸이는 느낌이 들었다.

25

　친구의 말이 옳았다. 밤늦게 죽음의 호흡이 시작됐다. 그리고 새벽 네시 즈음에 "그 사랑스러운 그림이 사라졌다." 웃음과 목소리의 울림을, 이마의 기울임을, 그 동작을, 악수하는 손의 느낌과 체온을 서류에 붙잡아둘 수 있을까?
　아홉시쯤 펠텐에게 갔을 때 그는 이미 침착하게 장례식에 필요한 준비와 절차에 매달려 있었다. 아내의 귀띔도 있고 해서 그를 텅 빈 집에서 빼내어 우리 집 사랑방으로 데려가려 했지만, 그는 원치 않았다. 그는 내 간절한 부탁을 웃으며 계속 거절했다.
　"모두들 고마워." 그는 말했다. "만약 자네 아내가 아이를 낳지 않았더라면 따라갈 수도 있었을 테지. 아내를 몰렉에게 자식을 바치는 카르타고의 어머니로 만들고 싶어?[119] 아이가 내 품에 안긴 것을 불타는 우상의 품에 안긴 것처럼 보는 것 같더군. 최근에 난 착실한 여인네들 방식으로 나 자신을 보게 됐네. 그래도 내가 한번은 자네 집에 가서 요람의 아이에게 손가락을 주어 아이가 앞니로 손가락을 빨아먹으며 이빨이 잘 자라게 해야 할 텐데. 그런데 칼, 우린 자네의 착한 아내가 우정과 불신, 호감과 혐오 사이에서 동요하는 걸 막아줘야 해. 저 방의, 돌아가신 어머니 또한 고요와 평화 속에서 나와 대화를 나누며 조언과 위로를 해주고 계시니까 염려 말게. 친구, 우리는 자네에게 진심으로 감사해. 하지만 어머니와 내가 단둘이 며칠간 마지막 대화를 나눌 수 있도록 해주게. 우리에겐 아직 해결할 것이 남아 있어. 아무리 다정하고 가까운 사람이라도 제삼자는 방해가 될 수도 있네."

더이상 부정할 말이 없었다. 그렇다고 어깨를 한번 으쓱하는 것도 어울리지 않았다. 나는 장례식 날에야 친구를 다시 만났다.

우리는 박사 부인 아말리에 안드레스에게도 마지막 예를 표했다. 이번에는 뒤따르는 사람 수가 조촐했다. 하지만 영예로운 무리가 무덤을 에워쌌다. 그들은 (대부분 신분이 낮은) 연로하거나 중년인 포겔장 출신의 사람들로 지금 무덤 속에 잠들어 있는 이들을 포함한 모든 이웃과 알고 지냈다. 어떤 사람들은 다소 수줍어하면서 다가와 펠텐과 내게 악수를 청하며 말했다.

"당신의 어머니는 사랑스런 부인이셨습니다. 펠텐 씨, 먼저 가신 당신의 아버지, 박사님도 그러셨고요! 우리 늙은이들은 이제 두 분을 그리고 두 분이 신의 뜻에 따라 나란히 눕게 된 것을 기억할 겁니다. 그러니 너무 가슴 아파하지는 마세요, 펠텐 안드레스 씨!"

이제 아이들은 달 밝은 저녁 시간에 포겔장 공동묘지에서 놀지 않는다. 공동묘지 주위에는 높고 튼튼한 담이 둘러쳐 있고, 쇠로 된 묵직한 창살 대문이 입구를 가로막고 있다. 그리고 엄격한 교회묘지 규정이 방문시간을 제한하고 있다. 그리고 —

> 문 앞에 스핑크스가 누워 있네,
> 공포와 탐욕의 혼합체.
> 사자의 몸과 발,
> 여자의 머리와 가슴.

그해 가을 첫날 아침은 안개가 끼고 잔뜩 흐린 게 비가 올 듯한 날씨였다. 언젠가 내게 독자가 생긴다면 이 서류뭉치의 앞부분에 있는 한쪽을 보라고 말해주고 싶다. 스핑크스는 포겔장의 교회묘지에서도 '인생의 집'[120] 앞이 아니라 은은한 달빛과 낭만적인 존재로 둘러싸인 마법의 성 앞에 누워 있었다.

"그 유대인 또는 셈족의 헬레네는 시인으로서 자신의 권리를 이용했네. 우리 산문주의자들처럼, 사자의 앞발을 지닌 미인을 엉뚱한 문 앞에 보호자이자 수수께끼를 내는 사람으로 세워놓은 거지."

교회묘지에서 집으로 돌아가는 길에 펠텐은 유년 시절 달 밝은 저녁에 놀던 곳에 이르자 말했다. 그에게 지금만이라도 내 초대에 응해 달라고 한 번 더 청하면서 전보다 더 간절하게 부탁하자 그는 이렇게 대꾸했다.

"정말, 내가 가봤자 아무 쓸모도 없어. 사람들은 원하지도 않으면서 엉뚱한 사람을 너무 쉽게 자기들 길로 데려가려 하지. 게다가 자네에겐 편안한 모임이 많이 있을 테니 내가 방해하고 싶지도 않고. 하지만 친구, 너는 나한테 전혀 방해가 되지 않으니 오히려 자네가 내게 오게! 나도 앞으로는 최고의 말동무이자 가장 편한 대화상대가 되도록 노력할 수 있을 것 같네." ―

그래서 그는 자기 집에 머물렀다. 다음날 그를 찾아가 앞으로의 계획을 묻자 그는 웃으면서 대답했다.

"계획은 세워두었지. 자네도 그렇고 이 일에 관심 있는 다른 사람들도 그렇고 걱정할 필요 없어. 여기 이곳에서가 아니라, 아니 바로 여기 이곳에서, 계획을 더 확고하게 세울 수 있는 제일 좋은 기회를 얻게 된 셈이니까. 나는 난로를 피우게 될 그날만을 기다리고 있네."

"난로를 피우게 될 날?"

"지금껏 내 인생에서 이보다 더 적절한 겨울은 없었네. 이거야! 크룸하르트, 조만간 우리는 난로를 피우게 될 거야." ―

그렇다, 그는 말 그대로 했다. 부모님 댁 거실에 있는 자기 아버지의 열씨온도계 눈금이 12도 아래로 내려가자 그는 난로를 피우기 시작했다. 포겔장에 대한 유산, 포겔장에서 물려받은 유산으로 난로를 땠다. 그는 집 안의 가재도구로 난로를 피웠다.

난로를 피우기 시작한 다음 날, 리크헨 셀렌바움은 내가 아닌 내 아내에게 이런 소식을 가져왔다.

"그분은 돌아가신 박사 부인의 바느질 탁자부터 시작했어요. 바느질 탁자를 마당으로 갖고 가서 두 동강을 내더니 나더러 불을 피우라고 시켰을 때 하마터면 까무러칠 뻔했어요. 탁자 서랍이랑 그 안에 있던 것도 전부 다 태웠어요! 가엾은 사람! 시보님께서 한 번 와서 보시면 좋으련만! 오늘 아침에는 돌아가신 아버님 책상을 벽에서 밀어냈어요. 그분이 톱을 가져오라고 시켜서 시내에 온 거예요."

"칼, 내가 그 사람을 어떻게 대했는지 알지요?" 아내가 소리쳤다. "당신 친구여서 그 사람을 좋아하려고 정말이지 최선을 다했어요. 그런데 내 직감이 잘못됐던 건가요? 당신이 지금 무슨 말을 하든 나는 말해야겠어요. '맙소사, 사람이 어떻게 그렇게 될 수 있을까?' 당신은 당신 아이를, 가엾은 우리 아들을 제단에서 그 사람 손에 넘겨주려고 했어요! 맙소사, 사람이 어떻게, 내 말은 다행히도 당신이 아니라 그 사람 말이에요, 어떻게 그렇게 아무 감정도 없을 수 있을까요?"

"정말이지 예측할 수 없는 사람이야." 그때 우리 집에 온 슐라페가 웃으면서 말했다. "그 사람 지금껏 살면서 제정신이었던 적이 있었나 모르겠네. 그런데 말이야 제부, 이 새로운 익살극을 볼 때 자네가 후견인으로 나서는 게 친구의 도리 아닐까? 제부네 집안은 대대로 안드레스 집안의 후견인이라는 막중한 임무를 감당하지 않았어?"

그날 내내 나는 서재에서 꼼짝달싹할 수가 없었다. 각양각색의 인간이 가진 짜증과 두려움, 비참함을 조사하고 처리해야 했다. 하지만 펠텐이 잊히지 않았다. 인간에게 딸려 있는 그런 감정들이 점점 더 밀어닥칠수록 더욱 그랬다. 감정은 대부분 소유에서 빚어지는 문제였다. 나 또한 이 문제에 나름의 해결책을 내놓아야 할 것이다. 회유와 질책, 분노와 조소, 이런 것들이 인간에게 '천부적으로' 존재하는 정의감의 가면을 쓰고 겉으로 드러난다.

그런데 그 다음에 다른 이행이 있었다. 낮은 의자에 앉은 아내가 아이를 가슴에 안고 나지막이 자장가를 불러주는 난롯가, 내 평온하고 안락한 집에서 그 기이한 친구가 스스로를 자유롭게 만드는 포겔장 난롯가로의 이행이! 그는 사물로부터가 아니라 인간의 영혼 속에서 사물에 집착하게 만드는 것에서 자유로워지고 있었다. 영혼을 무겁고도 가볍게, 쉽게 말해 우리가 살면서 행복 또는 불행이라 부르는 것들로부터.

그의 집에 들어서면서 나는 이 말밖에 달리 할 말이 없었다.

"펠텐, 집이 너무 더워!"

"아늑한데! ……독일식으로 아늑해, 안 그래? 너희들은 이런 표현을 사용하잖아. 이런 말을 세상에서 혼자만 갖고 있다고 주장하면서. 크룸하르트, 너도 그냥 맘 편히 하던 대로 해."

"안드레스, 우리 되도록이면 이성적으로 하자."

"아침에 톱을 가져다 달라고 노처녀 셀렌바움을 시내에 보냈네. 그녀는 당연히 너희 집에 들렀겠지. 몹시 놀라서 완전히 제정신이 아닌 혼란스런 모습을 하고. 벌써 나에 대한 금치산 서류라도 갖고 온 거야, 카를로스?"

"우리는 적어도 네가 여기서 무슨 일을 시작했고, 무슨 일을 하려는지 이미 들어서 알고 있어. 하지만 우리 일상세계에서 나와 다른 사람들을 구분 정도는 할 수 있잖은가? 펠텐, 이게 뭐하는 짓이야!"

"사랑하는 친구, 내적 정리에 대한 외적 정리야! 경솔하게 동요하는 가슴과 기타 등등. 순간적인 감흥 외에 그 어떤 것도 끌어내지 못한다면 위대한 스승의 현명한 잠언인들 무슨 소용이 있겠는가? 대가가 자기 명언대로 살지 않았다는 건 문제되지 않네. 그가 경솔하게 동요하는 가슴을 팔십 평생 지니고 다녔다면 그게 문제지. 어쩌면 문학사의 이익을 위해, 문학사를 더욱 재밌게 만들기 위해 그래야 했는지도 모르지. 그 사람 말고 다른 사람은 자신과 지상의 불필요한 짐을 연결하는 그 줄을 끊으면 안 된단 말인가? 그래, 나는 이 겨울에 여기 반석과도 같은 지상에서 내 소유물로, 포겔장에서 나온 내 자질구레한 소유물로 난방을 하고 있네."

그는 '소유물'이라는 단어를 일상의 대화에서는 들을 수 없는 다른 방식으로 발음했다. 그렇다. 그는 그 기이한 겨울 내내 모든 것으로, 다른 사람들은 달리 어쩔 도리가 없을 경우에만 눈물을 흘리며 힘겹게 결별하는 그 모든 것으로 난방을 했다. 그는 매우 체계적으로 난방을 했고, 나는 그의 관중이자 협력자가 되었다. "하지만 펠텐, 그것도?"라며 두 손으로 붙잡고 '아우토다페火刑式'를 저지하려다가도 그가 아무 말도 안 하면 나는 조용히 물러서곤 했다.

그 기이한 파괴 작업은 날이 갈수록 더 내 관심을 끌었다. 그것에 저항하는 건 헛된 일이었다. 아내에게 그 혐오스럽고 '몰상식한' 인간을 변호하는 일은 곧 그만두었다. 하지만 몰래 집을 빠져나와 포겔장으로 들어가는 것은 이내 필수적인 일이 되었다.

"칼, 칼!" 작고 불쌍한 아내는 울부짖었다. "오 칼, 제발 저 사람처럼 되지 말아요! 만약 친구를 내버려두고 싶지 않으면, 내버려둘 수 없으면 제발 우리를, 저기 요람에 누워 있는 아이를 생각해주고, 나도 조금은 생각해줘요! 그 사람은 당신처럼 가족이 없잖아요. 어젯밤에 꿈을 꾸었어요. 당신이 나를 우리 아들과 함께, 그러니까 우리가 최근에 찍은 사진을, 함께 불태웠어요. 그 사람이 자기 부모 사진, 아주 어려서 죽은 누이 사진을 불태웠듯이! 아 제발, 차라리 우리를, 페르디와 나를 지금 당장 끌고 가서 포겔장에 있는 당신들 난로 속으로 밀어넣어요!"

이런 가슴을 찢는 탄식조차도 건성으로 듣게 하고, 큰애의 울음 소리도 못 들은 척하게 하는 마법은 어디서 오는 걸까? 이제는 파괴의 장소가 되어버린 옛 고향으로 나를 매일 몰아넣는 그 마법은 어디서 오는 걸까?

그건 정말 동요할 수 없는, 동요하지 않는 가슴이 아니라 그 반대였다!

내가 펠텐 안드레스의 소각장에서 그랬던 것처럼, 불안에 찬 현재 속으로 자신의 '황금 시절'을 소환하는 기회를 제공받은 사람은 아마 흔치 않을 것이다. 어찌 됐든 우리가 포겔장에서 이웃으로 한 가족처럼 살았다는 걸 나는 한 번 더 충분히 경험했다. 그렇게 내 인생의 서류들을 가장 바람직한 방식으로 완성할 수 있었다. 흔들리는 지상의 방랑자가 난로와 부엌난로에 넣은 가재도구 중 내 기억이 매달려 있지 않은 것은 아무것도 없었다. 불에 타서 재가 되지 않은 기억은 하나도 없었다. 지하실에서 다락까지 그 작은 집에 박혀 있는 못 하나하나에, 인생의 문 앞에서 수수께끼를 내는 여인을 몸과 가슴으로만 알고 앞발로는 알지 못하던 날들과 관련된 추억이 잔뜩 매달려 있었다.

그것은 흘러간 날들을 되돌려 다시 경험하는 특별한 시간이었다. 우리가 그 집 지하창고를 비우는 일에 몰두했던 그 주간을 나는 죽는 날까지 잊지 못할 것이다. 아무 이유 없이 "우리"라고 쓰는 게 아니다! 우리는 '박사 부인' 가족의 물건을 전부 다 파헤쳤다. 그녀는 남편과 아들이 좋아하다 싫증낸 것은 하나도 버리지 못했다. 그리고 그것들을 몰래 모아 홀로 간직할 수 있는 마음의 박물관을 만들었다. 아들은 아버지 지팡이를 손에 쥐고 흔들었고, 낡은 수술 도구가 든 상자에서 아버지의 수 놓인 모자를 꺼내 손에 놓고 돌렸다! 다락 구석에서 끄집어낸 흔들목마를 보니 저 성탄절 저녁이 생각났다! 그날 저녁 우리가 그 흔들목마를 처음 탔을 때 펠텐은 말했다. "소원 목록에 바퀴가 달리고 진짜 털 달린 동물을 원한다고 적어놓았어. 하지만 아무 말도 하지 마."

당시 그는 그 말을 곧장 내게 넘겨주었다. 그는 그걸 좋아하지 않았다. 하지만 지금이라면 나는 그에게 이렇게 물어봤을 것이다. "이것도 난로에 집어넣으려고?" 그리고 이렇게 부탁했을 것이다. "우리 아들놈이 타게 나한테 주면 안 될까?"

내가 왜 질문도 부탁도 없이 흔들목마를 직접 어깨에 메고 계단을 내려와 부엌난로로 가져갔는지에 대해 심리학적이고 철학적인 논문을 쓸 수도 있을 것이다. 그렇다. 그는 당시에도 나를 자기 밑에 두고 있었다. 소유에 대한 내 즐거움은 소유에 대한 그의 피곤함에 대해 이의가 없었다. 나는 그가 자기 집을 비우고 지상에 있는 소유물에서 자유로워지게 도와주었다! —

불안과 분노 탓에 안식이 필요한 인생의 손님은 우리 법률가 용어로 "애호가들에게만 통하는 가치"를 지닌 것 전부를 소각할 수는 없었다. 금속, 유리, 도자기는 불에 타지 않는다. 하지만 그는 앞으로의 인생길에서, 지금 누가 아버지의 잉크병에 펜을 담그고, 어머니의 찻잔에 입을 대고 마시며, 청동시계가 고물상에 팔려 어떤 서랍장에 놓여 있는지 등의 생각으로 고통 받고 싶지 않았다. 안드레스 집의 그 청동시계는 정확한 시간을 알려주진 않았으나 쨱쨱거리는 종소리는 얼추 때맞춰 울리곤 했다. 우리는 그것도 부쉈다. "부수기가 세우기보다 쉽다." 이 말은 내 가엾은 친구가 당시에 이렇게 변형해서 썼던 오랜 진리다. 그래서 아내와 아이가 있는 가정으로 돌아오면 아내는 한밤중에 또는 새벽녘에 팔꿈치를 괴고 일어나 내 이마를 쓰다듬으면서 이렇게 외쳤다.

"여보, 이제 당신은 잠도 안 자는군요! 맙소사, 그 사람 이제 끝낼 때도 되지 않았어요? 이제 더는 못 참겠어요. 당신도 마찬가지고요!"

"여보, 진정해요……."

"저런 파렴치한이 내가 보는 앞에서 당신을 바꿔치기해서 점점 다른 사람으로 만들고 있는데, 나더러 어떻게 진정하란 말이에요! 내 말이 틀려요? 당신, 하루가 다르게 생활에 싫증내고 아무렇지도 않게 여기고 또 짐으로 생각하는데, 내가 그걸 모를 거라고 생각해요? 오 사랑하는 칼, 당신의 끔찍한 친구가 저 소름끼치고 섬뜩한 포겔장의 집과 가재도구를 짐으로 느끼는 것처럼, 어느 날 당신이 우리 페르디와 나를 짐으로 느낀다면!"

경솔하게 동요하는 가슴이 요동하는 세상에서 화를 부르는 건지, 아니면 그것에서 자신을 자유롭게 만드는 친구가 옳은 건지, 그 밤 늦은 시간에는 그것이 다시 좀 미심쩍게 느껴졌다.

27

그 겨울의 끝 무렵, 처남 슐라페처럼 재치 있는 옛 지인들과 친구들은 그가 마치 헤로스트라토스처럼 이 세상사의 판테온을 준비하고 있다고 주장했다.[121] 그들은 이 사건을 여유롭게 즐겼다. 그를 알던 도시 주민 대다수는 그가 주립 정신병원에 들어갈 때가 됐다고 생각했다. 하지만 분위기는 점점 그를 옹호하는 쪽으로 변해갔다. 그렇게 된 것은 늘 그렇듯 소수의 사람들 덕택이었다. 그들은 대부분 그에 대한 자신의 생각을 그저 지나가는 말로 피력했을 뿐이다. 그들 머릿속에는 그에 대한 생각이 빙빙 맴돌고 있었던 게 분명했다. 그들의 말에 많은 사람이 주의를 기울였다.

"웃기는 사람이야. 하지만 때로는 부럽기도 하고 따라하고 싶기도 해!" 한 상관이 내게 그렇게 말했을 때, 나는 그에게서 진정한 동의뿐만 아니라 질투심도 읽어낼 수 있었다. 어쨌든 그 상관은 '테바이의 황무지[122]를 포겔장에 옮겨놓으려는 것처럼 보이는' 그에 대해 오랫동안 곰곰이 생각했던 것이다. 그런데 이 마지막 말은 도시의 법학자 집단이 아니라 신학자 집단에서 나왔다. 현재 시내에서 사랑받고 있는 젊은 (미혼의) 설교자가 그렇게 말했던 것이다. ―

  3월 초에 이르자 그와 나의 추억이 담긴 모든 것이 파괴되었다. 쓸모가 있어서든 즐기기 위해서든 다른 사람의 수중에 들어가거나 소유가 되는 것을 원하지 않으면 무조건 부수었다. 퇴색한 벽지 위 어두운 반점들은 그림이 어디에 걸려 있었는지 알려주었다. 책장과 책꽂이로 말하자면, 안이든 위든, 다른 유명한 공상가[123]의 서재도 이보다 더 황량해 보이지는 않았을 것이다. 성직자와 이발사, 가정부, 질녀가 그 서재를 정리하고 난 뒤에도 말이다. 그 유명한 공상가의 후손은 사방의 벽을 둘러보더니 어떤 방식으로든 할 말이 있는 것들, 형태와 색채 면에서 친숙하고 친밀하게 느껴지는 것들에 대해 계속 생각하는 것 같았다. 그리고 내가 이 정리정돈에 대해 그림 그리듯 묘사하는 것을 그만두게 하려는 것 같았다. 만약 그가 세속적인 소유 또는 삶에 대한 미련과 집착 때문에 진정 불안을 느낀 적 있었다면 자신의 행위에 대해 스스로 미심쩍어 했으리라. 그의 행위는 안전한 소유가 주는 자만이나 일시적인 안락에서 비롯된 시시껄렁한 농담과는 거리가 멀다. 하지만 펠텐 안드레스는 자신이 직접 연출한 포겔장-비극이 거의 끝나갈 무렵 그리스와 영국의 전범에 따라 사티로스 극劇[124]을 선사했다. 이로 인해 그는 보건소가 아니라 경찰과 맞붙을 뻔했다.

  그는 철 지난 크리스마스트리를 뽑아가듯 필요한 것을 가져가라고 포겔장 사람들을 자기 집으로 초대했다.

  그는 자기에게 아무 의미도 없는 것들을 이웃의 옛 지인들에게 넘겨주었다. 그 때문에 당연히 사람들이 운집했고, 골목 통행이 몇 시간이나 두절될 지경이었다.

그는 이 마지막 청소에 나를 초대하지 않았다. 하지만 나는 거기에 갔다. 오후에 동산으로 산책을 나갔다가 아내와 팔짱을 끼고서.

"여보, 저기 당신 친구 집 앞에 대체 무슨 일이에요?"

숲에서 아네모네와 오이풀을 꺾어 모으던 아내는 겁이 나자 봄꽃 다발을 든 채 내게 달라붙었다.

"저기 보여요? 저기 그 사람이 있어요! 사람들이 그 집으로 몰려들고 있어요! 또 무슨 수치스러운 짓을 벌인 걸까요? 당신 친구 가요?"

그곳은 정말 위태로워 보였다. 우리는 사람들로 가득 찬 정원을 지나 가까스로 현관문에 다다랐다. 그는 현관문을 경첩에서 들어 올려 빼내게 했다. 이웃집 하르트레벤 아저씨의 늙은 나무꾼이 그것을 어깨에 메고 군중 속을 지나 밖으로 나가려던 참이었다. 그런데 알고 보니 그들은 모두 포겔장의 "마지막 남은 골목"과 울타리에서 불러 모은 옛 지인들과 친구들이었다. 그는 복음서의 왕이 자기 백성을 만찬에 초대한 것처럼 "여러분, 이 잡동사니 중에서 뭐 쓸 만한 것이 있는지 와서 보세요!" 하고 그들을 초대했던 것이다.[125] 그들은 최대한 내게 자리를 양보했고 모자를 벗어 들었다. 감히 악수를 청할 수 없을 만큼 내 지위가 높아졌다고 생각하는 몇몇 사람들에게는 내가 악수를 청해야 했다. "응, 옛 친구, 여기는 좀 흥미로운데!"

"에 시보님, 어디 말씀 좀 해보세요! 포겔장은 이런 걸 경험한 적이 없었어요. 이런 건 오로지 돌아가신 우리 박사 부인과 우리 펠텐 씨, 그 아드님에게만 속했었지요……."

그런데 탐욕적인 모습뿐 아니라 즐거운 모습도 관찰됐다. 그 야단법석으로 인해 인접한 티볼리 정원의 남녀 웨이터들과 마침 그곳에 와 있던 '바리에테 극장' 단원 전부가 "그 흥미로운 놀이를 구경하기" 위해 모여들었다. 세상에서 가장 힘이 센 여자 미스 아틀래타, "현재 최고의 선풍을 불러일으키고 있는" 불인간 지그노 볼카노, 멀리뛰기 세계 챔피언 존 아르텐, 국제적인 기인 가수 세 자매 라르젠, 전장총前獎銃 명사수 미란다 양, 인류학에서 "재발견된 중간적 존재"라고 불리는, 남반구와 북반구를 통틀어 그 누구도 능가할 수 없는 원숭이 연기자 저먼 펠 씨[126] 등. 그들 모두 마치 펠텐 안드레스로부터 마지막 청소에 초대받은 것 같았다. 그들은 초대받은 옛 포겔장 사람들과 함께 박사 부인 '화단'의 마지막 회양목 울타리 안으로 들어섰다. 새로 이사 온 이웃들은 고개를 설레설레 저었고 경찰들은 어이없어했으나, 그들만은 이해심을 품고 찾아온 이들처럼 보였다.

펠텐도 그것을 알고 있는 듯했다. 그는 그들을 최고로 환대받는 명예손님으로 대우했다. 약탈의 격랑 중에도 그는 학자들이 아주 오랫동안 고통스럽게 기다리다가 마침내 발견한, 우뚝 솟아나지 않은 어금니를 지닌 원숭이 인간 저먼 펠 씨와 악수할 짬을 냈다. 그는 미스 아틀래타와도 악수했다. 하지만 그녀와 악수할 때에는 통증 때문에 왼쪽 발을 높이 들어올렸고, 아랫입술 위 이빨들 사이로 쇳소리를 내며 숨을 토해냈다.

명망가 집안의 딸이자 내 아내인 슐라페의 누이는 한번도 이런 무지막지하고 수상쩍은 모임에 참석한 적이 없었다. 문이 없는 현관 쪽으로 다가갈수록 그녀는 점점 더 불안해했다. 그녀는 동산에서 딴 아네모네 꽃다발을 쥔 사랑스런 작은 손으로 나를 붙들었다.

"맙소사, 여보!" 웃으면서 다정하게 그를 에워싼 세 명의 국제 기인 가수 라르젠 자매의 한가운데에서 그 친구가 그녀에게 미소 지으며 손을 내밀어 악수를 청하자 그녀는 그렇게 속삭였다.

"오, 마님, 이렇게 와주셔서 감사합니다! 그런데 왜 이렇게 늦게 오셨어요?"

"소름끼치는 사람! 마지막의 그 반인륜적 정리정돈을 나까지 도와줘야 한다고 생각하는 거야?" 내 가엾은 아내는 집으로 돌아가는 길에 그렇게 말했다. 나중에 그의 이름이 언급될 때도 마찬가지였다. 하지만 그 순간에는 주저하며 말했다.

"안드레스 씨, 동산에서 여기 포겔장을 지나다 우연히 오게 됐어요."

"오, 시보 부인님, 마님, 마침 잘 오셨어요." 반은 눈물로 반은 웃음으로 질식할 것 같은 여인의 신음소리가 우리 등 뒤에서 들려왔다. 일을 많이 해서 거칠어진 여인의 손이 현재 최고의 선풍을 불러일으키는 불인간 볼카노를 밀어내고 내 팔을 붙잡았다. 그리고 우리를, 그러니까 내 아내와 나를 박사 부인의 현관문 쪽으로 밀고 갔다. 리크헨 셸렌바움은 포겔장 최고의 부인의 아들을 떨리는 검지 손가락으로 가리키면서 절규했다.

"그래요, 칼. 아니 시보님이라고 부르려 했는데. 아무튼 온 도시를 다 여기로 불러야겠어요! 그래요, 마침 잘 오셨어요. 그에게, 저기 저분에게 이것은 죄악이자 치욕이라고 말씀해주세요! 펠텐 씨, 나는 여기 계신 시보님 부인에게 지난 몇 달 동안 저녁마다 내 처지를 한탄하곤 했어요. 하지만 오늘은 그걸로는 충분하지가 않네요. 여기 모든 사람들 앞에서 절규하고 소리 질러야 하니까. 내가 그간 뭘 어떻게 견뎌왔는지를. 내가 이미 정신병원에 와 있는 건가요? 아니면 이제 그곳에 가야 하는 건가요? 맙소사, 펠텐 씨, 돌아가신 어머니께서 나도 평온한 무덤 속으로 데리고 가셨더라면 좋았겠어요. 겨울 내내 내 손으로 그분의 소중한 물건을 앞치마에 담아 난로와 부엌난로로 나르느니 차라리 그게 천만 번 더 나을 뻔했어요! 사랑하는 시보님, 친애하는 칼, 나도 당신네 사람이고 내 팔로 당신을 안아 키웠지요. 좋은 시절에는 당신의 사랑스런 부모님 댁에 드나들기도 했고 안 좋을 때에는 욕을 하기도 했고요. 내가 정신 나간 여자가 아니고, 어여쁘고 소중한 물건을 함부로 다루지 않았고, 부정한 여인도 아니고, 미친년처럼 함부로 싸돌아다니지 않았다는 걸 당신은 증명해줄 수 있을 거예요. 티볼리의 새까만 흑인 얼굴이 나를 보고 웃어대듯 누구든 그렇게 웃어보라고! 시보님, 내 말이 틀려요? 저기 돌아가신 슈프크마이어의 잔디 정원과 여기 당신 아버님의 대지 위에서 나는 저분을 돌보며 걸음마를 가르쳤어요. 아버지와 어머니의 집을 불난 집, 도둑의 소굴로 만드는 걸 같이 구경하자고 사람들을 초대한 저 사람을 말이에요. 저기 절름발이 브란텐이 축복받지 못한 소유물, 빨래통을 가져가고 있어요. 돌아가신 저분 어머니의 스웨터를 빨았던 내가 보는 앞에서 말이에요! 마치 나 혼자만 어디에도 속하지 못하고, 울분과 분노를 삭이는 심장이 나만 없는 것 같아요! 이런 환호 속에서 나 혼자만 눈물로 질식해야 하는 것 같다고요! 이제 그만 가버려요, 곡예사 양반. 저기, 제기랄, 거지촌에서 온 도둑들이 나의, 돌아가신 박사 부인의 찬장을 끌고 가잖아! 여기 내 주머니에 버젓이 찬장 열쇠가 있는데. 누구든 또 나서 보시지! 아, 저 좋은 물건을! 사십 년 동안이나 저걸 사용한 내가 아무것도 모른다고 생각하잖아! ─ 모든 것이 버려지고 있어! 가장 튼튼한 이빨을 가진 자가 제일 먼저 달려들고 있어! ─ 아, 이 뻔뻔스러운 인간들! 심판의 날 같아! 이봐요 안드레스 씨, 최후 심판 날에 당신 어머니가 당신 때문에 무덤에서 일어나 이건 정말로 정상이 아니라고, 인륜에 어긋나는 일이라고 할 거예요. 그렇지 않아요, 시보님? 그렇지 않아요, 시보님 사모님?"

그녀는 이제 코가 맞닿을 정도로 그에게 바싹 다가갔다. 예전에 자기 팔에 안았고, 그 어머니의 임종을 지켜봤으며, 지금 자신에게 그런 짓을 하고 있는 포겔장의 총아에게로. 독기를 품은 그녀의 눈이 평온하고 다정한 그의 눈을 뚫어져라 쏘아보았다. 떨리는 두 주먹은 마치 한 대 치기라도 하려는 듯 움찔거렸다. ─

"리크헨, 유감이지만 어쩔 수가 없어요." 그 인간 말종은 웃으면서 말했다. "찬장은 가난한 동네에서 온 슈타인바이스 가족이 차지했어요. 하지만 열쇠는 당신이 갖고 있지요. 현관문도 이미 주인을 찾았어요. 하지만 현관문 열쇠는 아직 내가 갖고 있어요. ─ 그것은 포겔장에 있는 내 마지막 소유물이지요. 갖고 싶으세요?"

28

 그는 어린아이나 개에게 무언가 탐나는 걸 보여줄 때 그러듯 열쇠를 높이 추켜올렸다. 아내는 내게 더 바짝 달라붙으면서 속삭였다. "잔인해요!" 하지만 안드레스 집안의 늙고 충실한 하녀는 허공으로 사라지는 어떤 것을 붙잡으려는 듯 두 팔을 벌려 붙잡는 시늉을 하더니 이내 메마른 주먹을 위로 뻗쳐 들고 절규했다.
 "그래요, 세상이 주는 감사와 보수의 증거로 갖고 싶어요! 아버님과 어머님에 대한 기념으로요! 그분들께서 당신 때문에 무덤에서 돌아눕지 않으셨으면 좋겠네요. 안드레스 씨, 그건 내 마지막 소원이자 작별인사라고요."
 그는 텅 빈, 또는 텅 비게 만든 부모님 집의 열쇠를 적개심에 가득 차 떨고 있는 늙은 소녀의 손에 쥐어주었다. 그가 세상에서 첫발을 뗄 때 도와주었고 그의 어머니를 관에 눕힐 때 도와주었던 그 손에. 그러자 셀렌바움은 열쇠를 움켜쥐더니 부상당한 개 같은 소리를 내며 그곳을 빠져나갔다. 포겔장은 그녀의 뒷모습을 바라보며 웃었다. 티볼리에서 온 바리에테 극단도 마치 이 "재미있고 기이한 남자"가 자신의 '관대함'에 대한 앙코르로 최고의 위트를 보여주기라도 한 양 한꺼번에 같이 웃었다.

"여러분, 자기가 가진 것보다 더 많이 주는 악한입니다!" 이번에는 그가 자기 집 현관 계단 위에서 몸을 뻣뻣이 세우고 다정하면서도 단호하게 정원 울타리 문을 가리키면서 외쳤다. 집이 텅 빈 것처럼 그의 주위도 텅 비었다. 이제 그의 집에는 가져갈 만한 것이 남아 있지 않았다. 포겔장의 옛 친구들 중 마지막으로 찾아온 이들은 삽, 널빤지, 판자를 지고 우리 곁을 지나 미끄러지듯 걸어갔다. 그것은 완전한 붕괴를 의미했다. 그들 가운데 몇몇은 수줍어하고 당황해하면서, 그 물건 탓인지 당혹해하면서 아무것도 들지 않은 한쪽 손으로 악수를 청했다.

"안드레스 씨, 진심으로 고맙습니다."

바리에테 극단도 충분히 즐겼는지 작별인사를 했다. 원숭이 인간을 빼고는 모두 매우 즐거워 보였다. 원숭이 인간은 갑자기 학문과 다윈, 헤켈, 피르호, 발다이어[127] 등이 그에게 부과한 모든 가치를 포기하려는 것 같았다. 그 예술가는 당황하고 겸연쩍어하며 잠시 머뭇거렸다. 할 말이 있는데 말하기가 쉽지 않다는 듯이. 하지만 갑자기 그 "짐승 같은 둔한 거구"는 호모사피엔스 관중들이 낭랑한 환호성을 지를 만한 몸짓과 표정을 지었다. 그는 일어섰다. 그러니까 원숭이 또는 고릴라로부터 일어섰다. 유연한 근육들은 뻣뻣해졌고 "먹구름이 사라진 이마에서는 인간성이 드러났다." 저먼 펠 씨는 뻣뻣한 자세로 펠텐 안드레스에게 다가갔다. 내 사무실 동료들 중 나이 든 신사들은 그의 자세를 아주 높이 평가했을 것이다. 그는 펠텐에게 악수를 청하며 말했다.

"선생님, 선생님은 지난 몇 달 동안 때때로 저기 옆집에서 제게 경의를 표하셨습니다. 그러니 제가 오늘 여기 당신 곁에서 즐거워한 걸 용서하시겠지요. 이렇게 짧고 애매하게 알게 된 경우에 ─ 더 좋은 표현을 찾기가 어렵군요 ─ 선생님께 우정을 청하려 했다면 적합하지 않았겠지요. 하지만 선생님께서도 저를 경멸하진 않으시리라 생각합니다. 왜냐하면 저는 때로는 다른 원숭이들 이상이니까요. 불경기 때 한가한 시간엔 우리 영장류들이 그러는 것처럼 초월적인 인간학에 몰두하곤 합니다. 유인원이 되기 전엔 비텐베르크 대학에서 몇 학기 수학했어요. 선생님, 선생님의 명성은 지난 몇 주 동안 우리에게도, 그러니까 제게도 들려왔습니다. 저도 짬짬이 관심을 갖고 한 시간 가량 선생님의 난로 앞에 앉아 있었습니다. '저것 봐! 다른 사람들은 흥분하는데, 거기서 초연하려고 하는 사람이 또 한 사람 있군!' 하고 혼자 생각했지요. 좋은 저녁 시간 보내시기 바랍니다. 비단 오늘 저녁만이 아니라 계속해서요."

"선생님!" 이번에는 펠텐 안드레스가 외쳤다. 그는 바리에테 극단에서 온 그 무시무시한 옆방 사람이 하는 말을 들으며 점점 더 의아해하고 있었다. "선생님, 제가 지금 누구와 말하는지 좀더 자세히 말씀해주시겠습니까……?"

"선생님, 옆 가지에서 온 사람입니다, 우주나무[128]의 곁가지에서! 선생님, 우리는 다양한 방법으로 그 가지에 오를 수 있습니다. 동료 관계를 생각하면서 서로를 보호해줄 수 있어요. 하지만 다른 사람이 시민으로 견고한 땅바닥에 내려오는 걸 도와주지는 않습니다. 그래도 가지 사이로 서로 손을 건네기는 합니다. 선생님, 고맙습니다."

무엇이 고맙다는 건지, 그는 더이상 아무 말도 하지 않았다. 아내는 아무것도 이해하지 못했다. 하지만 나는 그녀에게 그것을 이해시키려고 하지 않았다. 그런데 기이하게도 우리 친구 펠텐도 마치 기계처럼, 이 일을 제대로 이해하지 못한 사람처럼 손을 내밀었다. 저먼 펠 씨는 악수를 한 뒤 손을 내려놓더니, 몹시 우울하고 진지한 침팬지의 표정으로 세상의 근원인 우주나무에 잘못 올라온 이웃의 어리둥절해하는 얼굴을 바라보았다. 그러고는 미끄러져 떨어졌다. 그러니까 인생을 온전히 극복하는 자신의 예술로 다시 돌아왔다. 그는 등을 구부정하게 웅크리고는 할 수 있는 만큼 팔을 늘어뜨려 네 손으로 바리에테 극단 동료들을 따라갔다. 그들은 내 아버지의 대지 뒤쪽 슈프크마이어의 "사라진 잔디정원"에 있는 티볼리에서 겨울의 반을 머물렀다. 그리고 유년 시절의 친구에게 시와 외곽도시를 통틀어 가장 이해심 많은 이웃이 돼주었다.

이제 그곳, 황폐해진 유년 시절의 이상향에는 우리만 남았다. 아내는 나를 살짝 끌어당겼다. 하지만 그녀는 가능한 한 빨리 이 공허하고 황량한 곳을 떠나고픈 바람을 속삭이지 못했다. 나는 그렇게 떠날 수는 없었다. 그 가엾은 친구를, 방금 그렇게 잔인하게 정당성과 부당함을 인정받은 그를 문도 없는 현관 앞에 홀로 남겨둘 수는 없었다. 나는 저먼 펠 씨에 이어서 포겔장에서 우리의 마지막 작별을 위해 한마디 해야 했다. 다소 강요된 듯한 어조였지만 나는 웃으면서 친구의 어깨를 토닥였다.

"그것 봐, 이 바보 같은 사람아! 경솔하게 동요하는 가슴은 요동하는 세상에서 화를 부르는 자산일 뿐이잖아. 이 말에 딱 들어맞는 증거를 방금 가장 기이한 방식으로 얻었군 그래. 테바이의 황무지나 올림피아로 가는 길에 그대들의 전형인 시노페의 죽어가는 노인[129]이 옛날뿐 아니라 오늘날에도 있다고, 그런 식으로 기사를 쓴다면, 사람들은 신문조차 믿으러 들지 않을 테지. 그래, 자네는 자네 의지를 믿었고, 믿는 그대로 행동에 옮겼네. 그러니 이제 우리한테도 호의를 베풀어서, 적어도 고향에서의 마지막 며칠은 우리 집에서 같이 보내도록 하세."

우리는 이제 그의 부모님 거실에 서 있었다. 그는 거실에서 가장 아끼던 소유물을 완벽하게 정리했다. 소유에 지친 남자, 자유로운 세상 방랑자. 그는 마치 이마에 벼락을 맞은 것처럼, 자의식을 되찾기 힘든지 위를 올려다보고 주위를 둘러보았다. 뼛속까지 마음이 아팠다. 하지만 그를 도울 수는 없었다. 그는 황량해진 부모님 집에서 우주나무의 나뭇가지 이웃과 함께 인생의 다음 길을 방랑해야만 했다. 그가 자기 집에서의 마지막 저녁을 떠올릴 때, 거기서 두려움과 눈물을 눌러 삼키면서 벌벌 떨고 있던 아내와 나는 없을지도 모른다. 하지만 저먼 펠은 아니었다. 그는 펠텐의 내면에 들러붙어 있었다!―

"오늘 저녁 저 옆집 공연에 한 번 더 참석해보고 싶네. 밀집한 군중 속에서 팔꿈치로 옆구리를 쿡 찌르면, 그제야 자기와 비슷한 사람을 알아보게 되잖아. 칼, 그렇지 않은가? 크룸하르트 부인, 제가 친구로서, 손님으로서, 손님 접대자로서, 티볼리의 원숭이 인간을 데리고 가는 건 안 되겠죠? 그러니 여러분, 이 혼잡한 세상에서 우리 서로 방해하는 일은 되도록 하지 마십시다. 친애하는 카를로스, 그런데 말이야, 내가 '독일궁정' 호텔에 머물면서 어떤 용무 때문에 자네를 좀 성가시게 할 것 같은데."

내 가슴에 대고 있던 아내의 팔이 점점 더 떨리는 게 느껴졌다. 그녀의 뜨거워진 손엔 작은 봄꽃다발이 계속 들려 있었다. 하지만 곧 그녀의 손에서 떨어졌다. 꽃들은 깨진 그릇 조각과 양탄자 조각, 보잘것없는 가재도구의 잔해가 널려 있는 더러운 바닥으로 산산이 흩어져 짓밟혔다.

"여보 그냥 나랑 같이 집에 가요!" 그녀는 속삭였다. "더 못 참겠어요! 아, 집에 있는 가엾고 사랑스런 우리 애들! 제발, 가요. 나는 애들한테 가야 해요. — 만약 저 사람이 당신 머리까지 혼란스럽게 만든다면 그냥 두고 보지만은 않을 거예요. 우리 애들을 꼭 끌어안을 거예요! 원한다면 당신은 여기 있으세요. — 나는 집에, 내 아이들한테 가겠어요! 그래요, 당신은 여기 있어요. 여기에 있어요. 그리고 저 사람하고 같이, 저 사람의 다른 친구, 저 추악한 원숭이 인간하고 같이 우리의 친밀한 삶에서 당신이 원하는 곳으로 어디 한 번 높이 올라가봐요. 나는 내 아이들에게, 내 소중한 소유물에게 가겠어요!"

그녀는 팔과 팔꿈치로 눈을 가리고 우리 곁을 떠났다. 매를 무서워하는 아이 같은 모습이었다.

"잘 자, 펠텐."

"잘 자, 크룸하르트……"

골목 두 개를 지나서야 겨우 아나를 따라잡을 수 있었다. 나의 소유물을 다시 취하려 했으나 그녀는 골목을 몇 개나 지나도록 계속 거부했다. 아나는 내 팔을 잡는 대신 악의에 찬 시선으로 포겔장을 가리키며 말했다.

"나는 좋을 때나 나쁠 때나 당신과 함께하겠다고 교구 총감독님에게 약속했어요. 그리고 칼, 당신이 있는 곳, 가는 곳, 서 있는 곳에 나도 함께 있고 머물겠다고 나 자신에게도 약속했고요. 하지만 열 필 말로 끌더라도 다시는 나를 저리로 데려가지는 못할 거예요! 내 평생 다시는 저곳을 밟지 않을 테니까. 신이시여, 사람들이 당신의 아름다운 세상을 왜 이렇게 만드는 건지요!" —

이후로 그 친구를 살아서는 다시 보지 못했다. 다음날 그는 오지 않았다. 저녁에 '독일궁정'에 가서 문의를 했지만 그가 계산을 마쳤다는 말만 들었다. 그가 시내에 있는지는 알 수 없었다.

그는 린던에서 내게 편지를 보낸 용무를 처리했다. 그 용무란, 우리의 리크헨 셸렌바움이 자신의 "유일한 기념물"로 갖고 떠난 집 열쇠에 "새로운 건축지", 새 포겔장의 가장 좋은 건축지들 중 하나가 딸려 있다는 사실을 그녀가 공적으로, 법적으로 믿을 수 있도록 해주라는 것이었다.

29

나는 옛 포겔장의 연감과 역사를 집필하고 저술하다가 긴 휴지기를 가져야 했다. 앞장을 서류들에 붙일 때에는 눈이 내리고 있었는데 지금은 동산 위로 다시 푸른 기미가 엿보인다. 우리 아이들은 저희 어머니가 펠텐 안드레스의 황폐하고 텅 빈 고향집에서 손에 쥐고 있다 놓쳐버린 그 봄꽃을 한 손 가득 집으로 가져왔다.

우리 집안은 걱정이 많았다. 예전에 펠텐이 대부가 되길 사양했던 우리 장남을 장티푸스로 잃을까봐 노심초사했다. 하지만 우리 아이는 죽지 않았고 다시 활기차게 두 발로 일어섰다. 나는 그 아이의 가족도서관을 위해 다시 펜을 들었다. 지금은 새해 삼월이고, 지난해 십일월 뭉고 부인이 베를린에서 보낸 편지가 다시 내 손에 들려 있다.

"펠텐이 네게 한 번 더 안부를 전하라더군. 그는 지금 죽었어. 우리는 둘 다 뜻을 이루었지. 죽는 순간까지 그는 혼자였어. 세상에 대한 미련도, 집착도 없이 자기 자신만의……."

어쩌면, 어쩌면 여기서부터는 헬레네 트로첸도르프에게 펜을 넘겨주면서 이렇게 말할 수 있지 않을까?

"이제 네가 이어서 쓰도록 해. 이 서류를 마무리 지어!"

나는 여러 해 동안 그 친구에 대한 소식을 거의 듣지 못했다. 그는 집으로, 부서진 그 집에 대해 집이라는 표현을 써도 된다면, 다시 돌아오지 않았다. 편지 한 통 보내지 않았다. 나는 정부 관련 일로 때때로 베를린에 가야 했다. 그래서 드 보 집안과 관계를 유지하고 있었다. 상공업국장 드 보, 레온 드 보는 이미 오래전에 제국 수도의 저명한 은행가이자 자본가가 됐다. 그래도 "우리의 대학 시절"에 형성된 좋은 관계는 계속 유지되었다. 하지만 도로텐 가에 있던 그 부친의 가게는 이제 존재하지 않는다.(양복점 집안 출신으로 상공업국장이라는 호칭까지 올라가기는 힘들지 않을까?) 레온 자신도 화제를 한번도 그쪽으로 유도하지 않았다. 화제가 될라치면 말을 돌렸다. 나도 이제 그의 사무실에서는 볼일이 없기 때문에 외곽의 고급 빌라에 사는 그의 가족을 만날 때나 모임에서만 그를 본다. 그도 결혼을 했고 그와 잘 어울리는 좋은 부인을 얻었다. 그리고 아들과 딸, 두 아이의 아버지가 되었다. 아들 이름은 프리드리히이고 딸 이름은 빅토리아이다. 랑그독 출신의 드 보라는 전통적인 프랑스식 가족세례명은 아이들의 세례 증서에만 등장할 뿐이다. 지금의 마담 드 보는 레오니와 레온 드 보가 그들의, 그들 아버지의, 그들 조상들의 소유물을 물려받고 또 새롭게 획득해 간직하고 있으면서 자부심을 느꼈던 도로텐 가의 가족 – 마법의 방에 대해서는 아무것도 모른다. 전에는 ○○○극장에서 두번째로 인기 있는 배우였던 베라 드 보 부인은 사람 좋은 레온에게 훌륭하게 순응했다. 그녀는 베를린의 착실한 가정주부이자 남편의 지위를 잘 지키는 고상한 부인이었다. 하지만 알비파와 몽포르의 시몽,[130] 툴루즈 백작 레몽 6세,[131] 카스텔노의 피에르[132]에 대해선 전혀 모른다. 그녀는 성 바르톨로메오의 학살[133]에 대해서도 단지 마이어베어의 〈위그노〉[134]를 통해서만 알고 있고, 낭트 칙령은……

"나는 그런 게 있어서 하늘에 말할 수 없이 감사해요." 언젠가 그녀는 차 탁자에서 웃으며 말했다. "그게 없었다면 레온과 내가 이 세상에서 어떻게 만날 수 있었겠어요, 행정국장님?"

사랑스럽고 순진하며 다정한 그 부부의 아이들인 프리츠와 비키는 스당과 그라블로트,[135] 파리의 세번째 점령, 빌헬름 황제와 그의 '기사들'에 대해서만 알고 있다. '레오니 고모'의 기사들에 대해서는 조금 더 안다. 그들은 스당과 메츠, 파리의 세번째 점령 후 오랜 세월이 지난 뒤에 독일에 들어왔다. 부계 조상의 소유물은 그들에게 큰 의미가 없다. 도로텐 가에서 경건하게 여겨지던 것들이 지금 드 보의 빌라에서는 장식품으로 쓰일 뿐이다. 대선제후와 악수했던 첫번째 브란덴부르크 조상 안토니 드 보 씨는 상공업국장 부인의 살롱 벽에 걸린 초상화 속에서 진지하게 내려다본다. 흘러가는 시간의 빛 속에서 고요하게 바라본다. 그 그림은 예술적 가치를 지닐 뿐이다. 앞으로 몇 개의 벽에서 낯선 사람들을 내려다보게 될까?

그리고 레오니는? 레오니 드 보는?

레온의 아이들은 그녀를 아주 좋은 사람으로만 알고 있다. 가족 중 누군가가 중병에 걸리지도 않았는데 그녀가 라인강 지역에서 아빠와 엄마에게 와서 머문 적은 한 번뿐이었다고 했다.

레오니 드 보는 펠텐 안드레스처럼 세속적인 소유에서 벗어났다. 그녀는 카이저스베르트의 디아코니아(봉사) 활동에 참여하며 독일 – 로트링엔에 있는 어느 "작업병동"에서 주님께 봉사하고 있다.[136] 펜을 그녀에게 넘겨줄 수 없으니 펠텐과 헬레네의 사건을 게 속 쓰기 전에 이것을 서류들에 갖다 붙여야 한다.

나는 다시 포겔장 연대기의 첫번째 장에 와 있다.

"이제 당신도 그들 모두의 가장 가까운 옛 친구이자 지인으로서 베를린에 가야겠지요?"라고 그 십일월 밤에 아내가 물었다. 그리고 나는 "내일, 혹시 가능하다면……" 하고 그녀에게 대답했었다. 그런 다음 우리 두 사람은 적어도 우리의 어린 자식들에게는 지상의 모든 것이 아직 정상이라는 것을 확인하기 위해 아이들에게 갔다. 다음날 정오에 나는 베를린에 있었다. 정부조직 내에서의 지위상 나는 꼭 필요한 경우 알아서 휴가를 낼 수 있었다.

"여보, 감기 조심하세요." 아내가 말했다. "류머티즘 특히 조심하고, 당신 나이도 좀 생각하세요. 지금이 십일월이라는 것도요."

나는 고속열차 속에서 많은 생각을 했다. 하지만 48세라는 나이는 조금도 고려하지 않았다. 만약 시중드는 사람이 내게 열어준 문과 편안한 난방장치에 대해, 관직에서 갖고 있는 전망과 각하라는 칭호에 대해 또 한 번 말한다면, 그래, 한 번 더 아내와 아이들에 대해 말한다면, 그것은 이미 말한 것들을 반복하는 것이리라. 불편한 마음으로 식사를 하면서 나는 먼저 상공업국장 드 보의 빌라로 찾아갈지 아니면 카이저호프에 있는 뭉고 부인에게 도착을 알리고 그들의 인도를 따르는 것이 좋을지 곰곰이 생각했다. 하지만 오후 세시에서 네시 사이에 나는 홀로 도로텐 가의 집 앞에 서 있었다. 옛 위그노 집안은 그 집에 자기 인생의 기념품들을 모아놓았고, 펠텐 안드레스는 아무 소유물 없이 지상에서의 길을 마감했다. 대학을 졸업한 이후 나는 베를린의 이 지역에는 오지 않았다. 집 앞, 골목에 접한 쪽에는 집 번지수만 남아 있었다. 아버지 드 보는 이제 도시의 수많은 상류층의 치수를 재지 않는다. 그리고 편자 대장장이들은 도로텐 가에서 말발굽에 편자를 박지 않는다. 내가 기억하는 한 골목 쪽에서 보면 집의 외관이 완전히 바뀌어 있었다. 19세기 후반부의 건축 양식을 올려다보면서 나는 책상 위에 그리고 포겔장의 서류철 속에 있는 헬레네 트로첸도르프의 편지를 떠올렸고 스스로에게 물었다.

"펜싱 사범 포이히트 씨의 사모님? 잘못된 건 아니겠지?"

내 직업상, 특히 지난 2년간 검찰청과 업무협조를 하면서 나는 낯선 곳에서 방향 잡는 법을 배웠다. 최신 베를린에서 비교적 오래된 지역을 찾으려면 그저 신축한 곳을 지나쳐가면 됐다. 편자 대장장이들로 시끄러웠던 넓은 마당은 당연히 개조됐고, 빛이 들어오지 않던 우물 모양의 안뜰도 이젠 사라지고 없었다. 하지만 펜싱 사범 포이히트 씨의 사모님과 그녀의 제국에는 아무런 해도 가해지지 않았다. 위대한 회사 드 보의 뒤채와 펜싱 사범의 사모님은 예전 그대로였다. 그 둘은 전혀 변하지 않았거나 거의 알아채지 못할 정도로만 변했다. 연기로 새카매진 뒤채는 120세나 됐고, 아흔에 가까운 펜싱 사범의 사모님은 진정 동화 속 백발 여인이었다! ─

솟구쳐라, 너희 계곡들아,
내려앉아라, 너희 산들아!
내 사랑하는 이 만나게
가로막지 말아다오. ─

그 늙은 부인에게로 이끄는 어둡고 가파른 계단을 오를 때 이 시구가, 앞채의 품위 있는 살롱에서 종종 이 노래를 불러주던 그 달콤한 목소리가 불현듯 떠오른 건 어찌된 일까? 사실 우리가 거기 마법의 브로셀리앙드 숲[137]에 다같이 앉아 온갖 낭만적인 기적으로 가득 찬 베를린의 양복점 너머 프로방스의 궁정 가인과 옛 프랑스의 연대기, 위그노족의 항의문과 노래집을 살펴보던 때가 불과 몇 년 전이었다. 하지만 지금은 이 음조, 이 시구 말고는 아무것도 남지 않은 것 같았다! 그리고 소름끼치도록 기이하게도 이 노래와 더불어 그 이후의 어떤 겨울밤과 다른 시구가 생각났다. 그 시구는 프랑스의 민중가요에서 유래한 것이 아니라 독일의 고전주의자가 지은 것이다. 세속의 소유에서 자유롭고자 포겔장에 있는 부모님 집을 비우던 펠텐 안드레스는 파괴와 해방의 작업 중에 이 시구를 중얼거렸다.

> 둔감해지게!
> 경솔하게 동요하는 가슴은
> 화를 부르는 자산이야
> 요동하는 세상에서는.

도로텐 가 ○○번지, 뒤채, 펜싱 사범 포이히트 씨의 사모님, 대학생 발렌틴 안드레스! 나는 3층에서 막 잠에서 깬 사람처럼 종이 울리는 소리를 들었다. 그 종소리는 옛날 그대로였다.

"크룸하르트 씨, 우리 두 사람을 살아생전에 한 번 더 만나게 할 수 있는 건 분명 이런 일일 거라고 짐작했어요." 수년 전에 나를 다정히 맞아주곤 하던, 때로는 어머니처럼 경고하고 꾸짖곤 하던 바로 그 목소리가 들려왔다. "행정국장님, 그 방으로 건너가기 전에 잠깐 내 방으로 오세요. 그녀는 당신이 이렇게 일찍 베를린에 오리라고 생각하지 못할 테니까. 하지만 나한텐 절대 일찍 온 게 아니지. 내 나이에는 모든 걸 가볍게 받아들일 수 있소. 하지만 이 일은 나 혼자 지고 가기엔 너무 버겁구려. 그날 아침부터 그녀는 팔꿈치를 무릎에 대고 머리는 손으로 감싸고 그의 침대에 앉아 있어요."

"그녀가요? 그와 단둘이서만? 헬레네가? 헬레네 트로첸도르프 가요?"

"그 대단한 미국 부인 말이에요. 그녀와 그녀의 재산 이야기는 신문에서 읽어보셨을 테지요?"

그 늙은 부인은 나이 들어 거칠어진 마르고 차가운 손으로 내 뜨거운 손을 붙잡았다.

"선생, 들어오시오. 그녀에게 가기 전에 아직 시간이 좀 있소. 그녀는 시간과 시각에 대해 전혀 신경을 안 쓰는 것 같아요. 하지만 당신이 올 거라고 그녀가 말해준 뒤 나는 당신을 기다리느라 일각이 여삼추 같았다오. 당신 말고 대체 누구한테 이 늙은이 속내를 털어놓고 얘기할 수 있겠어요? 처음부터 이 일을 같이 경험한 사람 말고 대체 누구한테 이런 일을 이해시킬 수 있겠어요?"

30

 이 시기에는 네시 반 즈음이면 해가 기운다. 도시의 대로와 커다란 광장에는 여전히 저녁노을이 깔려 있었다. 펜싱 사범 포이히트 씨 사모님의 작은 방은 이상하게도 여전히 밝은 상태였다. 창밖으로 보이는 하늘은 십일월 오후인데도 맑은 여름 아침처럼 푸르고 구름 한 점 없었다. 이 방 안에서 방 주인과 벽 여기저기를 둘러보며 경탄하던 때로부터 사반세기가 흘렀다. 나는 여기 또 이렇게 서 있다.―그 긴 세월 동안 내 주위에는 제자리에 남은 것이 아무것도 없는데, 여기는 변한 것이 하나도 없다. 작고 늙은 요정의 이마를 살살 조심스럽게 쓰다듬던 시간은 그녀 주위의 그 무엇도 제자리에서 밀거나 구석으로 던지거나 경매에 넘기거나 난로에 넣지 않았다. 우리 중 펜싱 사범 포이히트 씨의 사모님만 홀로 자신의 소유물을 그대로 간직하고 있었다. 그녀는 지금도 그때처럼 뜨개질감을 손에 들고 겨드랑이에 실뭉치를 끼고 서 있다. 그녀는 갑자기 자신을 둘러싼 트로피들과 학생조합의 옛 영광을 보여주는 수많은 얼굴 그림들을 가리켰다. 그리고 탄식하며 말했다.

"내 모든 걸 다해 마지막으로 매달렸던 그가 왜 이렇게 마음을 아프게 하는지! 행정국장님, 앉으세요."

그녀도 포겔장의 박사 부인처럼 내 맞은편 창가에 앉았다. 뜨개질바늘을 들고 나뭇가지를 엮어 만든 의자에 앉아 뜨개질감과 실타래를 무릎 위에 얹고는 이렇게 말했다.

"그는 저쪽에, 뭉고 부인 옆의 벽에다 시 한 구절을 새겨놨어요. 나중에 읽으실 수 있을 거요. 하지만 먼저 내가 그와 겪은 일을 속시원히 털어놓아야겠어요. 늙은, 늙은 여자인 내가 그 아이와, 그래 그 애, 그 젊은 사람과 겪은 일들을 말이요!"

그녀의 나이로 볼 때 펠텐 안드레스와 우리 모두를 애라고 부르는 것은 당연하다. 그녀는 동화를 들려주는 할머니처럼 해질 녘에 이야기를 꺼냈다. 나는 가만히 앉아 듣는 것 외에 다른 도리가 없었다.

"행정국장님, 어떤 나이 든 낯선 사람이 별안간 당신 앞에 나타나서 이렇게 묻는다면 기분이 어떨 거라고 생각해요? '펜싱 사범의 사모님, 지금도 바보 같은 사내애들 하숙치세요? 저는 아무개입니다!' 그래서 '그래, 애야. 들어오너라!'라고 대꾸할 수밖에 없다면 기분이 어떨 거 같소?"

당연히 그녀는 질문에 대한 대답을 기다리지 않았다. 그녀는 내 무릎에 손을 얹고 말을 이었다.

"난 평생 그날을 못 잊을 거요. 그건 지난 6월 15일이었어요. 오후 이맘때쯤 초인종이 울렸지요. 내가 누구시냐고 물으니까 방문객이 말하더군요. '펜싱 사범의 사모님, 저는 철학과 학생 펠텐 안드레스인데, 기억하세요? 붙이신 벽보가 여전히 걸려 있고, 마침 옛날에 제가 쓰던 방이 비어 있으니 그 방을 다시 쓰고 싶은데요.' ─ 행정국장님, 만약에 유령이 백주대낮에 어깨를 두드리며 교회묘지에서나 들릴 법한 목소리로 어떤 이름을 댄다 해도, 나보다 더 앙칼지게 비명을 지르진 못했을 거요. '뭐라고요, 누구라고?' 내겐 그 누구보다도 나쁘고도 좋은 사람을, 삼십 분이 지나서야 제대로 알아봤어요. 사랑하는 하나님이 나로 하여금 살아생전에, 그것도 정신이 온전할 때에 이런 일을 겪게 하시려는가 하는 생각에 놀랄 뿐이었지. 현재의 유령에서 내 사랑스러운 옛 아들을 불러오기까지, 그를 확인하기까지 시간이 좀 걸렸어요. 그가, 나의 펠텐이, 유령처럼 보였다는 말은 아니요. 아니, 그는 멋진 백발을 하고 있었어요. 하지만 피골이 상접했더군. 행정국장님, 게다가 피로해 보였어요! 몹시 피곤해 보였어! 이삼십 년간 한번도 쉬어보지 못한 사람처럼! 젊은 날의 여정 탓에 쓰러져 죽을 만큼 피곤해 보였어요! 당연히 난 그를 소파에 앉혔지요. 그는 앉더니 아무 말 없이 마냥 웃기만 했어요. 그 웃음이, 남아 있던 일말의 의심을 지워버렸어요. '어떻게 이런 일이. 하지만 펠텐, 당신 방은 비어 있어요' 했지요.

'짐을 가져오라고 시킬까요? 아니면 직접 가져오시겠소? 어디서 가져와야 할지 모르겠지만!' ─ '예, 저도 몰라요!' 그는 또 나를 보고 웃더니 저 탁자 위로 자기 가방을 건넸어요. '경찰에 보여줄 신분증과 방세는 예의 바르게 선불로 드리지요. 그 허섭스레기 바로 받으세요. 전 일찍 잠자리에 들겠어요.' ─ '옷가지들은? 책들은?' ─ '아무것도 없어요.' ─ '오 맙소사, 맙소사. 이런 식으로 이 펜싱 사범 포이히트 씨의 사모님에게 돌아왔나?' ─ '예, 이런 식으로요!' 하더니 탁자 위로 내게 손을 내밀었지요.

그 손에 미열이 있는 걸 느꼈어요. 하지만 내 손이 차서 그랬는지도 모르지요. 난 그의 손을 꽉 움켜쥐고 외쳤소. '그래, 상황이 그럴

다면 당연히 내 집에 머물게. 내 늙긴 했지만 너 한 사람 거둘 만큼은 돼. 하나님의 도움으로 먹이고 건사해주지.' 그래요, 행정국장님, 그 순간 난 그를 너라고 불렀어요. 그가 어린애인 것처럼 말이요! 실은 그렇지 않았다는 걸 당시에는 알 리가 없었지요. 아참, 그런데 저 건넌방에 그 부인이 텅 빈 침대에 앉아 있지! 크룸하르트 씨, 당신을 여기에 너무 오래 붙들고 있으면 안 되겠어요. 저기서 당신을 더 필요로 할 테니까. 그러니 줄여 말하면, 그는 마지막 반년을 내 곁에서 지냈고 내 곁에서 죽었어요. 나를 힘들게 하진 않았지. 돈이 들게 하지도 않았고. 하지만 (여기서 거의 아흔에 가까운 그녀의 눈이 전장을 바라보는 늙은 사령관의 눈처럼 반짝 빛났다) 이번에도 내게 기쁨을 주었다오. 그는 당신들 중에서 가장 어리석은 자였지만 또 가장 용감한 자이기도 했으니 말이오. 너무 예민한 신경을 타고 난 게 안쓰러웠지요. 그리고 그렇게, 그렇게, 그렇게 살아야만 했고, 당신들 모두의 바보로 종말을 맞거나 정신병원에서 종말을 맞이하고 싶지 않았기에 그렇게, 그렇게 죽음을 맞아야만 했기에 너무도 안쓰러웠지."

    경솔하게 동요하는 가슴은
    화를 부르는 자산이야
    요동하는 세상에서는.

 나는 정신이 맑은 그 노인의 평온한 말을 듣고 마음속 깊이 충격을 받아 그렇게 중얼거렸다.
 "그가 저쪽 벽에 석탄으로 써놓은 것이 바로 그거요. 지금은 뭉고 부인이 그 앞에 앉아서 두 손으로 머리를 감싸 쥐고 있지요. ─ 불쌍한 사람. 펠텐이 아무 소유 없이 지상을 떠나간 것이 마치 자신의 책임인 양 그러고 있으니! 내가 그 사랑스런 영혼을 설득하려 한들 무슨 소용이겠어요. '애야, 네가 어쩔 수 있는 게 아니었잖니.' 한번쯤은 희귀성을 위해서도 보통 사람과는 다른 그런 이기주의자가 세상에 있어야 했어. 그는 내 사랑하는 레오니처럼 수도원에 들어갈 수는 없었으니 말이다. 그도 동정심을 갖곤 있었지만 수도사가 될 기질은 아니었지. 오, 그 두 사람이 펜싱 사범 포이히트의 안사람 집에서 재회하던 그 모습! 라인 강가의 사회복지수도원에서 온 간호집사와 세상을 다 떠돌아다닌 그, 세상에 대한 미련도 집착도 없이, 소유도 없이 재회하던 그 두 사람의 모습!"

"레오니 드 보와 펠텐 안드레스가요?" 나는 더듬거리며 물었다.

"그래요, 그 두 사람이요. 앞채가 건재해 있고 나를 포함한 우리 모두가 젊었던 때를 기억하실 거요. 구월이었던가. 그는 우리 집에 완전히 적응했지요. 아니 사실은 내가 그의 모든 것에 적응했던 거나 다름없어. 내 돈주머니로 살았다는 말은 아니고. 그의 가방에는 여러 나라의 온갖 지폐들이 가득 들어 있었으니까. 나는 그 돈으로 셔츠와 다른 필요한 것들을 다 조달해줄 수 있었지요. ─그의 그 기이한 삶대로라면 몇 년을 더 그렇게 조달해줄 수 있었을 거요. 나는 도서관에 가서 그가 읽을 책을 빌려다줘야 했어요. 그가 도통 바깥에 나가질 않았으니까. ─발이 아프다는 핑계로 용서를 구하더군. 학생 시절에 쓰던 소파와 침대에 누워 긴긴 날을, 또 때로는 유년시절과 젊었을 적에 마음에 들었던 것들을, 밤새도록 그것도 아주 옛날의 낡고 기름때 묻고 구역질나는 다 찢어진 책으로만 읽었어요. 새 판본으로 가져다주면 그냥 내버려둔 채 말했지요. '포이히트 어머니, 이게 아니에요.' ─그래요, 그런 모습을 지켜보면서 이런저런 생각이 들 수도 있었어요. 하지만 정말 그의 엉뚱하고 기이한 생각에 적응해야 했지요. 그런데 말이요, 행정국장님, 그가 그런 상태에서, 그러니까 엉뚱하고 기이한 생각을 지닌 채 오직 내 집에만 머물길 원했다는 것에, 정말이지 난 지금 자부심과 기쁨을 느끼기도 해요. 그래요, 물론 그가 내 늙은 신사들 중에서 나보다 먼저 세상을 떠난 유일한 사람은 아니지요. 하지만 거리를 내다보기만 해도 알 수 있을 거요. 만약 우리 같은 사람이 청춘의 단점을 뛰어넘게 되면 그때부턴 신이 맡긴 흔들거리는 머리와 절룩거리는 다리를 하고서도 린덴 가와 프리드리히 가 모퉁이에서 군중을 지휘할 줄 알게 된다는 사실을요. 크룸하르트 씨, 당신의 사랑스런 부인을 부지불식간에 깔보는 일은 삼가세요. 만약 당신이 지금 부인에게 잘해주면 그녀도 나중에 당신에게 똑같이 잘해줄 거요."

가을 햇빛의 마지막 광채가 창문 밖 조그만 하늘에서 물러간 지 이미 오래였다. 어스름이 빠르게 찾아들었다. 이 대목에서는 기록을 짧게 줄이고 싶다. 만약 지금 이 서류에 기록할 무언가를 가진 이가 있다면, 그건 다름 아닌 펜싱 사범 포이히트 씨의 사모님이었다. 그래서 나는 좀 과한 듯한 그녀의 진술을 끊지 않았다. 게다가 그녀는 이렇게 말했다.

"행정국장님, 곧 본론을 말할 거요. 하지만 이런 일을 겪으면 우리 같은 사람 심장은 터질 것만 같다오!"

그녀가 눈물을 닦아냈을 때 나는 펠텐 안드레스를 마지막까지 부양했던 그 사랑스럽고 용감한 깡마른 두 손을 그저 붙잡고만 있었다.

"맙소사, 나는 지난 시간의 자취들로 그의 방과 내 방을 가득 채웠다오. 자기 친구가 여기 옛 숙소에 와 있다는 걸 그 사람이 어떻게 아는지는 모르겠어요. 하지만 상공업국장 레온도 곧장 여기에 왔지요. 그들 사이에 어떤 장면이 벌어졌는지 나 말고 누가 얘기해줄 수 있겠소. 그들이 얼마나 호의로 또 강제로 그를 잡아끌면서 자기네들 집에 같이 가자고 했는지! 마치 그가 전에 세상의 온갖 명예와 칭송을 누린 사람이기라도 한 것처럼 말이오! 그도 다른 사람처럼 인생에서 자기 나름의 즐거움을 가지려 했어요. 자신만의 기이한 방식으로요. 이 펜싱 사범 포이히트의 안사람에게서 마침내 그것을 찾아낸 거요. 신이 그에게 그런 은총을 베푸신 거였지요. 그는 원래 아픈 게 아니었어요. 그의 심장이 더이상 원하질 않는다고, 의사들이 상공업국장에게 말했으니까. 계속 살이 빠진다거나 하진 않았어요. 오히려 그 반대였지. 걷지 않고 누워 있는 걸 발 탓으로 돌리고는. 바보 같은 심장이 원하기만 했더라면 발도 건뎌냈을 거요. 하지만 심장은 모든 걸, 모든 걸 포기했고, 그러니 발도 그랬지요. 행정국장님, 나는 아흔이 되어서야 비로소 내 가여운 펠텐에게서 배웠소. '인간은 원하기만 하면 된다'라고 말하는 건 어리석다는 사실을. 그 거친 사람은 아무것도 원할 수 없었어요. 그래서 레오니 수녀가 아무리 호의를 갖고 말해도 그를 다시 일으켜 저 도로텐 가 바깥의 혼란스러움과 맞서게 할 수 없었지요. ─ 그녀가 강제로 그렇게 했을지라도 말이에요! 하지만 누군가 인간들의 소음에서 벗어난 사람이 있다면, 그건 바로 나의 레오니, 레오니 드 보예요! 그녀는 처음엔 동생과 함께 왔고, 그 다음엔 혼자 왔지요. ─ 오, 그 옛날 앞채에서 얼마나 아름다웠던가요, 레오니는! 얼마나 연주를 잘하고, 옛 프랑스 노래를 얼마나 잘 불렀던가요. 여기 베를린의 한가운데 살면서 모든 것이 마치 미지의 동화 나라 같았지요. ─ 오, 하지만 최근 두 사람의 만남은 이전보다 천 배나 더 미지의 세계에서 이루어진 것 같았소! 한번 상상해보세요. 그 두 사람, 자신들의 젊은 날과 상상에서 벗어나 이 늙은이의 집에서 그렇게 재회해야 했던 그 두 사람을. 자기 주위에 그리고 자기 안에 세상의 영광이라곤 아무것도 지니지 않은 채로. 보통 자기 평안과 기쁨을 위해 꼭 움켜쥐는 소유물, 온 힘을 다해 싸우게 만드는 그런 소유물 하나 지니지 않은 채로! 행정국장님, 그걸 다 되살려 말해줄 순 없겠지만, 나는 지난 몇 달간 그 둘 사이에 있었던 일들을 이해하고 공감했소. 두 사람은 결코 함께할 순 없었을 거요. 하지만 자기들이 어떻게 인생을 살아왔는지 이야기하는 건 할 수 있었고, 또 그렇게 했지요. 그러고는 평화롭고 평온하게 헤어졌어요. 아주 평온하게! 다가올 인생을 앞에 두고 그 옛날 앞채에서 그랬던 것보다 훨씬, 훨씬 더 평온하게…… 그런데 맙소사, 어느새 완전히 밤이 됐네. 저기 저 가엾은 부인은 아직 불도 안 켜고 저렇게!"

31

　아직 완전히 밤은 아니었다. 하지만 황혼은 깊숙이 깃들어 있었다.
　"자, 이제 저쪽으로 건너가시오. 등불 들고 뒤따라갈 테니." 펜싱 사범의 사모님이 말했다. 나는 주저하고 두려워하면서 일어섰다. 마비라도 된 듯 힘겹게 숨을 들이쉬면서. 저기 저편으로 가는 놀라우리만치 힘들고 무시무시한 길을 조금이나마 가볍고 환하게 만들어줄 그 어떤 것을 내 안에서 찾아봤지만 헛수고였다. 세상에는 때가 되면 "모든 게 저절로 이루어진다"는 사실을 완전히 잊게 되는 그런 순간들, 시간들, 상황들이 있기 마련이다.
　열린 창문 사이로 봄볕이 들어오는 휴일 아침, 이것을 포겔장의 서류들에 덧붙이고 있는 바로 지금, 어떻게 옛 상투어들이 다시금 온전히 제 권리를 얻게 되었는지!―
　춘분은 항상 삼월에 있다. 하지만 올해는 부활절도 삼월에 있다.

지금은 부활절 첫날 아침이다. 책상에 앉으면 이웃집 지붕 너머로 동산의 최고봉이 보인다. 아직 건물에 가려지지 않았다. 행복한 예감으로 충만한 유년 시절의 꿈을 꾸며 별이 떨어지는 것을 보았던 그 사랑스러운 봉우리는 봄의 태양 아래 놓여 있다. 몇 주간은 더 그럴 것이다. 너도밤나무의 새싹도 동산에서 빛을 발할 것이다. 이런 풍경도 언제나 저절로 그렇게 이루어진다!

하지만 하늘과 땅이 젊고 인간 종족도 젊다고 해서 우리 인간이 느끼는 개인적인 압박에 무슨 도움이 될까? 하늘과 땅의 빛이 이 글 위의 내 눈을 순간적으로 눈부시게 한다. 오른손에 펜을 쥐고 계속 써내려가려면 왼손으로 빛을 막아야만 한다. "애들아, 교회 먼저 가야지!" 다행히도 아내가 음악을 좋아하는 큰애한테 질책조로 말한다. 아내가 질책하지 않았더라면 옆방에서 들려오는 피아노 소리와 젊은 봄의 여흥에 내가 먼저 한소리했을 것이다. ─

나는 마음속 깊이 몸서리치며 저항했지만 모든 것은 저절로 이루어졌다. 나는 펠텐 안드레스가 죽은 곳, 헬레네 트로첸도르프가 텅 빈 침대에 앉아 있는 그 방에 서 있었다.

헬레네 트로첸도르프! 포겔장 출신의 엘리, 미망인 뭉고 부인, 우리의 헬레네. 팔꿈치를 무릎에 괴고 머리는 손으로 감싼 채 십일월의 마지막 잿빛 여명 속에 있는 그녀. 주위에는 황량함이 자리하고. 소유물 없는, 세속의 소유에 지친, 뉴욕에서 미합중국의 가장 부유한 시민의 하나로 간주되는 그녀!

"엘렌!"

"칼, 너니?" 그녀는 머리를 감싸던 손을 내리고 얼굴을 천천히 들어 올리면서 물었다.

대체 얼마 만에 서로의 목소리를 듣게 된 것인지. 오랜 시간의 공백 탓인지 그녀의 목소리는 아주 낯설었다. 아주 익숙하게 들리기도 했다!

 그녀는 일어섰다. 장대하리만치 높이. 내 기억 속의 그녀는 작지는 않을지라도 중간 정도의 키에 귀염성 있고 민첩한 아이였다. 동산 주위의 언덕과 수풀, 담장, 그렇다, 나무들은 그녀가 얼마나 사이사이를 가로지르고 뛰어다니며 올라갔는지 알려줄 수 있으리라. 지금 십일월의 마지막 잿빛 여명 속에서 그녀는 지난 며칠간 내가 상상해왔던 것과 완전히 다른 모습으로 서 있었다. 나는 깊이 상심한 그녀에게 도움의 손길을 내밀려 했었다. 나중에 대낮의 밝은 빛 속에서 그녀의 머리가 금빛에서 은빛으로 변했지만 그래도 여전히 아름답다는 걸 보게 되리라. 하지만 그건 다른 많은 것들과 마찬가지로 이 서류에서 큰 의미를 갖지 못한다. 펜싱 사범의 사모님이 등불을 갖고 왔을 때, 나는 그녀의 희고 영리한, 나이 탓에 가볍게 주름진 이마에도 이 말이 적혀 있는 것을 보았다.

　　　　　둔감해지게!
　　　　　경솔하게 동요하는 가슴은
　　　　　화를 부르는 자산이야
　　　　　요동하는 세상에서는.

 그녀는 먼저 내게 한 손을 내밀었다. 그런 뒤 다른 한 손도 내밀었다. 그리고 어깨 너머로 텅 빈 침대를 돌아보면서 말했다.
 "내 편지에 대한 답으로 이렇게 빨리 와줘서 고마워. 널 훨씬 더 일찍 부르고 싶었어. 하지만 그가 원하지 않았어. 그는 좋든 싫든 너희들의 착한 레오니와 내가 오는 것은 감수해야 했지만. 그 점에서 나는, 우리는 우리 뜻을 이룬 거야! 이제 그녀는, 너희들의 레오니는 다시 자신의 평화 속으로 돌아갔을 거야. 하지만 나는, 나는 아직 돌아갈 수가 없었어. 그래 칼, 난 여기에 앉아서 널 기다렸어. 네게 우리에 대해, 그와 나에 대해 말해주기 위해서. 이런 행동이 그가 너희들 곁에서, 그러니까 포겔장에서 마지막으로 나에 관해 말한 이래 지금껏 네 기억 속에 내가 차지했던 것보다 더 나은 자리를 갖게 하는 것일지라도 말이야."

펠텐 안드레스가 고향에서 자신의 소유물을 정리하던 시기에 그와 나 사이에서 그녀에 대한 말은 거의 오고가지 않았다는 것을 지금 그녀에게 말해야 한다고 생각했다. 하지만 다행스럽게도 펜싱 사범의 사모님이 내게 말할 틈을 주지 않았다.

"그래요, 가엾고 사랑스런 부인, 다 털어놓으세요. 행정국장님은 언제나 잘 들어주는 분이었잖아요." 그녀는 고개를 흔들며 덧붙였다. "지금 내 집처럼 여러 나라에서 사람들이 찾아오는 경우에는 각각의 사람을 위해 각각 다른 말을 준비해야 하는 거예요. 레오니 양은……."

뭉고 부인은 거칠게 어깨를 한 번 추켜올리더니 말을 이었다. 그러자 노파는 그저 고개를 한 번 갸웃거리며 등불을 탁자 한가운데로 조금 더 밀어놓았다. 그러고는 헬레네 트로첸도르프와 칼 크룸하르트를 펠텐 안드레스 곁에 홀로 내버려두었다. ―

"그는 자기 주위에 아무것도 갖다놓으려 하지 않았어요. 그 미친 사람 말이오." 조금 전에 펜싱 사범의 사모님이 내게 알려줬다. "그에게는 탁자 한 개와 의자 한 개, 침대 한 개 말고는 아무것도 필요 없었지요. 맙소사, 옛날 그 언젠가 이곳의 젊은이들이 필요 이상의 소유가 야기하는 문제를 논의하기라도 했던 듯이 말이오! 무엇을 갖다주든 그는 번번이 문밖으로 밀쳐냈어요. 그래요, 저기 저편에서 한번 둘러보시오. 그는 견고한 심장을 갖기 위해 자신을 동물로, 개로 만들었소. ……행정국장님, 저 주변을 한번 보시오."

나는 작은 등불이 밝히는 잔영 아래서 그의 주변을 둘러보았다. 이런 공허 속에서는 지상의 삶이 주는 무게로부터 어떤 해방감도 느낄 수 없었다. 오히려 그 어느 때보다 물질의 압박이 더 무겁게 영혼에 다가왔다. 수백 개의 서랍에서 나와 벽을 좁히는 먼지와, 수천 가지 사소한 물건으로 우리를 압박하는 곰팡이 세계의 잡동사니 속에서 숨 쉬는 게 훨씬 더 자유로울 것 같았다. 공기가 사라진 듯했다. 누군가의 목소리가 말을 걸어왔을 때, 그것은 꿈과 같은 무질서한 마력에서 나를 구원해주는 것처럼 느껴졌다. 그 친구의, 우리의 여자 친구가 말했다.

"친애하는 칼, 우리 앉자." 그녀는 쓴웃음을 지으며 말을 더했다. "왕의 죽음에 얽힌 슬픈 이야기를 나누자꾸나." 그러고는 영어로 덧붙였다. "Let us sit upon the ground and tell sad stories of the death of kings."[138] 내가 의자에 앉으려 하자 그녀는 아까 앉았던 철제 침대에 다시 앉으며 자기 옆자리를 툭툭 쳤다.

"친구야, 여기 앉아! 수십 년 전에, 별똥별 앞에서 소원과 희망을 빌며 신들을 시험하던 그때 그 동산의 벤치 아직도 기억하니?"

그녀는 내 대답을 기다리지 않은 채 급하게 말을 이어갔다. 내가 중간에 끼어들면 속내를 다 털어놓고픈 거센 욕망이 억제될까 두렵기라도 한 것 같았다.

"저기들 봐."(그녀는 펠텐이 예전처럼 우리들 사이에 앉아 있기라도 한 듯 말했다.) "인생의 행복을 어떻게 생각하는지 솔직하게 말하느니 차라리 혀를 깨무는 게 더 낫다는 것을 너희도 이미 잘 알고 있었잖아. 내 가엾은 어머니가 내가 그렇게 되는 데 일조했다는 걸. 난 너희의 조롱과 비웃음을 잘 알고 있었어. 그건 너희 사내애들의 얼토당토않은 권리였지. 누구보다 그가 그걸 이용했었고. 포겔장과 동산에서뿐 아니라 저 미국에서의 거대한 삶에서도. 그리고 나중에 우리가 만났던 런던과 파리, 로마에서도! 칼, 우리는 다시 만나곤 했어. 서로 밀쳐내려 했지만 또 서로 찾아야 했어. 죽기까지. 이 딱딱한 침대 위에서까지. 존재의 온갖 폭풍과 햇빛 속에서, 십일월의 이 저녁까지. 그건 그보다 훨씬 더 강했어. 그는 자신이 아주 강하다고 생각했지만, 난 그가 약하다는 걸 알고 있었지. 그는 내게 달리 어떻게 저항할 수 없었기에, 자신의 인생과 생각, 꿈과 행위 그 어디서든 나를 발견했기에, 세상에 대한 자신의 소유에서 나를 떨쳐버릴 수 없었기에 자기의 모든 소유물을 거부하고, 모든 소유물을 밀쳐버려야 했던 거라고. 그러고선 저 시구를 저기 벽에 헛되이 적어놓은 거야! 그는 어리석은 소년일 뿐이었어! 경솔하게 동요하는 가슴을 지닌 그도 맨 먼저 저 공허한 말에서 피난처를 찾으려 했던 거지."

그녀는 옹색하게 흰 칠이 되어 있는 벽을 가리켰다. 펠텐 안드레스가 지상의 마지막 여정에서 남긴 흔적을. 그런 뒤 그녀는 얼굴을 두 손에 묻은 채 고개를 깊이 조아렸다. 오한으로 인한 전율이 그 목덜미를 타고 흐르는 것 같았다. 그녀는 다시 내 손을 붙들더니 힘껏 눌렀다. 손을 타고 고통이 전해졌다.

"칼, 말하지 마! 무슨 말을 하려고? 그냥 내가 말하게 해줘! 이 넓은 지구 위에 너 말고 내 얘기 들어줄 사람이 또 누가 있겠니? 거대한 땅덩어리를 소유하고 있고, 원하는 게 있으면 그저 금이 가득 든 손을 내밀기만 하면 되는 나. 너희들이 내 뜻을 너무 잘 알고 있었기 때문에 동산에서 더욱 내 마음을 닫았던 거야! 다른 이들처럼 세상이라는 시장에 상품이 되어 나설 경우 자신은 팔려나간 거라고, 그것은 아버지와 어머니 때문이었다고, 그런 말로 자위하는 사람들과 내가 같았더라면! 하지만 그 말은 거짓말일 거야. 나는 한 번도 거짓말을 한 적이 없어. 그리고 난 비겁하지도 않아. 만약 그가 나에 대해 뭔가를 알았다면, 바로 그것일 거야. 지금의 나는 나 자신의 선택에 의해 만들어진 거야. 내 가엾은 어머니 때문도 아니고 아버지 때문은 더더욱 아니야. 동산 아래 포겔장에 있을 때의 나와 지금 여기 이 침대 앞에서 그를 팔로 감싸 안고 그의 유언을 기다리던 나는 같은 사람이야. 그는 손으로 내 이마를 한 번 더 쓰다듬더니 웃으면서 말했었지. '넌 나의 착한 계집애야!' 고향 우리의 숲에서와 똑같은 상황이었어. 고향에서도 그는 그런 말을 해서 내가 수천 번이나 키스하게 만들고 할퀴게 만들고, 울면서 발을 동동거리게 만들었지. 너희의 연약하고 경건한 레오니는 그와 나에 대해 무얼 알고 있었을까? 칼, 어쩌면 집에, 너의 집에 있는 네 사랑스런 부인이 우리에 대해 더 많이 알지도 몰라. 왜냐하면 그녀는 꿈속에서만 사는 게 아니라 너와 아이들을 갖고 있고, 또 수백 년 전 그녀의 조상들 이야기뿐 아니라 오늘날 그녀의 하나님 나라도 갖고 있으니까. 그 신앙심 깊고 온화하고 연약한 여인은 무엇으로 나와 그 사이를 밀고 들어올 수 있었을까? 그녀는 여기서 무엇을 원했던 걸까? 나, 나, 나, 뭉고 부인만이 이 텅 빈 공간에서 그와 마지막까지 겨룰 수 있는 권한을 갖고 있어. 그의 장례식에 너희들 그 누구의 도움도 필요치 않아. 너희 레온 씨도 마찬가지야. 비록 그의 호의를 받아들이긴 했지만 말이야. 너희라면 그의 마지막 시간에 무슨 말로 그 눈에 옛 광채를 되살릴 수 있었겠니? 내 회색 머리카락을 보면서, 이 미친 늙은 여인을 보면서 웃지는 마. 이 년 전에 나, 나, 미망인 뭉고는 내 요트를 타고 브린디시[139]에서 알렉산드리아에 갔었어. 그는 통역사로 순례여행용 배를 타고 제다[140]에서 수에즈 운하를 지나서 왔지. 우리는 거기 호텔 음식점에서 또 만났어. 너희들은 여기에서 우리 둘에 대해 무엇을 알고 있었니? 당시에 그도 나를 자기의 늙은 나일 강의 뱀이라고 불렀어.[141] ……오, 나는 그 사람 때문에 포킵시

지역¹⁴²의 온갖 학식들을 내 가엾은 머릿속에 주입해야만 했지. 그들, 마르쿠스 안토니우스와 그의 이집트 여왕도 우리 나이였으니까. 그들도 늙은 사람들이었지. 안토니우스는 오십줄에 들어섰고 클레오파트라는 사십 세였어. 죽을 때까지 서로를 위해 싸워야 했지. 그들 두 사람 모두 죽을 때까지. 홀로 남은 그녀가 죽을 때까지 말이야! 그래, 나는 아직 살아 있고 온갖 영화를 누리고 있어. 그 이집트 여인이 악티움 해전에서 자신의 것을 잃은 것처럼 내 것을 잃지 않았어. 그래, 알겠어? 나는 그 사람 때문에 역사와 문학사를 공부했다고. 너희들 책에는 또다른 한 쌍이 나와. 1813년 10월 18일 너희들의 늙은 괴테는, 그러니까 우리에게 그 독성 있는 시구를 준, 우리 삶을 독으로 물들게 한 그 시구를 준 젊은 괴테를 말하는 게 아니야! 잠깐, 내가 무슨 말을 하려고 했더라? 그래 너희들의 늙은 괴테는 최후에 쓴 아름다운 시에서, 연인에게 자신의 목을 베라고 명해야 했던 영국의 엘리자베스를 노래했지.¹⁴³ 이 미망인 뭉고는, 아니, 헬레네 트로첸도르프는 엘리자베스처럼 할 순 없었어. 아주 기꺼이 그의 가슴을, 그 둔감해진 가슴을 발로 밟고 싶었을지언정 말이야! 그녀는 그저 그의 뜻에 따르는 것만 허락받았어. ─ 여기 그가 임종을 맞이하는 침대에서, 그 임종의 순간에 그 사람의 뜻을 따라야 했던 것처럼! 내가, 이 미망인 뭉고가 달리 어떻게 할 수 있었을까? 그가 날 목 졸라 죽이지 않았고 내게 침을 뱉지도 않았으니까. 그 가엾은 희극배우는 너희 시인들의 온갖 시구와 현자들의 별의별 격언에도 불구하고 이 지상에서 화를 불러오는 자산을, 경솔하게 동요하는 가슴을 자기 가슴 속에 간직해야 했으니까! 나, 가엾은 여자 희극배우가 미국에 있는 내 철도와 은 광산으로 포겔장과 동산을, 군주가 사는 우리의 사랑스런 성과 도시 전체를 그리고 공국의 반을 살 수 있음에도 내 소유물을 그렇게 달콤하고도 쓰게 간직해야 했으니 말이야! 내 텅 빈 손이, 내 텅 빈, 텅 빈, 빈털터리 손이 감싸고 있는 현명하고도 어리석은 그의 머리. 오, 칼, 넌 내 좋은 친구지. 네가 시를 쓰는 사람이 아니라는 게 유감이야. 시를 쓸 줄 안다면 펠텐 안드레스와 헬레네 트로첸도르프의 별과 여정, 운명[144]에 대해 노래를 짓지 않고는 못 견뎠을 텐데. 네가 철학자인지는 모르겠어. 하지만 네가 영리하고 착한데다가 이성적인 남자라는 건 알고 있어. 그러니 우리가 이제 다시는 못 볼지도 모를 이별을 하게 되면, 네 사랑스런 아내와 아이들에게 돌아가 아이들이 경각심을 가질 수 있게 헬레네 트로첸도르프와 펠텐 안드레스 이야기를 해주렴. 그들이 어떻게 지상에서의 모든 소유에서 해방되어 슬픈 종말을 맞이했는지. 만약 오래 남을 수 있게 이 이야기를 글로 쓰려 한다면 최대한 무미건조한 산문으로 써줘. 그리고 아이들이 그것을 너의 유고집에서 발견할 수 있게 해줘. 네 좋으신 아버지의 팔에 항상 들려 있던 푸른색 마분지 덮개로 싸서 말이야. 아마도 그분은 그 위에 '포겔장의 서류들에 부쳐'라고 쓰셨을 테니까 너도 펠텐을 기리며 똑같이 써주길. 그것을 네 가족문서 속에, 그 고유한 가족문서에서 조금 떨어진 옆쪽에 밀어넣기 전에 말이야."

32

 이 서류들은 내가 그녀의 뜻에 따라 작성했다는 것을 증명한다. 이 일에서 나는 충실하면서도 놀라운 기록 작성자의 역할을 했다고 생각한다. 그렇다고 이 서류들이 나와 우리 집안의 인생기록에서 조금 떨어진 곳에 놓이지는 않을 것이다. 포겔장의 서류들은 펜싱 사범 포이히트 씨의 사모님 집의 철제 침대와 가엾은 뭉고 부인의 막대한 부, 우리 집, 그리고 나 자신과 분리될 수 없는 하나의 전체를 이루고 있다. 지상에서 인류라는 존재는 늘 새로이 건설되는 법이고, 그것도 바깥쪽 주변에서가 아니라 언제나 중심에서부터 새롭게 건설된다. 우리 독일민족 역시 근본적으로는 이와 다르지 않다는 사실을 알고 있다.
 그래서 나는 이 일에 덧붙일 게 그리 많지 않다.
 "헬레네, 나와 함께 우리 집에 가자." 우리가 그 슬픈 자리에서 일어섰을 때 내가 다시 말했다. "적어도 얼마 동안만이라도 같이 있

자. 내 아내는 네게 좋은 친구가 되어줄 거야. 그리고 아이들도 네 마음에 안 들진 않을 거야. 우리 그냥 이렇게, 이렇게 여기서 헤어지진 말자. 우리 집에 가자. 나와 함께 고향에 가서 봄을 맞자! 동산 벤치는 여전히 그 자리에 있어. 우리 한 번 더 황혼녘에 거기 앉아 요동하는 세상에서 숲과 언덕, 계곡, 도시, 포겔장이 우리에게 말하고 조언하는 것을 한 번 더 들어보자. 그 풍경은 이 어두운 벽과 저 무익한 격언과는 다른 언어로 네게 말할 거야. 그렇지 않을까? 누구보다 그 격언을 만든 자가 그걸 가장 따르지 않았지."

그녀는 고개를 저었다. 그 가난하고도 부유한 부인, 미망인 뭉고는. 예전에 펠텐이 문도 없고 창문도 없는 포겔장의 집에서 그랬던 것처럼.

"사랑하는 친구야, 날 그냥 내버려 둬." 그녀가 말했다. "이 미망인 뭉고가 네 사랑스런 아이들과 네 착한 아나 곁에서 무엇을 할 수 있을까? 칼, 난 너도 장례식에 부르지 않으려 했어. 저기 밖에 있는 늙은 부인한테 물어봐. 내가 여기, 지금, 나의 소유물, 내 소유물, 이 세상의 내 재산으로 인해 얼마나 행복해했는지 말이야. 그 천사, 프랑스 여인, 너희들의, 그 레오니는 죽은 그의 들리지 않는 귀에 대고 무슨 말을 속삭일 수 있었을까? 하지만 난, 난 그의 눈을 감겨준 뒤 팔로 그를 안고 밤새 그렇게 할 수 있었어. 그가 내 아버지의 집 책에서 그 페이지를 찢어낸 그날 저녁 이래로 내 인생이 어떻게 흘러왔는지, 해줄 말이 아주 많았다고 속삭였어. 그러자 그가 나를 용서해주었어. 왜냐하면 그는 자기 뜻이 충족되었다는 걸 알고 웃어보였거든. 그 웃음은 내 거칠고 고루하고 병든 뇌 속에서, 그가 뉴욕에서 그 종이를 내게 보여줄 때 지었던 그 미소를 쫓아냈어. '둔감해지게!' 저기 보이니? 저기, 그의 얼굴이? 죽은 지 한 시간 뒤에 나타난 저 선한 웃음이? 그 얼굴은 이제 영원히 내 거야, 영원히 내 유일한 소유물이야. 더이상 누구도 이 문제에 대해 왈가왈부할 수 없지. 그래서 난 너하고도 같이 집에 갈 수가 없어. 고향은 나와 그에게 너무나 정신없이 지껄여대려 들 거야. 지상에서 유일한 내 소유물을 잡아 끌어당기면서 말이야. 고향의 산들과 계곡들도 우리 사이로, 펠텐 안드레스와 헬레네 트로첸도르프 사이로 밀고 들어올 거야. 나는 그것들을 다시 보고 싶지 않아. 그것들이 내가 그저께 천으로 덮을 때 보았던 그의 얼굴 그대로 내게 내버려두어야 해."

그래서 나는 예전에 펠텐에게 그랬던 것처럼 그녀 또한 포기해야 했다. 일상이 낯설어진 여인을 사랑스럽고 아픈 손님으로 내 집에 초대하는 것을 포기했다. 하지만 그녀는 펜싱 사범 포이히트 씨의 사모님에게 입 맞추더니 그녀의 어깨에 얼굴을 묻고 울먹이면서 말했다.

"엄마, 엄마가 나랑 같이 가지 않으리라는 걸 알고 있어요. 그러니 우리를, 엄마와 나를 여기서 쫓아내지 못하게 하려고 내가 이 집을 샀어요. 엄마의 사랑스런 작은 방과 이 벽 때문에요. 친애하는 크룸하르트, 너희 친구 레온 씨가 나를 도와주었어. 저기 밖에 골목 쪽에서는 누구든 자기 맘대로 자기 인생과 사업을 하라고 해. 그게 우리와 무슨 상관이야?! 하지만 여기서는 펜싱 사범 포이히트 씨의 사모님과 헬레네 트로첸도르프 말고 어느 누구도 어떻게 할 수 없어요. 아마 난 앞으로도 자주, 멀리 세상 밖으로 나가야 할 거예요. 하지만 어디에 있든 내 소유물을 안전하게 지켜내고 싶어요. 그러니 엄마, 내게 이 공간을 허락해주고 사람들이 벽에 쓰인 저 말들에 덧칠하지 못하게 해주실 거죠? 그렇죠? 그리고 내가 엄마에게로 오면 날 그 사람처럼 받아줄 거죠?"

"하지만 애야, 내 나이 벌써 아흔이란다."

"만약 내가 펠텐 안드레스처럼 엄마에게 오지 않고, 그가 엄마를 필요로 했던 것처럼 엄마가 나를 필요로 하게 되면, 어디에 있든 나는 그걸 알아채고 또 전해 듣게 될 거예요. 지금은 여기서 멀리 떠나진 않을게요. 내가 말한 대로 그렇게 해줘요!"

이제 우리는, 그러니까 미망인 뭉고와 나는 사람들로 붐비는 도시의 골목길을 걷고 있다. 우리 주위의 사람들은 정말로 지상의 소유와 소유물에 대해 격정적이고 정열적인 관심을 갖고 있는 것처럼 보인다. 나는 그들이 어떤 종류의 국가적, 정치적, 사회적 사안들을 문제삼고 있는지 정말로 모른다. 어떤 총회가 소환되고 해산됐는지, 어떤 문제에 대해 서로 의견일치를 볼 수 없었는지 정말로 모른다. 주위에서 지도자들의 이름이 들려왔다. ― 당시로서는 매우 유명한 신문에 나올 법한 이름들이 분노와 조소, 조롱 또는 환호의 갈채와 함께 호명되거나 외쳐졌다. 확신컨대 고귀한 문제들 때문이리라. 하지만 만약 나와 팔짱을 끼고 있는 상복 입은 이 여인이 누구인지, 인간의 질투심을 자극하거나 인간을 행복하게 해주기 위해 그녀가 어떤 수단을 갖고 있는지 안다고 해서, 미망인 뭉고에게 정중하게 자리를 비켜줄 사람이 이들 가운데 몇이나 있을까?

그녀는 당연히 도시에서 가장 유명한 호텔에 묵고 있었다. 나는 그녀를 호텔 문까지 바래다주었다.

"우리 오늘 밤에 뭐할까?" 시종들이 서둘러 쫓아 나오는 길, 불빛의 광채 속에서 그녀가 말했다. "한 시간 정도 같이 올라가 있지 않을래? 우리 다른 얘기 좀 나눌까? 우리 외교 사절이 오늘 아침 내게 편지를 보내서 저녁에 자기 집에 꼭 와달라고 급히 부탁했어. 나랑 같이 가지 않을래? 아주 환영받을 텐데. 그리고 유명한 희극배우 어빙 씨가 비공개로 런던에서 이곳에 왔어. '죽느냐 사느냐'라는 그 독백을 그의 입으로 듣지 않을래? 그 신사는 미국에서 순회공연을 하기 위해서라도 내게 그 독백을 기꺼이 들려줄 거야."

"아냐, 헬레네, 잘 지내. 우리 다음에 또 보기로 해. 요동하는 세상에서 마음 더 굳건히 하고."

"우리 그렇게 할 수 있을까? 그래, 칼, 칼 오늘은 그렇게 하자. 와줘서 고마워. 너 말고 부를 사람이 없었어!"

우리는 다시 그렇게 헤어졌다. 그것이 영원한 이별이 될는지 누가 알겠는가? 나는 이번에도 베를린에서 친구 레온을 찾아갈 수 있었다. 하지만 그의 곁에 레오니 수녀는 없을 거라는 사실을 알고 있었다. 그리고 나는 이제 정말 레온이 가진 인생의 안락에 온전한 관심을 보일 수가 없었다. 그의 아내 베라가 노래를 하고 그의 딸아이 빅토리아가 피아노 치는 걸 들어줄 수가 없었다. 그와 함께 그의 유산인 트루바두르의 하프와 알비파의 창, 조상 위그노파의 검 이야기를 할 수가 없었다. 착한 프리드리히와 리히터펠데 사관학교에서 시작해서 이런저런 새로운 전쟁으로 인한 가족의 명예를 지나 전하라는 칭호까지 동행할 수가 없었다.

호텔에서 잠 못 이루는 밤을 보내고, 이튿날 맞이하는 아침과 귀향! '흐린 날, 들판!'[145] 후두둑 떨어지는 십일월의 비와 안개 깔린 숲, 그리고 들판, 마을, 도시, 사람들로 북적거리는 기차역. 늦은 오후, 마찬가지로 비가 오고 안개가 깔려 있는 나의 동산, 그리고 첫 심호흡!

집, 아내와 아이들! 자정 무렵 따뜻한 난롯가에서, 레온 드 보식의 온갖 편안함 속에서 터지는 아나의 탄식.

"맙소사, 그녀가 그 많은 돈을 갖고도 뭘 해야 할지 모른다고요?"

"그래! 그녀는 지구상에 땅과 바다를 갖고 있지. 그녀는 궁전과 병원을 짓고, 책과 그림, 조각상을 사들이고, 여기저기 후원해주고……."

"하지만 그런 건 아무것도 아니에요! 그런다고 세상이 변하는 건 전혀 아니죠. 아, 나였더라면!"

"당신이?" 나는 긴장해서 물어보았다. "당신이라면 그 많은 돈으로 뭘 하게?"

"응……, 나한텐 아이들이 있던가……?!"

은은한 초록이 돋아나는 아름다운 봄날에 나는 이 기록을 이어가고 있다. 오늘, 가장 어린 그 후손들과 함께 햇살 아래 잠들어 있는 동산의 벤치에 한 번 더 앉아볼 수도 있고 그 풍경을 이 종이 위에 옮길 수도 있으리라. 하지만 나는,

포겔장의 서류들을 끝맺는다.

주

1 아델베르트 폰 샤미소가 쓴 『페터 슐레밀』 3판(1814)의 서시 「옛 친구 페터 슐레밀에게」 중에서
2 공무원인 화자는 포겔장 관련 사건을 서류 양식으로 기록하려 한다. 그는 이 기록문서에 '포겔장의 서류들'이라는 제목을 붙인다.
3 '포겔장'은 독일어로 '새들의 노래'를 뜻한다.
4 1740~1763년 슐레지엔 영유권을 두고 오스트리아와 프로이센이 충돌한 전쟁. 1차(1740~1742), 2차(1744~1745), 3차(1756~1763)에 걸쳐 진행되었으며, 1763년 후베르투스부르크 화약으로 슐레지엔에 대한 프로이센의 영유권이 승인된다.
5 스페인의 왕위계승을 둘러싸고 프랑스와 스페인, 영국, 오스트리아, 네덜란드 사이에 벌어진 전쟁. 위트레흐트 조약(1713)과 라슈타트 조약(1714)으로 종결된다. 이 조약으로 펠리페 5세는 스페인의 왕이 되었으나 프랑스의 왕위는 계승할 수 없게 되어 두 왕국이 합쳐질 위험은 사라진다.
6 기원전 1세기 로마의 역사가. 키케로 및 카툴루스와 친교를 맺었으나 정치에 관여하지 않고 문인으로만 활동했다. 『세계사』 『위인전』 등을 집필했다.
7 아테네의 장군이자 정치가인 알키비아데스의 일대기를 기록한 책. 알키비아데스는 정치와 군사전략에 재능을 보였으나 지조 없는 행동과 사리사욕으로 더 유명하다. 펠로폰네소스 전쟁에서 고국 아테네를 패배로 몰고 간 원인을 제공한다.
8 그리스 신화의 니오베는 지나친 자식 자랑으로 레토의 원한을 사서 아들과 딸 일곱을 잃는다. 피렌체의 우피치 미술관에는 니오베가 날아오는 화

살로부터 막내딸을 보호하기 위해 딸을 감싸고 있는 조각이 있다.

9   미국 작가 제임스 페니모어 쿠퍼(1789~1851)가 쓴 5편의 연작 모험소설. 당시 쿠퍼의 소설은 유럽의 청소년들 사이에서 대단한 인기를 누렸다.

10 운카스, 헤이워드, 코라, 앨리스 등은 『가죽 스타킹 이야기』에 등장하는 인물들.

11 뉴욕 주 오스닝에 위치한 교소도. 18세기 말에 세워진 미국의 대표적인 감옥.

12 제임스 피스크(1834~1872)는 미국의 자본가로 약탈과 부정으로 악명 높았으며 이리 철도주식회사의 경영권을 사취했다.

13 윌리엄 트위드(1823~1878)는 미국 정치사에서 부패와 탐욕의 대명사로 통하는 인물이다. 1789년에 결성된 민주당 내 한 파벌인 태머니 홀 파의 우두머리인 그는 조직이 뇌물을 받아 챙긴 사업에 투여된 공공기금을 남용해 1872년 수감되었다.

14 베를린에 있는 대로. 길 가운데 산책로를 따라 심어져 있던 보리수나무 때문에 '보리수나무 아래' 라는 뜻의 이름이 붙여졌다.

15 『가죽 스타킹 이야기』에 나오는 인디언 여인.

16 렌헨의 '헨-chen'은 독일어 명사의 축소어미인데, 명사에 후철로 붙어 소小, 친親, 애愛의 의미를 더한다. 헬레네(엘렌의 독일식 이름)가 레네, 렌헨으로 변하는 것을 통해 그들 사이에 친밀감이 생겨났다는 것을 알 수 있다.

17 티만드라는 알키비아데스의 부인.

18 프랑스 낭만주의 시대의 대중 소설가이자 극작가인 알렉상드르 뒤마(1802~1870)는 뛰어난 상상력과 교묘한 극작술로 독자를 매료시켰다. 『몽테크리스토 백작』 『삼총사』 등의 작품을 썼다.

19 독일 시인 하인리히 하이네(1797~1856)의 『노래집』 3판(1839) 서문의 여섯번째 절과 열두번째 절 인용.

20 페르디난트 프라일리그라트(1810~1876)는 독일의 시인으로 자유와 정의를 부르짖는 시를 많이 썼다. 한때 칼 마르크스와 함께 『신新라인신문』을 발간했다.
21 괴테를 가리킨다.
22 프리드리히 쉐들러는 교과서용 자연책을 많이 저술했다.
23 마그누스 고트프리트 리히트베어(1719~1783)의 우화『두꺼비와 물쥐』를 패러디한 것.
24 셰익스피어의 희극『말괄량이 길들이기』에 나오는 카타리나의 청혼자.
25 그림 형제의 동화책에 나오는 금발의 아름다운 공주. 피치 못할 사정으로 몸에 검댕을 칠하고 털가죽 옷을 입은 채 숲으로 도망친다. 이웃 나라의 임금에게 발견되어 왕궁 부엌에서 하녀로 일하다가 미모와 지혜가 드러나 결국 그 나라 임금과 결혼하게 된다.
26 고대 로마 공화정 말기의 정치가. 여러 번 콘술에 낙선하자 국가 전복을 꾸몄으나 키케로가 연설로 그를 저지했다.
27 로마의 일곱 부제副祭 중 한 사람인 라우렌티우스는 불쌍한 이들이 모두 교회의 재물이요 보화라고 말했다가 총독의 노여움을 샀다. 그는 258년 8월 10일 불에 달군 철망 위에서 순교했다. 순교일 전후로 별똥별이 떨어질 때 소원을 빌면 이루어진다는 속설이 있다.
28 요한 빌헬름 헤이가 글을 쓰고 오토 스펙터가 그림을 그린 동화책은 당시 꽤 유명했다.
29 디오게네스는 그리스 키니코스 학파의 대표적인 철학자로, 청빈한 자족 생활을 실천했다. 그가 일광욕을 하고 있을 때 알렉산드로스 대왕이 찾아와 소원을 묻자, 아무것도 필요 없으니 햇빛 가리지 말고 비켜달라고 했다는 말은 유명하다.
30 그림 형제의 선구자로 알려진 독일 작가 무제우스의 동화『롤란트의 시동』에서 시동이 받은 마법의 선물들에 대한 비유.

31 그림 형제의 『동화집』 26번 「요술 식탁과 황금 당나귀와 자루에 든 몽둥이」에 나오는 도깨비방망이.

32 기원전 330년경 마케도니아 왕국의 알렉산드로스 대왕은 페르세폴리스를 약탈한 뒤 불태워 폐허로 만들었다.

33 아델베르트 폰 샤미소의 시 「살라스 이 고메즈」에서 동명의 섬에 난파한 한 선원은 구출의 희망을 포기했다가 발견된 바로 그 순간에 죽는다.

34 괴테의 『파우스트』 1권 2605행 인용.

35 구약성서의 한 권으로 기원전 586년 바빌론의 침략으로 예루살렘이 무너진 뒤 쓰여진 애도의 노래.

36 독일 애국주의자들이 즐겨 부른 막스 슈네켄부르거의 노래.

37 독일의 시인이자 극작가, 미학사상가인 프리드리히 실러(1759~1805)의 시 「타지에서 온 소녀」의 3연을 암시. "소녀가 가까이 있으면 행복했네 / 모든 이의 마음이 넓어졌네 / 그렇지만 어떤 품위와 고결함이 / 허물없이 대하지 못하게 했네."

38 율리우스 카이사르는 행운을 타고났다고 전해진다. '카이사르의 행운'이란 말은 고대 로마 후반에 하나의 개념이 되었다. 아드리아 해를 건너는 도중 심한 폭풍으로 사공이 주저하자 카이사르는 "자네는 카이사르와 함께 카이사르의 행운을 태우고 가는 거네"라고 말했다고 한다.

39 실러의 담시 「잠수부」 인용.

40 "침묵은 노래하는 자의 예의라네"라는 19세기 노래의 후렴구 차용.

41 케임브리지에서 수학한 영국 시인 로렌스 스턴에 대한 퍼시 피츠제럴드의 전기에서 인용.

42 그림 형제의 『동화집』에 나오는 「행복한 한스」를 말한다.

43 에게 해 남단부 중앙에 위치한 크레타 섬 서쪽에 있는 숲.

44 목양신 판의 고향인 아르카디아를 가리킨다. 아르카디아는 그리스 펠로폰네소스 반도에 있다.

45 크레타 지역의 섬인 암니소스 지방의 요정들.

46 고대 그리스 시인이자 문헌학자. 『피나케스』 『아르테미스 찬가』 등을 저술했다.

47 그리스 신화에 나오는 못생긴 거인 괴물로 이마 한가운데 눈이 박혀 있다. 힘이 세고 난폭하며 대장간 일에 능숙하다.

48 크레타 섬 북서부의 한 지명으로 지금은 카니아로 불린다.

49 아르테미스의 라틴어 이름.

50 프랑스 왕 루이 9세(1214~1270)는 1270년에 무어족을 상대로 전쟁을 벌였다.

51 교황에게 반역한 알비파를 상대로 십자군 원정을 이끈 몽포르의 시몽은 1218년 프랑스의 툴루즈 점령시 전사했다. 알비파에 대한 설명은 64번 주 참고.

52 지중해 프랑스 해안에 위치한 만.

53 튀니지의 수도.

54 리비아의 수도.

55 알제리의 수도.

56 지중해를 중심으로 사용된 범선의 일종. 고대부터 지중해에서 군함으로 사용되었으며, 당시 죄수나 전쟁포로를 노예로 삼아 노를 젓게 하는 일이 성행했다.

57 1598년 4월 13일 프랑스의 앙리 4세가 낭트에서 공포한 칙령으로, 프랑스의 개신교도(위그노)에게 조건부로 신앙의 자유를 허락하고 가톨릭교도와 동등한 정치적 권한을 부여했다. 이 칙령으로 약 30년간 지속되었던 위그노 전쟁(1562~1598)이 종결되었다.

58 맹트농 후작 부인은 1684년 루이 14세의 부인이 되었다. 그녀의 영향을 받은 루이 14세는 1685년 10월 18일 낭트칙령의 전 조항을 폐지하고, 개신교도의 종교적·시민적 자유를 전면 박탈했다. 이에 동요한 약 40만 명

의 개신교도가 영국, 네덜란드, 프로이센 등으로 망명하자 프랑스는 큰 손실을 입게 되었다.

59 브란덴부르크의 대선제후 프리드리히 빌헬름(1620~1688)은 베스트팔렌 조약으로 발트 해안의 여러 지역을 획득하고 교묘한 동맹외교로 폴란드령 프로이센에 대한 종주권을 확립하는 등 독일이 강대국으로 발전하는 기반을 마련했다. 종교에 관대했던 그는 프랑스에서 탈출한 개신교도를 받아들여 산업발전을 도모했다.

60 1853년 라이프치히에 세계적인 피아노 회사를 건립한 인물.

61 알렉산드로스 대왕은 바빌론에서 죽음을 맞이했다.

62 실러의 작품 중 가장 고전적인 비극에 속하는 『메시나의 신부』(1803)의 한 대목. 812-813행에 해당하는 돈 마누엘의 대사.

63 12~13세기의 음유시인. 프로방스 지방의 언어 중 하나인 랑그독어로 작사해서 노래를 만들었다.

64 발칸반도, 북부 이탈리아, 남부 프랑스 등지를 거쳐 12세기 중엽 프랑스 툴루즈 지방의 알비에 전파되면서 세력을 크게 떨친 이단 종파. 금욕적인 계율을 중시한 이들의 융성은 탁발수도회의 발달로 이어진다.

65 괴테의 시 「해명」의 33-36행 참조.

66 괴테를 가리킨다.

67 선인이란 별명을 가진 르네 1세(1409~1480). 프랑스 앙주의 왕이자 이탈리아 시칠리아와 나폴리의 명예왕이었다. 주로 시인과 예술가들에 둘러싸여 지냈다.

68 독일 낭만주의 시인 루드비히 울란트(1787~1862)는 시인이자 변호사, 의회의원으로 활동했다. 민요풍의 서정시와 발라드로 유명하며, 독일 중세 문학 관련 저서도 집필했다. 그의 시 「쿠시의 성주」는 당시 교과서에 수록되었다.

69 대낮에도 등불을 들고 진정한 사람을 찾아다녔다는 디오게네스를 가리

킨다.

70 1870년 8월 16일 프로이센-프랑스 전쟁 당시 로렌 지방에서 벌어진 치열한 전투로 프로이센의 승리로 끝났다.

71 신약성서 「마가복음」 10장 13-14절을 암시. "사람들이 예수께서 만져주심을 바라고 어린 아이들을 데리고 오매 제자들이 꾸짖거늘 예수께서 보시고 노하시어 이르시되 어린 아이들이 내게 오는 것을 용납하고 금하지 말라. 하나님의 나라가 이런 자의 것이니라. 내가 진실로 너희에게 이르노니 누구든지 하나님의 나라를 어린 아이와 같이 받들지 않는 자는 결단코 그곳에 들어가지 못하리라." (성서 인용은 한글 개역개정판 참조)

72 그림 형제의 『동화집』 119번 동화 제목.

73 카롤링거 왕조의 전설에 나오는 하이몬 백작의 자식들로 형제애와 우정의 상징으로 통한다.

74 고대 로마의 풍자시인 페르시우스(34~62)의 『풍자시』 I 28행 인용. 페르시우스는 호라티우스의 전통을 이어받아 여섯 편의 풍자시(650행)를 남겼다. 스토아 사상을 신봉했으며 힘 있는 언어와 난해한 비유를 즐겨 썼다.

75 칼 슈탕엔이 1868년에 세운 여행사.

76 노르웨이 최북단 마게뢰위아 섬에 있는 곳.

77 뉴욕 주 동부에 있는 도시로 1870~1880년대 미국의 최고급 휴양지.

78 구약성서 「창세기」 1장 2절 참조. "땅이 혼돈하고 공허하며 흑암이 깊음 위에 있고 하나님의 영은 수면 위에 운행하시니라."

79 샤를 페로의 동화집 『옛이야기와 교훈』에 나오는 동화.

80 13세기 프랑스 작가 기욤 드 로리의 중세 운문 이야기. 전편 4,058행으로 되어 있는 이 작품에서 기욤은 "20세 때 꾼 꿈을 말한다"고 쓰고 있다. 작가가 고전 교양이 깊은 성직자 계급에 속하며 우아한 궁정풍 연애풍습에 정통해 있음을 알 수 있다.

81 '학자들의 초원'은 파리의 구역 명칭으로 예전에 대학생들의 명예가 걸

린 문제를 조정하는 곳이었다. 관리가 될 예정이었던 칼은 이 명칭을 '서기들의 초원'으로 바꿔서 대답한다.

82 용감하고 명예로운 프랑스 장군 피에르 테라일 셍귀니엘 드 바야르(1473~1524)의 별명.

83 예나를 비롯한 독일 동부를 흐르는 엘베 강의 지류.

84 샤를 페로의 동화집 『옛이야기와 교훈』에 나오는 동화.

85 쿠너스도르프 전투는 프리드리히 대왕이 겪은 최악의 패배였다. 1759년 8월 12일 프로이센군은 쿠너스도르프에서 오스트리아군과 러시아군에게 참패했다.

86 1758년 러시아군은 퀴스트린의 성 마리아 교회를 파괴했다.

87 오레스테스와 필라데스는 그리스 전설에 등장하는 우애 깊은 친구들이다. 필라데스는 아가멤논의 아들인 오레스테스가 아버지의 죽음에 대한 복수를 실현하도록 도와주고, 어머니를 죽인 죄로 곤경에 빠졌을 때도 오레스테스와 그 누이 엘렉트라를 보호하려 애쓴다.

88 그리스 신화에 나오는 쌍둥이 형제.

89 구약성서에 나오는 연합 이스라엘 왕국의 초대 왕인 사울의 장남 요나단은 후에 제2대 왕이 되는 다윗과 절친한 우정 관계를 유지했다. 아버지 사울이 다윗을 시기해 죽이려 하자 요나단은 다윗을 감싸주며 그와 동행한다. 요나단이 사망한 뒤 왕위에 오른 다윗은 요나단의 자손을 돌본다.

90 15세기 프랑스의 염색업자 고블랭가에서 만든 직물. 매우 정교하고 치밀하다.

91 셰익스피어의 햄릿을 가리킨다.

92 독일 작센안할트 주에 있는 공업도시. 햄릿은 여기서 대학 공부를 했다.

93 1880년 뉴욕의 센트럴파크로 반출된 고대 이집트의 오벨리스크. '클레오파트라의 바늘'이라 불리는 오벨리스크는 투트모세 3세의 것이다.

94 칼 슈르츠(1829~1906)는 정치적인 이유로 미국으로 망명해 장교, 정치가,

언론인으로 큰 활약을 했다. 링컨의 대통령 당선에 공헌했으며 『헨리 클레이의 생애』 『에이브러햄 링컨』 등을 저술했다.

95 요한 고트프리트 킨켈(1815~1882)은 서사시 『보호자 오토』의 저자로, 바덴과 팔츠 지역의 봉기에 참여해 종신형을 선고받았다. 교도소에서 그에게 허용된 것은 물레를 잣는 일뿐이었다. 그는 1850년 칼 슈르츠의 도움으로 영국으로 도피했다.

96 독일 제국 초대 총리 오토 비스마르크(1815~1898)를 가리킨다. '철혈정책'으로 독일을 통일했고, 국가 발전에 큰 기여를 했다.

97 뉴욕의 부촌.

98 독일의 서정시인 클라우디우스(1740~1815)의 작품. 그의 시는 건전한 그리스도교적 정서와 꾸밈없는 유머가 특징이다.

99 『반츠베크의 사신』에 나오는 인물.

100 대장장이의 아들로 태어난 영국의 설교자이자 작가인 존 버니언(1628~1688)은 베드퍼드 감옥에서 『천로역정』을 저술했다.

101 독일 낭만주의 시대 작가들인 아힘 폰 아르님과 클레멘스 브렌타노가 만든 민요 모음집 『소년의 마술피리』에 나오는 동요.

102 그리스 신화에 나오는 리디아의 여왕 옴팔레는 정신착란으로 살인을 저지른 헤라클레스를 노예로 산 뒤 여자 옷을 입혀 곁에 둔다. 예술 작품에 등장하는 옴팔레는 주로 사자 가죽을 걸치고 헤라클레스의 몽둥이를 들고 있으며, 헤라클레스는 여장을 하고 물레에 앉아 실을 뽑는다.

103 헤라클레스가 에우리스테우스의 명을 받아 행한 12공업에 속하는 일들.

104 그리스 신화에 나오는 헤스페로스의 딸들로 제우스가 헤라와 결혼할 때 가이아에게 받은 황금사과를 수호하는 요정.

105 저승의 문을 지키는 개로 이 개를 산 채로 잡는 것 역시 헤라클레스의 12공업 중 하나였다.

106 햄릿의 독백 장면을 암시.

107 가시에 찔려 백 년 동안 잠을 잤다는 동화 속 주인공.

108 『천일야화』에 나오는 여인.

109 『햄릿』 1막 1장 166-167행 인용.

110 구약성서 「출애굽기」 1장 8절 암시. "요셉을 알지 못하는 새 왕이 일어나 애굽을 다스리더니."

111 하인리히 하이네(1797~1856)의 시 「젊은이들에게」의 마지막 구절. 알렉산드로스 대왕의 세계정복을 젊은이들에게 삶의 모범으로 제시한다.

112 수에토니우스의 『황제전』에 따르면 로마 황제 아우구스투스(기원전 63~기원후 14)는 임종시 친구들에게 자기가 인생이라는 희극에서 제 역할을 잘한 것으로 칭찬해달라고 부탁했다.

113 괴테를 가리킨다.

114 괴테의 지인이자 조언자였던 에른스트 볼프강 베리쉬(1738~1809)는 라이프치히에서 풍문으로 인해 관직을 버리고 데사우로 갔다. 괴테는 베리쉬의 편을 들면서 「친구에게 바치는 송가」(1767)를 세 편 써서 라이프치히 사회를 비판했다.

115 당시 베를린 국립미술관에는 신고전주의 조각가 안토니오 카노바(1757~1822)가 만든 젊음의 여신 헤베의 동상이 있었다.

116 독일의 극작가이자 소설가인 칼 이머만(1796~1840)의 소설 『뮌히하우젠』을 암시.

117 영국 소설가 프레더릭 메리엇의 인기 모험소설 『매스터맨 레디』(1841)의 독일어판 주인공 이름.

118 1806년부터 1816년 죽을 때까지 괴테의 아내였던 크리스티아네 불피우스를 가리킨다.

119 몰렉은 구약성서에 나오는 이방의 신으로 유아 희생제물을 받았다. 몰렉을 고대 페니키아인이 건설한 도시국가 카르타고와 연결한 것은 플로베르의 역사소설 『살람보』(1862)의 영향인 듯하다.

120 베트-하임. 유대인 공동묘지를 지칭하는 데 자주 사용되는 완곡한 명칭.

121 기원전 356년 헤로스트라토스는 자신의 이름을 영원히 남기기 위해 아르테미스 신전을 불태웠다.

122 이집트 북부의 황무지로 초기 기독교인들이 신을 만나기 위해 가던 곳.

123 세르반테스의 돈키호테를 말한다. 『돈키호테』 1권 6장에 보면 주인공의 서재 상당 부분이 불에 탄 것으로 나온다.

124 고대 그리스의 익살극. 반은 인간, 반은 염소의 모습으로 디오니소스를 추종하는 신화적 존재인 사티로스로 코러스가 구성된 데서 유래된 명칭.

125 신약성서 「마태복음」 22장 2-3절 참조. "천국은 마치 자기 아들을 위하여 혼인 잔치를 베푼 어떤 임금과 같으니 그 종들을 보내어 그 청한 사람들을 혼인 잔치에 오라 하였더니."

126 이 이름은 영어식으로 만들어졌을 수 있는데, 그럴 경우 '저먼german'은 '유사한'을 의미하고, '펠fell'은 '모피, 사람피부'를 의미한다.

127 이들은 당시 진화론을 옹호하던 사람들이다.

128 북유럽 신화에 나오는 거대한 물푸레나무로 뿌리와 가지가 천계天界, 지계地界, 명계冥界를 이어준다고 한다.

129 시노페의 디오게네스를 가리킨다. 디오게네스와 테바이 은둔자들이 소유를 경멸했을 뿐 아니라 삶의 욕망도 상실했음을 암시한다.

130 각주 51번 참조.

131 알비파의 보호자로 1213년 십자군 전쟁시 몽포르의 시몽에 의해 처형되었다.

132 알비파의 척결을 위한 교황청의 특사. 격렬한 논쟁 끝에 레몽 백작에 의해 살해된다. 1208년 그가 살해되자 교황은 진노했고 알비파 소탕을 위해 십자군을 파병했다.

133 1572년 8월 24일 파리에서 성 바르톨로메오 축일 밤에 자행된 신교도 대학살을 가리킨다.

134 독일의 음악가 자코모 마이어베어(1791~1864)의 오페라 〈위그노〉를 가리킨다. 독일식 작곡 기법에 이탈리아 선율, 프랑스적 기호가 조화롭게 어우러지는 것이 그의 작품의 특징이다.

135 뒤에 나오는 메츠와 함께 북프랑스의 도시들로 1870~1871년 프로이센-프랑스 전쟁의 격전지.

136 1836년 테오도어 플리드너 목사(1800~1864)가 카이저스베르트에 세운 간호수녀회는 당시 꽤 유명했다.

137 프랑스 북부 브르타뉴 주에 있는 숲. 아더 왕 전설에 나오는 마법사 멀린 이야기의 배경으로 알려져 있다. 이 숲은 위치가 불분명하고 날씨가 이상해서 마법의 숲이라 불린다.

138 셰익스피어의 비극 『리처드 2세』 3막 2장에서 인용.

139 이탈리아 풀리아 주에 있는 도시.

140 이슬람 성지인 메카 근교의 항구도시로 사우디아라비아 남서부 홍해에 면해 있다.

141 셰익스피어의 『안토니우스와 클레오파트라』에서 안토니우스는 클레오파트라를 "내 늙은 나일 강의 뱀"이라 불렀다.

142 미국 뉴욕 주 남부에 있는 도시.

143 「비극 에섹스에 대한 괴테의 에필로그」 참조.

144 라베 자신의 소설 『숲에서 온 사람들』(1863)의 부제 "그들의 별과 여정, 운명"을 스스로 인용한 것.

145 괴테의 소설 『파우스트』 1부의 장면 설명.

해설

매혹적인 동시에 혐오스러운 두 힘의 충돌
획일화된 자본주의 시민사회와 목가적 삶을 꿈꾸는 개인

고전과 현대, 전통과 진보를 잇는 독일 사실주의의 대가, 빌헬름 라베

1831년 빌헬름 라베Wilhelm Raabe가 태어났을 당시 독일 이상주의의 대표 작가 괴테는 여전히 살아 있었다. 그리고 1910년 라베가 죽은 해에는 자동차뿐 아니라 비행기도 발명되어 일상생활 자체가 크게 바뀌었다. 거시적으로 볼 때 라베가 살다간 시대는 독일을 비롯한 전 세계가 근대에서 현대로 넘어가는 대변혁의 시기였다. 라베는 자신의 삶에서 세 차례의 전쟁(각각 덴마크, 오스트리아, 프랑스와의 전쟁)을 겪었고 그에 따른 소독일 통일(1871)도 지켜보았다. 독일을 농업국가에서 산업국가로 뒤바꾼 산업혁명도 경험했다.
  라베의 외적 삶은 이 모든 것에 아무런 영향도 받지 않은 듯 평탄했다. 그는 켈러, 폰타네 등 다른 저명한 사실주의 작가들과 거의 접촉 없이 지냈고, 고향 도시의 작은 문학모임 회원들과 교제하며 소시민적 생활을 영위했다. 하지만 내적으로는 작품을 통해 시대의 문제와 끊임없이 대결했다. 1856년에 『참새골목의 연대기』를 발표한 이래 68편에 달하는 산문을 남긴 그는 "당시 사회를 묘파한 날카로운 비평가"(헤르만 헬머스)로 평가받는다. 그는 "시대의 현상에 대해 비판적으로 논쟁했으며, 시민사회의 세속화된 현실에 개입하려고 애쓴 이 시기 독일의 유일한 사실주의 작가"(요아힘 보르트만)이다. 그는 작품을 통해 전통과 진보, 전승된 문화와 기술적·경제적 문명 사이의 긴장관계를 다루면서, 변화된 세상 속에서도 인간적인 것이 보존 가능한 공간을 마련하기 위해 사투를 벌였다. 그런 작가적 싸움을 통해, 인문주의적 가치가 존재했던 과거와 소외된 현재를 잇고자 했다.

라베의 후기작이자 대표작인 『포겔장의 서류들』은 1896년에 출간되었다. 이 소설은 1895년 인기 주간지 『독일 장편소설 신문』에 먼저 연재되었다. 그는 이 작품에서 산업혁명과 독일통일 이후 자본주의가 득세한 독일사회의 전반적인 문제점을 다룬다. 특히 시민적 가치관의 변화, 즉 시민적인 것과 사이비 시민적인 것의 관계 전도, 그로 인한 시민계급의 정체성 혼란을 집중적으로 논한다. 『포겔장의 서류들』과 함께 '브라운슈바이크 3부작'으로 일컬어지는 『옛 둥우리』 『슈토프쿠헨』 등을 비롯, 독일 최초의 환경소설로 꼽히는 『피스터의 방앗간』도 같은 계열의 소설이다. 이들 작품은 외관상 시민사회에 속한 일인칭 서술자가 그 사회에 속하지 않은 것처럼 보이는 유년 시절의 친구를 회상하며 이야기를 풀어가는 서술구조를 취한다. 이를 통해 산업혁명 이전과 이후의 세계를 비교하고 시민사회의 문제점을 명확하게 드러낸다. 이른바 사회적으로 성공한 서술자는 자신과 다른 길을 간 친구에 대해 이야기하면서 정체성 위기를 겪게 되고, 자신과 시대를 성찰하게 된다.

속물적 시민세계에 저항하는 개성적 인물의 창조

이 소설의 중심인물은 펠텐 안드레스이다. 일인칭 서술자 칼 크룸하르트는 유년 시절의 친구인 펠텐의 부음을 듣고 그를 회상한다. 펠텐은 어려서부터 쓸모없고 어리석은 짓을 일삼는 괴짜였다. 다른 아이들이 우표를 수집할 때 새알 모으기라는 '끔찍하고도 무익한 놀이'를 하는가 하면, 친구들을 불러 불타는 집에서 최후를 맞은 알키비아데스 이야기를 따라하다가 이웃집 헛간에 불을 내기도 한다. 동시대의 시민적 관점에서 보면 이러한 행동은 일탈의 범주에 속한다. 그래서 펠텐의 아버지가 죽자 후견감독기관은 칼의 아버지인 행정차장 크룸하르트 씨를 '가족의 조언자'로 붙여준다. 그런데 이 가족의 조언자는 자신의 임무가 가망성이 없다고 늘 불평한다. 정신을 차리라고 아무리 조언해도 펠텐에게 개선의 기미가 보이지 않기 때문이다. 게다가 펠텐은 '황금빛 대로'에서 편안히 살 수 있는 절호의 기회도 활용하지 않는다. 얼음물에 빠진 상류층의 아들을 목숨을 걸고 구하지만, 그 아버지가 감사의 표시로 제공하려는 어떤 도움도 거절하기 때문이다. 주위 사람들은 그런 펠텐을 도무지 이해할 수 없다. 펠텐은 유년 시절의 친구 헬레네 트로첸도르프를 쫓아 미국에 가기 위해 대학 공부도 중도에 포기한다. 헬레네와의 결혼을 통해 자연과 문화, 꿈과 현실이 일치했던 어린 시절의 포겔장을 다시 현실화하려는 이상을 품었기 때문이다. 하지만 동시대인들의 이성적인 눈에 그는 '어리석은 계집애를 위해 자기 어머니와 조국, 밝은 장래가 약속된 고향땅을 등'지고 미치광이 여행을 떠난 것으로 비친다. 그러나 그렇게도 사랑하고 갈망했던 헬레네는 미국의 백만장자와 결혼한다. 절망에 빠져 고향에 돌아온 펠텐은 그 사이 산업혁명을 겪으며 변모한 포겔장의 실상을 보고 더이상 자신의 꿈을 실현할 수 없음을 깨닫는다.

　유년 시절의 포겔장은 이웃사촌의 정과 목가적인 자연환경을 갖춘 이상적인 주거공간이었다. 펠텐은 그곳에서 헬레네와 함께 '시공간을 뛰어넘는 진정한 이상향', '소년다운 상상의 세계'를 체험한다. 이제 그는 안부를 묻는 이웃들에게 피곤해서 푹 자고 싶다는 말만 되풀이한다. 그리고 어머니가 돌아가신 후에는 일종의 '아우토다페'(auto-da-fé, 화형식)를 감행함으로써 '가능한 한 아무 소유물 없이' '완전히 냉정해진 채 죽고자' 한다. 그는 겨울 내내 부모가 물려준 모든 가구를 태워 난방을 하고 '세속적인 소유'와 '세상에 대한 집착과 미련'을 완전히 없애려 한다. 그러나 이웃 사람들은 그를 이해하지 못한다. 펠텐의 행동은 시민의 안전과 보호를 위한 근본적인 전제조건에 역행하는 야만적인 짓이기 때문이다. 특히 상류층 출신인 칼 크룸하르트의 아내는 지금껏 자신이 경험하지 못한 새로운 인물과 기이한 현상을 접하며 일종의 호기심을 느끼긴 하지만, 경악과 두려움에 더 크게 사로잡힌다. 펠텐은 자기 소유물을 완전히 파괴하기 위해 집 자체를 정리하는 그로테스크한 약탈 축제를 감행한다. 주위 사람들은 또다시 경악한다. 이렇듯 자신의 소유물을 안팎으로 모두 정리한 후 대학 시절의 하숙방에서 최소한의 가구만 놓고 스스로를 '동물로, 개로' 만든 뒤 '자기 자신만의' 죽음을 맞는다. 이러한 그의 죽음은 그를 깊이 이해하는 사람들에게는 소유에 집착하는 속물적 시민세계에서 벗어나려는 해방의 몸짓이자 마지막 항거로 비친다. 헬레네와 칼은 펠텐이 '세계 정복자의 길을 가고, 그로부터 승리한 후에' 죽었다고 평가한다.

　이 소설에서 펠텐 안드레스가 갖는 가장 큰 의미는, 작가가 그를 통해 "개인주의적 개성 추구의 이상과 사회경제적 획일성의 압박이 충돌하는 문제적 관계"라는 "19세기의 근본적인 긴장관계"(디이터 카피츠)를 다룬다는 데 있다. 라베는 아웃사이더 성격을 띠는 펠텐 안드레스를 통해 시민사회라는 제한된 환경에서 개인이 자기 이상에 따라 자아실현을 이룰 수 있는지, 그 가능성의 정도를 시험해본다. 그런데 펠텐은 사랑에도 실패하고 포겔장에서도 자아실현의 가능성을 찾지 못한다. 이는 자본을 중심으로 점점 더 물질화되는 19세기 후반 독일의 사회 문제에 대한 사실적인 반영이자, 산업화와 자본화로 인본주의적 가치관이 자본주의적 가치관에 자리를 내준 당시 시민사회에 대한 비판적 조명이다. 소설의 첫머리에 나오는 독일의 낭만주의 작가 아델베르트 폰 샤미소의 시 「옛 친구 페터 슐레밀에게」는 '가상'이 '실체'가 되고 '실체'는 거꾸로 '가상'이 되는 세상의 변화에 대한 라베의 부정적 견해를 암시한다.

서류라는 형식을 빌린 '주관성의 거울에 비친 세계'

펠텐 안드레스는 라베 연구에서 오랫동안 이 소설의 주인공으로 여겨졌다. 그의 이야기가 줄거리의 대부분을 차지하고 그에 대한 작가의 애정 또한 분명하게 드러나기 때문이다. 하지만 줄거리 중심의 내용 분석에서 서술의 차원으로 연구 관점이 이동하자 소설은 새로운 각도에서 이해되기 시작한다. 일인칭 서술자인 칼 크룸하르트는 친구의 이야기를 전달하는 단순한 매개자가 아니라, 결국 자기 자신을 위해 회상하고 성찰하는 주체이므로, 이 이야기가 서술자 자신의 이야기라는 주장이 제기된다. 서술자의 사회적 위치와 그 성찰 내용이 당대 시민 일반을 대변하기에 서술자의 역할과 중요성 또한 부각된다.

자아실현에의 절대적인 의지와 욕망 때문에 아웃사이더가 된 펠텐과 달리 칼 크룸하르트는 시민적 관습과 원칙에서 벗어나지 않는 삶을 살면서 사회적 성공을 위해 달려왔다. 행정국장인 그는 직업과 지위, 적당한 부와 가정을 이루고 보통 시민의 삶을 영위한다는 점에서 당시 성공한 시민계급의 전형을 보여준다. 그러던 어느날 유년 시절 친구인 펠텐의 기이한 죽음 소식을 접하고, 또다른 친구 헬레네 트로첸도르프의 권고로 이 '서류들'을 작성하게 된다. 이성적이고 합리적인 관리답게 그는 펠텐의 놀랍고도 기이한 이야기를 서류 양식을 빌어 '무미건조한 산문'으로 기록하려 한다. 하지만 냉정하게 보고하려던 의도는 펠텐, 헬레네와 함께했던 낙원과도 같은 과거에 대한 회상과 상념 탓에 관철되지 못한다. 그는 회상하면서 수없이 성찰하고 주석을 달게 되고, 애초의 계획과 달리 이 '포겔장의 서류들'은 그 자신의 인생 기록이 된다. 자신의 공식 직함을 상기하며 마음을 다잡으려고 해도 원래 의도에서 점점 멀어져가는 서류들을 보면서 그는 정체성 위기에 봉착한다. 결국 그는 계몽주의 작가 레싱이 익명의 누군가에 대해 한 말을 인용하여 이 서류들을 통해 펠텐과 논쟁한 이유를 고백한다. "나는 더이상 그와 단둘이 한 지붕 밑에 살고 싶지 않았기 때문에 그를 세상으로 불러냈다."

　사실 칼 크룸하르트는 펠텐의 평생 친구다. 그는 주위 사람들이 펠텐의 생활방식을 시민 질서에 반하는 것으로 평가할 때에도, 펠텐이 삶을 통해 추구하는 것을 알았기에 여전히 그에게 매혹되곤 했다. 그러면서도 중용을 추구하는 자신의 본성 탓에 펠텐의 마력에서 다시 빠져나올 수 있었다. 펠텐이 죽고 난 뒤 그는 서류들을 작성하면서 다시 한번 그와 대결한다. 매혹적인 동시에 혐오스러운 펠텐의 힘과 부딪쳐 힘든 싸움을 치러야 했던 지난날과 달리, 그제야 이 서류들의 가치에 눈을 뜬다. 서류들을 작성하면서 펠텐과 헬레네의 삶을 불행에 빠뜨린 시대의 문제를 명백히 보고, 앞으로 어떻게 살아야 할지, 어떻게 자신을 주장해야 할지 깨닫기 때문이다. 그래서 그는 이 서류들을 가족문서가 있는 바로 그곳에 놓아두고, 그의 가족구성원들, 특히 아이들이 그것을 읽어 세상살이에 대한 지침으로 삼아야 한다고 생각한다. 서술자 칼 크룸하르트는 글을 쓰는 행위를 통해 자기 정체성의 위기를 극복하고, 더불어 그런 노력을 자신의 '소유물'인 아이들에게 전달할 수 있는 가능성 또한 확보한다. 한마디로, 그의 서술 의도는 이러한 자신의 소유물과 정체성을 안전하게 유지하려는 시민적인 욕망에서 비롯되었다고도 볼 수 있다.

시적 사실주의와 20세기 서술 기법

독일의 사실주의는 '시적 사실주의'라는 말로 특징지어진다. 그것은 독일의 사실주의가 현실을 모방하는 미메시스적 성격뿐 아니라 상상력에 기초한 작가의 자유로운 창조력을 일컫는 포이에시스적 성격도 지니기 때문이다. "현실을 복사하듯 자세히 묘사하되 그 속에 작가의 정신이나 의도가 은밀하게 내재되어 있는" 독일의 사실주의는 "문학의 자율성과 포이에시스적 측면을 강조했던 고전주의 및 낭만주의 문학전통에서 완전히 벗어나지 못했다"(고영석)는 점에서 유럽 다른 나라들의 사실주의와 구분된다.

독일 사실주의의 '시적' 성격, 즉 미메시스와 포이에시스의 조화는 무엇보다도 의도적인 상징기법을 통해 구현된다. 라베는 자신을 이런 시학 영역의 대표주자로 생각하며 다음과 같이 말했다. "모든 시문학은 상징적이다. 현실에 대한 묘사는 기껏해야 재미있는 읽을거리에 불과하다. 나는 심연에서 지속적인 것을 끄집어내어 그것을 일상의 현실 위로 들어올린다." 개별적인 것에서 일반성과 보편성을 이끌어내는 상징기법은 개별 작품 속에 삶의 총체성을 구현하고자 한다. 그것은 문학을 통한 세상의 조망이 가능하다는 것을 전제하며, 주어진 현실에서 의미 있는 존재의 가능성에 대해 묻고 답하려는 긍정적인 탐구 정신을 내포한다. 이것은 라베가 독자로 하여금 문학에 귀 기울이게 하는 문학의 성찰적 능력에 대한 믿음을 견지하고 있었다는 것을 의미한다. 동시에 이는 전적으로 19세기에 속하는 라베 자신의 역사적 한계를 말해주기도 한다.

그럼에도 불구하고 『포겔장의 서류들』을 비롯한 라베의 후기 작품들은 서술기법 차원에서 19세기를 뛰어넘는 현대성을 보여준다. 고전적인 상징기법은 문학적 인용 같은 보다 현대적인 암시기법으로 대체되고, 일인칭 서술자라는 주관적 서술방식을 통해 객관성에 대한 사실주의의 요구를 넘어서기 때문이다. 서술자는 이야기하는 동시에 회상하고 성찰하고 토론하는데, 이야기의 흐름과 서술자의 성찰이 따로 놀지 않고 불가분의 관계를 맺으면서 서술적 주관성이 내용과 형식을 통제하는 구조를 취한다. 또한 서술자 스스로 자기 서술행위를 묘사하면서 작품의 시간과 공간이 얽히고, 서술행위 자체가 작품의 구조를 결정짓는 주제가 된다. 20세기 작품에서 주로 나타나는 '서술의 메타적 측면'이 작품의 근원이자 모티프로, 또 구성요소로 등장하는 셈이다. 그래서 라베는 독일 사실주의 계보에 속하는 슈티프터나 슈토름, 마이어, 프라이타크, 폰타네보다는 오히려 조지프 콘래드, 멜빌, 제임스 조이스, 토마스 만에 가깝다는 평가를 받는다. 또한 독자의 기대 지평을 파괴하는 서술, 줄거리의 빈약함, 시간과 공간의 상대화 등 현실과의 괴리를 보여주기 위한 다양한 서술기법은 작가적 특성을 배가시킨다. 관조적인 태도로 현실을 짚어나가는 이러한 독특한 서술 방식은 현대성을 선취한 것으로 평가된다. 그래서인지 동시대 독자들은 라베를 제대로 이해하지 못했다.

라베는 사고방식 면에서는 독일 고전주의 시대의 후예답게 19세기적이었고, 그가 다룬 문제 또한 철저하게 동시대적이었다. 하지만 서술기법 면에서는 20세기의 역량을 선취한 현대적 작가였다. 작품의 주제나 내용뿐 아니라 전개 방법에서도 고전과 현대, 전통과 진보를 잇고자 했다는 점에 문학적 의의가 있다. 그리고 그러한 면모를 가장 잘 꽃피운 작품이 바로『포겔장의 서류들』이다.

2010년은 빌헬름 라베 서거 100주년이었다. 그의 대표작을 뒤늦게나마 소개할 수 있어 전공자로서 기쁜 마음을 감출 수가 없다. 마음은 있지만 여건이 허락지 않아 차일피일 미루던 차에 문학동네의 고원효 선생이 번역 제안을 해주어 오늘의 결실을 이루게 되었다. 의미 있고 가치 있는 작가를 발굴해 소개하려는 그의 노고에 진심으로 감사한다. 또한 번역 원고를 꼼꼼하게 살펴준 이정옥 씨와 숭실대학교 오수인 학생에게도 고맙다는 말을 전한다. 번역의 시작에서 출판까지, 특히 유난히 무덥고 힘들었던 지난 여름 묵묵히 지켜보며 도와준 아내 승혜숙에게 감사와 사랑의 말을 전한다. 한 세기 전 산업화와 자본화의 거센 물결에 침윤된 독일사회에서 인간다운 삶의 방식을 모색하기 위해 라베가 벌인 작가적 노력이 국내에서도 새롭게 조명되길 희망해본다.

2011년 10월

권선형

빌헬름 라베 연보

1831년	9월 8일 니더작센 주의 에셔스하우젠에서 법원 서기의 아들로 태어남.
1832~42년	에셔스하우젠에서 20킬로미터 떨어진 홀츠민덴으로 이주. 시민학교와 김나지움을 다님.
1842~45년	홀츠민덴 내 작은 마을인 슈타트올덴도르프에서 시립학교를 다니고 개인교습을 받음.
1845년	부친 사망. 같은 주 볼펜뷔텔로 이주.
1845~49년	볼펜뷔텔에서 김나지움을 다님.
1849~53년	작센안할트 주의 주도인 마그데부르크에서 서점견습생 생활.
1853~54년	볼펜뷔텔에서 김나지움 졸업시험인 아비투어에 응시했으나 떨어짐.
1854~56년	베를린 대학 강의 청강.
1854년	11월 15일 『참새골목의 연대기 Chronik der Sperlingsgasse』 집필 시작. 이 날을 자신의 '저술 개시일'로 명명함.
1856년	『참새골목의 연대기』 출간.(표지에는 57년으로 되어 있음)
1857년	아돌프 글라저와 교분을 쌓음. 베를린으로 여행. 『웃음에의 길 Der Weg zum Lachen』(노벨레), 『봄 Ein Frühling』(장편소설) 출간.
1858년	『비텐베르크 대학생 Der Student von Wittenberg』(역사 노벨레), 『크리스마스의 정령들 Weihnachtsgeister』(노벨레), 『로렌츠 슈이벤하르트 Lorenz Scheibenhart』(역사

	노벨레), 『무리 중의 한 사람Einer aus der Menge』(노벨레) 출간.
1859년	오스트리아와 남부 독일로 여행. 볼펜뷔텔에서 열린 실러 탄생 100주년 축제에 참석. 『핑켄로데의 아이들Die Kinder von Finkenrode』(장편소설), 『옛 대학Die alte Universität』(역사 노벨레), 『데노우의 융커Der Junker von Denow』(역사 노벨레), 『누가 되돌릴 수 있을까?Wer kann es wenden?』(노벨레) 출간.
1860년	소독일주의적 자유주의자 정치단체인 독일민족연합에 가입하고 코부르크에서 열린 집회에 참석. 『교장 미헬 하스의 인생서에서Aus dem Lebensbuch des Schulmeisterleins Michel Haas』(역사 노벨레), 『비밀Ein Geheimnis』(역사 노벨레) 출간.
1861년	하이델베르크에서 열린 독일민족연합 집회에 참석. 베르타 라이스테와 약혼. 『성스러운 샘Der heilige Born』(역사 소설), 『어두운 땅에서Auf dunkelm Grunde』(스케치), 『검은 갤리선Die schwarze Galeere』(역사 노벨레), 『큰 전쟁 후에Nach dem großen Kriege』(역사소설) 출간.
1862년	결혼. 슈투트가르트로 이주. 『우리 하나님의 사무실Unseres Herrgotts Kanzlei』(역사소설), 『마지막 권리Das letzte Recht』(역사 노벨레) 출간.
1863년	딸 마르가레테 탄생. 『1609년의 조사(弔辭)Eine Grabrede aus dem Jahre 1609』(역사 노벨레), 『숲에서 온 사람들Die Leute aus dem Walde』(장편소설), 『딱총나무꽃Die Holunderblüte』(노벨레), 『하멜른의 아이들Die Hämelschen Kinder』(역사 노벨레) 출간.

1864년	볼펜뷔텔과 뤼벡, 함부르크, 키일로 여행. 『배고픈 목사 Der Hungerpastor』(장편소설), 『켈트족의 뼈들 Keltische Knochen』(노벨레) 출간.
1865년	『전나무의 엘제 Else von der Tanne』(역사 노벨레), 『세 개의 펜 Drei Federn』(장편소설) 출간.
1866년	빌헬름 옌젠, 마리 옌젠과 교분을 쌓음. 『뷔초우의 거위들 Die Gänse von Bützow』(역사 노벨레), 『성인 토마스 Sankt Thomas』(역사 노벨레), 『게데뢰케 Gedelöcke』(역사 노벨레), 『승리의 화환 속에서 Im Siegeskranze』(역사 노벨레) 출간.
1867년	베저 지역을 여행하고 볼펜뷔텔을 거쳐 쥘트 섬으로 여행. 『아부 텔판 Abu Telfan』(장편소설) 출간.
1868년	딸 엘리자베트 탄생. 친하게 지내던 옌젠 부부가 슈투트가르트를 떠남. 『테클라의 유산 Theklas Erbschaft』(노벨레) 출간.
1869년	옌젠 부부와 함께 브레겐츠와 스위스로 여행. 『시체 운반 수레 Der Schüdderump』(장편소설) 출간.
1870년	브라운슈바이크로 이주. 『귀향행군 Der Marsch nach Hause』(역사 노벨레), 『제국의 왕관 Des Reiches Krone』(역사 노벨레) 출간.
1871년	『봄』 개작.
1872년	딸 클라라의 탄생. 『드로임링 Der Dräumling』(장편소설) 출간.
1873년	『독일의 달빛 Deutscher Mondschein』(노벨레), 『크리스토프 페히린 Christoph Pechlin』(장편소설) 출간.
1874년	모친상. 『마이스터 아우토어 Meister Autor』(장편소설),

	『거친 사람에게 *Zum wilden Mann*』(노벨레) 출간.
1875년	베저 지역으로 여행. 『획스터와 코르바이 *Höxter und Corvey*』(역사 노벨레), 『오일렌핑스텐 *Eulenpfingsten*』(노벨레), 『살로메 부인 *Frau Salome*』(노벨레) 출간.
1876년	딸 게르트루트 탄생. 『인너스테 *Die Innerste*』(역사 노벨레), 『늙은 프로테우스에 대해 *Vom alten Proteus*』(노벨레), 『좋은 날 *Der gute Tag*』(노벨레, 1912년에 출간됨), 『호라커 *Horacker*』(중편소설) 출간.
1878년	『부니겔 *Wunnigel*』(중편소설), 『노후 대비 재산으로 *Auf dem Alteneil*』(노벨레), 『독일 귀족 *Deutscher Adel*』(중편소설) 출간.
1879년	『까마귀들판의 이야기들 *Krähenfelder Geschichten*』(기출간 노벨레 모음집), 『옛 둥우리 *Alte Nester*』(장편소설) 출간.
1880년	프라이부르크의 옌젠 부부 방문. 그들과 함께 바젤과 알자스로 여행.
1881년	『반차의 뿔피리 *Das Horn von Wanza*』(중편소설) 출간.
1882년	『파비안과 세바스티안 *Fabian und Sebastian*』(중편소설) 출간.
1883년	『물고기 공주 *Prinzessin Fisch*』(중편소설) 출간.
1884년	베스터만 출판사와의 관계 청산. 『쇠노우 빌라 *Villa Schönow*』(중편소설), 『피스터의 방앗간 *Pfisters Mühle*』(중편소설), 『방문 *Ein Besuch*』(노벨레) 출간.
1885년	『불안한 손님들 *Unruhige Gäste*』(장편소설) 출간.
1886년	실러 재단에서 종신 연금을 수여함.
1887년	『옛 아이젠에서 *Im alten Eisen*』(중편소설) 출간.

1888년	『오트펠트 광야 Das Odfeld』(역사 중편소설) 출간.
1889년	『긴팔원숭이 Der Lar』(중편소설) 출간.
1890년	얀케-베를린 출판사(독일 장편소설신문)를 통해 계속 출판함.
1891년	『슈토프쿠헨 Stopfkuchen』(중편소설) 출간.
1892년	『구트만의 여행 Gutmanns Reisen』(중편소설) 출간. 딸 게르트루트의 죽음. 페히너가 라베 초상화를 그림.
1893년	남부 독일로 여행.
1894년	『루가우 수도원 Kloster Lugau』(중편소설) 출간.
1895년	빌헬름스하펜으로 여행.
1896년	『포겔장의 서류들 Die Akten des Vogelsangs』(장편소설) 출간.
1897년	민덴으로 여행.
1899년	『하스텐벡 Hastenbeck』(역사 노벨레) 출간.
1899~1900년	『알터스하우젠 Altershausen』(미완성) 저술. 1911년 출간.
1901년	괴팅겐 대학과 튀빙겐 대학 명예박사 학위 수여.
1902년	보르쿰으로 여행.
1907년	독일 동해에 있는 니인도르프로 여행.
1909년	렌츠부르크로 여행. 병에 걸림.
1910년	베를린 대학 명예의학박사 학위 받음. 11월 15일 사망.

지은이 빌헬름 라베
1831년 9월 8일 독일 브라운슈바이크 지방의 에셰스하우젠에서 태어났다. 법관 서기였던 아버지를 일찍 여읜 뒤 막데부르크 서점에서 점원으로 일하며 문학작품을 두루 탐독했다. 1856년 야콥 코르비누스라는 필명으로 첫 소설 『참새골목의 연대기』를 발표했고, 슈투트가르트 시대에 발표한 3부작 『배고픈 목사』『아부 텔판』『시체 운반 수레』로 비관주의적 색채가 드리운 독특한 작품 세계를 인정받았다. 근대에서 현대로 넘어가는 대변혁의 시기를 목도한 라베는 특유의 시적 사실주의를 통해 자본주의가 득세한 당시 독일 사회의 전반적인 문제들을 예리하게 그려냈다.

옮긴이 권선형
연세대학교 독어독문학과와 동대학원을 졸업했다. 독일 튀빙겐 대학에서 「빌헬름 라베의 후기 작품 『포겔장의 서류들』에 나타난 그로테스크」로 박사학위를 받았다. 현재 연세대학교 등에서 강의를 하고 있다. 『유년시절의 정체성』으로 제7회 한독문학번역상을 수상했고 『코젤렉의 개념사 사전 4』 등을 우리말로 옮겼다.

인문 서가에 꽂힌 작가들 01
포겔장의 서류들

초판 인쇄 2011년 10월 14일
초판 발행 2011년 10월 21일

지은이 빌헬름 라베 | 옮긴이 권선형 | 펴낸이 강병선
기획 고원효 | 책임편집 이정옥 | 편집 고원효 김영옥 | 디자인 송윤형 최미영
마케팅 신정민 서유경 정소영 강병주 | 온라인 마케팅 이상혁 한민아 장선아
제작 안정숙 서동관 김애진 | 제작처 상지사

펴낸곳 (주)문학동네
출판등록 1993년 10월 22일 제406-2003-000045호
주소 413-756 경기도 파주시 문발동 파주출판도시 513-8
전자우편 editor@munhak.com | 대표전화 031) 955-8888 | 팩스 031) 955-8855
문의전화 031) 955-8890(마케팅), 031) 955-2686(편집)
문학동네카페 http://cafe.naver.com/mhdn
문학동네트위터 http://twitter.com/munhakdongne

ISBN 978-89-546-1629-4 03850

* 이 책의 판권은 지은이와 문학동네에 있습니다.
  이 책 내용의 전부 또는 일부를 재사용하려면 반드시 양측의 서면 동의를 받아야 합니다.
* 이 도서의 국립중앙도서관 출판시도서목록(CIP)은 e-CIP 홈페이지(http://www.nl.go.kr/ecip)와 국가자료공동목록시스템(http://www.nl.go.kr/kolisnet)에서 이용하실 수 있습니다.(CIP제어번호: CIP2011004267)

www.munhak.com